Hiltrud Leenders, geboren 1955 am Niederrhein, arbeitete zunächst als Übersetzerin und hat sich später einen Namen als Lyrikerin gemacht. Sie ist Mutter von zwei Söhnen und seit 1990 hauptberuflich Schriftstellerin.

Michael Bay, geboren 1955, arbeitet als Diplompsychologe und Psychotherapeut. Er ist verheiratet und hat drei Kinder.

Artur Leenders, geboren 1954 in Meerbusch, arbeitet als Unfallchirurg in Kalkar. Seit über zwanzig Jahren ist er mit Hiltrud Leenders verheiratet und Vater der beiden Jungen.

Im Rowohlt Taschenbuch Verlag liegt außerdem der Roman «Augenzeugen» (rororo 23281) vor.

Hiltrud Leenders/Michael Bay/
Artur Leenders

Die Schanz

Roman

Rowohlt Taschenbuch Verlag

2. Auflage Januar 2004

Originalausgabe
Veröffentlicht im Rowohlt Taschenbuch Verlag,
Reinbek bei Hamburg, Januar 2004
Copyright © 2004 by
Rowohlt Verlag GmbH, Reinbek bei Hamburg
Umschlaggestaltung any.way, Andreas Pufal
(Foto: zefa/H. Kehrer)
Satz Bembo PostScript bei
Pinkuin Satz und Datentechnik, Berlin
Druck und Bindung
Druckerei C. H. Beck, Nördlingen
Printed in Germany
ISBN 3 499 23280 4

Der Damm zerreißt, das Feld erbraust,
die Fluten spülen, die Fläche saust.

«Ich trage dich, Mutter, durch die Flut,
noch reicht sie nicht hoch, ich wate gut.» –
«Auch uns bedenke, bedrängt wie wir sind,
die Hausgenossin, drei arme Kind!
Die schwache Frau! ... Du gehst davon!»
Sie trägt die Mutter durchs Wasser schon.
«Zum Bühle da rettet euch! harret derweil;
gleich kehr ich zurück, uns allen ist Heil.
Zum Bühl ist's noch trocken und wenige Schritt;
doch nehmt auch mir meine Ziege mit!»

Der Damm zerschmilzt, das Feld erbraust,
die Fluten wühlen, die Fläche saust.

Johann Wolfgang von Goethe: aus *Johanna Sebus*

Eins Die Festungsmauern waren vor drei Jahren verstärkt worden. Man hatte auch neue Schutztore eingebaut, die mit ihrem kalten Grau und den glatten Betonfassungen beklemmend funktional wirkten und so gar nicht zum beschaulichen Dorf passen wollten.

Ulrike Beckmann betrachtete die Fotos im Schaukasten an der Mauer und schmunzelte über die liebevolle, aber linkische Darstellung der Dorfgeschichte und der «Schanzer Fähre im Wandel der Zeit». Die neue Hochwasserschutzanlage, las sie, war kinderleicht zu bedienen, die Tore konnten notfalls von einer Person geschlossen werden.

Ulli schlenderte durch die Öffnung zwischen den meterdicken Mauern zum Dorf hinaus und ließ ihren Blick über die fetten Weiden mit ihren hohen Pappelgruppen schweifen. Man konnte sich nur schwer vorstellen, dass dieser Ort bei Hochwasser zu einer Insel wurde. Der Rhein war Kilometer entfernt, und der kleine Altrheinarm zu ihrer Linken hatte wahrlich nichts Bedrohliches an sich. Sie entdeckte die Mastspitzen zweier Segelboote, die gemächlich Richtung Hafen glitten.

Vor ihr lag das Fußballfeld vom FC Vorwärts Schenkenschanz, auf dem Parkplatz daneben beugte sich ein junger Mann über die offene Haube eines alten Mercedes und schraubte am Motor herum. Er trug ölfleckige Hosen, Arbeitsschuhe und ein weißes Unterhemd. Mitten im Oktober – Ulli zog unwillkürlich die Schultern hoch. Sie grüßte, doch er gönnte ihr nicht mal einen Blick, knallte die Motorhaube zu, hechtete in den Wagen, startete ihn mit großem Getöse und bretterte röhrend an ihr vorbei Richtung Rhein. Der Weg verlor sich hinter Bäumen. Sie konnte das Auto nicht mehr sehen, zu hören war es allerdings gut.

Ungeduldig schaute sie auf ihre Armbanduhr – so langsam konnte Norbert wirklich mal auftauchen – und wandte sich wieder dem Dorf zu. Hinter ihr kam im Rückwärtsgang der Mercedes wieder angeschossen, in so mörderischem Tempo, dass sie unwillkürlich einen Satz zurück hinter das Fluttor machte und dabei über die Füße eines Mannes stolperte, der dort rauchend gegen den Mauervorsprung gelehnt stand.

«Oh, Entschuldigung!» Sie fing sich so gerade eben noch.

«Schon gut ...» Er schaute an ihr vorbei. Sein Haar war von einem stumpfen Kupferrot, sein Gesicht mit zahllosen Sommersprossen überzogen. Er mochte etwa in ihrem Alter sein.

Ulli zuckte die Achseln und ging langsam weiter. Wo blieb Norbert nur? Um drei Uhr hatten sie sich hier treffen wollen, um mit der Wirtin der «Inselruh» ihre Hochzeitsfeier zu besprechen. Ihr Magen machte einen kleinen Satz. Es gab immer wieder Momente, in denen sie es nicht glauben konnte, dass sie tatsächlich heiraten würde, in weniger als drei Wochen. Mit neununddreißig Jahren! Dabei hatte sie sich geschworen, sich niemals mit jemandem fest zusammenzutun.

Zwanzig nach drei. Mochte der Himmel wissen, was ihn wieder aufgehalten hatte. Sie musste verrückt sein, ausgerechnet einen Kripomann zu heiraten. Zehn Minuten gab sie ihm noch, dann würde sie die Besprechung mit der Wirtin allein angehen.

In einem kleinen Sonnenfleck vor der «Inselruh» stand eine verwitterte Bank aus Schmiedeeisen und Holzlatten. Ulli knöpfte ihre Jacke auf, setzte sich und lehnte sich vorsichtig zurück. Das Holz sah nicht besonders vertrauenerweckend aus.

Vor den Toren der Festung röhrte der Mercedesmotor wieder auf, die Abgaswolke wehte bis zu ihr herüber. Sie rümpfte die Nase.

Von der Kirche her kam ein rotgrünes Gefährt in hohem Tempo heran, einer dieser übergroßen Tret-Gokarts, die man in letzter Zeit so oft sah. Der Junge, der ihn lenkte, war eigentlich zu alt für dieses Spielzeug, bestimmt schon fünfzehn. Aber da kamen auch schon drei kleinere Kinder hinterhergeflitzt, ein Junge und zwei Mädchen. «Ej, komm zurück, du Arsch! Geb wieder!» Der Kleine kämpfte mit den Tränen. Der Ältere fuhr einen eleganten Bogen und bremste knapp vor dem Rothaarigen. Lässig stieg er aus und gab dem Gokart einen Tritt, sodass er auf den Jungen zurollte. «Jetzt piss dir mal nich' in die Hose, du Spacko!»

Dann stieß er dem Rothaarigen den Ellbogen in die Seite. «Mann, Voss, du stinkst. Haste Parfüm draufgetan? Haste etwa 'ne Alte?»

«Lass mich in Ruhe.» Der Mann ließ den Zigarettenstummel fallen, stieß sich von der Mauer ab und schlurfte ins Dorf zurück an Ullis Bank vorbei, zu gebeugt für sein Alter.

«Klaus?» Die Frau, zu der die dunkle Stimme gehörte, kam aus einer Seitengasse gelaufen. Sie trug enge, ausgewaschene Jeans und eine dünne, bestickte Bluse, und sie war barfuß. «Klaus, ach, Gott sei Dank! Ich glaub, ich hab gerade ziemlichen Mist gebaut. Können Sie mir schnell helfen?»

Der Mann lächelte. «Ich komm schon.»

Ulli betrachtete die Häuser gegenüber, manche sehr alt, manche jüngeren Datums, die meisten aus dunklem Backstein, alle schmuck mit getöpferten Namensschildern, Blumenkästen und -kübeln, in denen späte Geranien und Männertreu blühten. Schräg links stieg eine Gasse zur Mauerkrone steil an. Das Gebäude an der Ecke dort wirkte verwahrlost, der gelbe Putz schlug feuchte Blasen, die Fensterscheiben waren blind. 1883 war es erbaut worden, wie ein paar eiserne Ziffern über der Haustür bezeugten.

An Nr. 17 – anscheinend waren die Häuser auf der Schanz einfach durchnummeriert worden – hatte jemand eine Hochwassermarkierung angebracht: 1926 war das Wasser bis zur Oberkante der Haustür gestiegen.

Na, endlich! Norbert kam die Straße hinuntergeschlakst. Wieder machte Ullis Magen einen Hüpfer. Sie nahm ihre Schultertasche, stand auf und ging ihm entgengen. «Ich dachte schon, du hättest es dir anders überlegt.»

Er umfasste ihre Taille, zog sie eng an sich und küsste sie. «Da müsste ich ja wohl verrückt sein.» Dann schaute er sich verdrossen um. «Aber dass es ausgerechnet hier sein muss!»

«Ach komm, du weißt genau, dass ich's romantisch haben will, wenn ich mich schon traue.»

«Ich kann hier beim besten Willen nichts Romantisches entdecken, bloß Mief. Aber wenigstens», fuhr er fort, den Schalk in den Augenwinkeln, «bleibt mir so die Kutschfahrt erspart. Oder willst du tatsächlich die hundert Meter von der Kirche bis zur Kneipe mit Pferd und Wagen zurücklegen?»

«Natürlich nicht!» Auch Ulli schmunzelte. «Das hätte keinen Stil. Nein, wir werden einen richtigen Hochzeitsparademarsch haben: Du und ich vorneweg, die ganze Gesellschaft hinterher, und meine Vorschulkinder stehen am Straßenrand und streuen Blümchen, einen ganzen Teppich. Die sind schon ganz wild drauf.»

Van Appeldorn sah sie prüfend an, sie schien es ernst zu meinen. «Im November?», entgegnete er matt.

«Im November», bestätigte sie nickend. «Ich hätt's ja auch lieber im Mai gehabt, aber du bist es doch, der es so eilig hat. Die paar Kilo Treibhausrosen werden uns schon nicht ruinieren. Und die Kutsche bleibt im Programm, dass du dir da keine falschen Hoffnungen machst. Wir steigen in Düffelward ein, setzen mit der Fähre über den Altrhein und fahren vom Anleger mit der Kutsche zur Kirche.»

Er lächelte. Ulli hatte sich ihr ganzes Leben lang, das wahrhaftig nicht immer leicht gewesen war, ihren Kindertraum von einer Märchenhochzeit im Prinzessinnenkleid bewahrt. Und sie hatte sich in dieses Hundert-Seelen-Dörfchen verguckt mit seinen Festungsmauern und seiner wechselvollen Geschichte.

«Vorsicht!» Van Appeldorn konnte sie gerade noch gegen die Hauswand schieben, als der Gokart, diesmal mit sechs Kindern besetzt, angefahren kam.

«Hier Kind zu sein, ist bestimmt klasse», meinte Ulli. «Aber jetzt komm, die Frau wartet sicher schon.»

Die Kneipe war leer bis auf einen Mann an der Theke, der, eine Tasse Kaffee vor sich, Zeitung las. Sein graues Haar war recht lang und gelbstichig, sein Gesicht kantig, die Brauen buschig und schwarz. Als Ulli und van Appeldorn hereinkamen, sah er kurz hoch, grüßte aber nicht.

Die Einrichtung der Kneipe stammte aus den Siebzigern, alles in Braun und Beige, nur statt der damals üblichen orangefarbenen Akzente viel Tingeltangelrosa; schwere Gardinen, Eichenmöbel, Puppenlämpchen mit Goldfransen.

Van Appeldorn suchte Ullis Blick, aber die schien es nicht zu bemerken.

«Noch einen Kaffee, bitte, wenn es nicht zu viel Mühe macht», bellte der Mann am Tresen in seine Zeitung. Er sprach mit einem ganz leichten Akzent.

Aus der angrenzenden Küche vernahm man zunächst nur ein unwilliges Brummen, dann kam eine Frau heraus und knallte ihm ein Kaffeekännchen hin, ohne ihn auch nur anzusehen.

Stattdessen musterte sie van Appeldorn. «Sind Sie das Hochzeitspaar, was angerufen hat? Ich bin Bea Lentes. Kommen Sie durch, ich zeig Ihnen unseren Saal.» Ihre helle Hose betonte das ausladende Hinterteil, der kurze Pullover ihre diversen Bauchröllchen, und die sicher fünf Zentimeter hohen Plateausohlen unter den pinkfarbenen Lackschuhen mussten beim Servieren recht hinderlich sein.

Der Saal war eine angenehme Überraschung – weiß getünchte Wände, ein gewachster Terracottaboden, blau und weiß eingedeckte Tische.

«Hab ich alles renovieren lassen», betonte Frau Lentes. «Ich will schließlich auch Gäste von außerhalb, die es gern was moderner haben.»

Sie war nicht begeistert, dass das Hochzeitsbuffet von außerhalb geliefert werden sollte, aber selbst Ulli hatte dem Schenkenschanzer Angebot – «Macht bei uns alles die Frau

Boos aus der 16, die ist Profi» – nichts Romantisches abgewinnen können: Jägerbraten, Römerbraten, Putengeschnetzeltes. «Mit alles, was Sie an Beilagen wollen, und für Nachtisch Herrencreme, Zitronencreme und alles; warten Sie mal, ich hol den Prospekt.»

Die Hände auf eine Stuhllehne gestützt, beugte die Wirtin sich vor. «Also, Essen nicht von uns! Da kann ich bloß hoffen, dass anständig was getrunken wird, sonst rechnet sich das für mich nämlich nicht. Ich mein, das müssen Sie verstehen, die Saalmiete alleine, die bringt es nicht. Ich hab ja schließlich die ganze Wäsche.»

Sie war recht jung, Anfang dreißig vielleicht, und hatte ein hübsches Gesicht, das sie leider unter zu schwerem Make-up, schwarzem Lidstrich und hellblauem Lidschatten versteckte.

«Es wird bestimmt gut getrunken», beeilte Ulli sich. «Auf alle Fälle hätten wir gern Champagner, wenn die Gäste eintreffen. Ich glaube, so zehn bis zwölf Flaschen können es schon sein.»

Die Wirtin guckte stumpf. «Wir haben bloß Sekt.»

«Meinen Sie nicht, dass Sie über Ihren Lieferanten auch Champagner besorgen könnten?» Van Appeldorn merkte, wie bemüht freundlich er klang.

Knapp eine Stunde später schien alles geregelt zu sein.

Auf dem Parkplatz an der Dorfeinfahrt strubbelte er Ullis Koboldhaare. «Na, zufrieden?»

Sie lächelte. «Musst du zurück ins Präsidium?»

«Ja, aber nur kurz. Es ist so viel Schreibkram liegen geblieben, und Helmut wollte, wenn's geht, heute früher weg. Die stecken immer noch in ihrer Renovierung. Aber so, wie's aussieht, bin ich spätestens um sieben zu Hause.»

«Fein, dann mache ich in der Zwischenzeit endlich die Einladungen fertig.» Sie drehte sich langsam um und betrachtete die sonnenbeschienene Ebene. «Hoffentlich hält sich das Wetter noch ein paar Wochen. Ich glaube, es bringt Unglück, wenn es einem den Schleier verregnet.»

«Hast du denn einen Schleier?»

«Selbstverständlich!»

Er legte ihr den Arm um die Schultern und deutete auf die Schiffsmasten, die so gerade eben über den Deich lugten. «Die werden ihre Boote bald rausholen müssen. Das Wasser steigt. Drück mal ganz fest die Daumen, dass dein Plan mit der Kutsche und der Fährfahrt klappt. Wenn es im Süden so weiterregnet, kriegen wir hier richtig Probleme.»

Zwei Die Luft in dem kleinen Büro war zum Schneiden dick. Wie immer, wenn sie längst überfällige Berichte schreiben mussten, rauchten van Appeldorn und Toppe eine Zigarette nach der anderen. Peter Cox zerknüllte seine Lucky-Strike-Packung. Er hatte das tägliche Kontingent, das er sich zugestand, schon vor einer Stunde ausgeschöpft und rang mit sich.

«Gibst du mir eine Zigarette, Helmut?», fragte er schließlich resigniert.

«Nimm dir eine!» Sein Chef wandte den Blick nicht vom Bildschirm ab, er beschäftigte sich gerade mit dem tätlichen Angriff dreier alkoholisierter Jugendlicher auf einen Kinobesucher am letzten Freitag. Auch als das Telefon klingelte, reagierte er nicht, also griff Cox quer über den Schreibtisch zum Hörer: «KK 11, Cox am Apparat.» Er lauschte eine Weile und notierte eine Adresse.

«Ich sage das jetzt wirklich ungern», meinte er dann in die Runde. «Mir ist klar, dass du in vier Tagen heiratest und jede Menge um die Ohren hast, Norbert, ich weiß auch, dass Helmut unbedingt Bilder aufhängen muss, von meinen eigenen dringenden Plänen mal ganz abgesehen, aber ich fürchte, wir müssen das für den Moment vergessen. Es gibt Arbeit. Ein Bauer in Schenkenschanz will einen Menschen geschreddert haben.»

Van Appeldorn schauderte. «Vorsätzlich?»

Cox zuckte die Achseln. «Er sagte, er erntet gerade sein Maisfeld ab, und da sei ihm was in den Häcksler gekommen. Zuerst dachte er an ein Reh, aber es guckt noch ein halber Fuß mit Schuh raus.»

Toppe runzelte finster die Brauen. «Ich hatte so etwas vor Jahren schon einmal. Ein Tippelbruder, der im Maisfeld seinen Rausch ausschlafen wollte. Wenn das einer von diesen alten Häckslern ist, können wir uns auf was gefasst machen.» Er nahm seine Jacke. «Schick uns den ED raus, Peter, ja?»

«Klar, sofort. Braucht ihr mich da draußen, was meinst du?»

Toppe schüttelte den Kopf. «Kann ich mir nicht vorstellen.»

«Dann würde ich wohl gern bald Feierabend machen, ich muss nämlich dringend ein paar Sachen besorgen.»

Es war der erste Hof rechts, wenn man auf dem Deich Richtung Schenkenschanz fuhr, ordentliche Gebäude, ein akkurat angelegter Gemüsegarten, der Weg, der zum Maisfeld führte, war asphaltiert. «Dem scheint's nicht schlecht zu gehen», meinte van Appeldorn. Fette Viehweiden, ein abgeernteter Acker, das Maisfeld war sicher an die zwei Hektar groß und nicht einmal zu einem Viertel abgemäht. Toppe schaute über die Schulter, von hier aus konnte man die Festung nicht sehen.

Bauer Dellmann wartete neben seinem Häcksler, einer alten, aber sorgfältig gepflegten Maschine, groß wie ein Mähdrescher. Er hatte Mühe, sich zu sortieren, und war leichenblass.

«Dass mir so was passieren muss!», jammerte er. «Und

alles bloß, weil es so schnell gehen musste. Die haben doch Sturm gemeldet!»

Toppe schaute hoch, dunkle Wolkenfetzen fegten über den Himmel. Es dämmerte, obwohl es nicht einmal vier Uhr war.

«Und ich pass doch immer so auf, weil ich früher schon mal ein Tier drin hatte», lamentierte Dellmann weiter. «Eigentlich hätt ich ja schon längst eine neue Maschine kaufen wollen, aber ich dacht, dies Jahr tut es die alte noch. Und jetzt das! Da wird man doch verrückt bei!»

«Wäre denn so was mit einem neuen Häcksler nicht passiert?», wollte van Appeldorn wissen.

«I wo! Die sind doch heute mit allen Schikanen, Sensor, Metalldetektor und was weiß ich noch alles. Die schalten sich sofort ab, wenn was ist. Aber die alte Möhre hier, die hackt dir alles kurz und klein.» Er deutete auf die Maispflanzen und schüttelte sich. «Ich mein, so 'n Knochen ist doch auch nicht dicker wie so 'ne Stange hier.»

Ungefähr zwanzig Meter vor dem Häcksler stand ein Traktor mit einem Hänger für das Häckselgut. Ein Junge, siebzehn oder achtzehn Jahre alt, sprang vom Treckersitz und kam langsam näher.

«Mein Sohn», erklärte Dellmann.

Der junge Mann war noch blasser als sein Vater. «Hallo», grüßte er tonlos und räusperte sich.

Eine heftige Windbö jagte über das Feld, die Maisstangen bogen sich raschelnd, Spreu flog auf.

Van Appeldorn hustete und schaute Toppe an. Sie hielten beide einen Moment inne, dann beugten sie sich über das Maisgebiss vorn am Häcksler.

Ungefähr ein Drittel des Fußes war unversehrt geblieben. Es steckte in einem braunen Herrenhalbschuh, das Leder war blank gewichst.

Man hörte einen Wagen heranrollen, der Erkennungsdienst, Klaus van Gemmern, seit Jahren ein Ein-Mann-Betrieb. Er blieb neben seinem Auto stehen und sah sich einen Augenblick gründlich um, dann kam er schnell herüber und hockte sich neben sie. Toppe hörte, wie er scharf durch die Zähne einatmete, aber sein Gesicht blieb unbewegt. «Dann wollen wir mal. Ich rufe ein paar Kollegen. Bis dahin müsst wohl oder übel ihr mir zur Hand gehen.»

Er sprang auf die Füße, lief zum Hänger hinüber, kletterte hinauf und betrachtete den Inhalt. «Das mittlere Sieb dürfte reichen», murmelte er und ließ sich wieder herunter.

«Das hier muss alles abgedeckt werden. Es fängt gleich an zu regnen. Planen hab ich im Auto.» Er warf van Appeldorn den Schlüssel zu und drehte sich zum Bauern um. «Haben Sie Platz in Ihrer Scheune?»

«Ja, schon, aber ...»

«Dann fahren Sie den Anhänger bitte gleich dort rein.»

Der Sohn trat einen Schritt vor und nickte, er schien froh, etwas tun zu können.

Toppe nahm Dellmann zur Seite. «Jetzt erzählen Sie mir mal, was eigentlich genau passiert ist.»

Dellmann kehrte die Handflächen nach oben. «Da gibt es nix zu erzählen. Ich fahr meine Reihen ab, und auf einmal denk ich, ich hab da was liegen sehen. Zack, war es auch schon weg, schneller, als wie ich die Maschine ausmachen konnte. Ich wusste nicht mal, dass es ein Mann war, bis ich den Schuh gesehen hab.»

Van Gemmern hatte inzwischen, zusammen mit van

Appeldorn und dem Jungen, die Plane über den Hänger gezogen und schaute Toppe fragend an. «Ich lass das ganze Feld mit Flatterband absperren.»

Toppe nickte. «Wir müssen wissen, wie und von wo der Mann ins Feld gekommen ist, also Schuhspuren, Reifenspuren. Wo haben Sie angefangen zu mähen, Herr Dellmann?»

«An dem Weg vorne, da auf der Ecke. Wenn da Reifenspuren waren, hab ich die bestimmt alle platt gefahren. Jedenfalls, gesehen hab ich keine.»

Kurz darauf kamen drei Streifenwagen den Weg herunter, dahinter der Transporter für den Generator, die Kabel und die großen Lampen. Gleichzeitig öffnete der Himmel seine Schleusen, dicke Regenschleier fegten über die Ebene.

Van Gemmern fluchte wild, bellte Befehle, fotografierte, ließ Markierungen anbringen, Maßbänder ausrollen, schickte den jungen Dellmann mit Traktor und Anhänger in die Scheune, fotografierte weiter. Erst als das ganze Feld abgesperrt, das Licht gebaut war und sich die Streifenpolizisten für ihre Suche nach Schuh- und sonstigen Spuren formierten, hielt er inne und drehte Toppe sein hageres Gesicht mit den rot geränderten Augen zu. «Fürs Erste können wir einschleppen.»

Der Bauer hatte sich nicht vom Fleck gerührt und schien sich mittlerweile etwas von seinem Schock erholt zu haben. «Einschleppen?», fragte er alarmiert. «Was soll das denn heißen?»

Van Appeldorn erklärte es ihm: «Wir nehmen Häcksler und Hänger mit in unsere Halle am Präsidium. Die müssen auseinander gebaut und untersucht werden.»

«Und wie soll ich meinen Mais runterkriegen? Das

könnt ihr doch nicht machen!» Dellmann schnappte nach Luft. «Als wenn ich nicht schon genug Ausfall hätte, jetzt, wo die verdammten Gänse wieder kommen. Ich hab doch wohl Kacke genug am Kopp.»

«Tja.» Van Appeldorn betrachtete ihn ungerührt und strich sein nasses Haar zurück, das sich in dünnen schwarzen Schlangen um Stirn und Hals ringelte. «Da fragst du vielleicht mal einen netten Nachbarn, oder aber du nimmst dir einen Lohnunternehmer und schickst die Rechnung dann an die Polizeibehörden. So einfach ist das.»

Toppe fror. «Wer lebt alles auf Ihrem Hof?»

«Was?» Dellmann legte die Hand hinters Ohr. Der Wind machte eine Verständigung schwierig.

«Wer alles bei Ihnen wohnt!»

«Im Moment bloß meine Frau, mein Sohn und ich. Wir hatten noch zwei Polen, aber die haben Ende September aufgehört.»

«Gehen wir hinein. Wir müssen mit allen reden.»

Es war gut, ins Trockene zu kommen. Das Haus schmiegte sich dicht an den Deich, und in der Küche war das Windgeheul kaum zu hören. Frau Dellmann stellte ihnen dicke Steingutbecher hin und goss Kaffee ein. Mit Anfang vierzig war sie gute zehn Jahre jünger als ihr Mann.

«Ob ich irgendwen gesehen habe die letzten Tage? Mein Gott, was glauben Sie denn, wer hier so alles über den Deich fährt! Der Schulbus, die ganzen Schänzer. Ich mein, wenn man mal ebkes schnell in die Stadt will, nimmt man den Deich, nicht die Fähre. Die ist doch mehr für größere Transporte. Außer für die Touristen natürlich.»

«Ich hab keinen fremden Mann hier gesehen», sagte Dellmann müde. «Du denn, Uwe?»

Der Junge schüttelte stumm den Kopf. Ihm schien immer noch übel zu sein.

«Na, auf dem Hof war keiner, den ich nicht gekannt hätt», bekräftigte die Bäuerin.

Es war Nacht geworden, bis die Einteilung der Wachen und alles andere geregelt war und Toppe und van Appeldorn sich endlich auf den Weg machen konnten. Als sie auf die Deichkrone kamen, packte sie eine Windfaust und drückte sie mühelos auf die Gegenspur.

Van Appeldorn fasste das Lenkrad fester. «Da braut sich mächtig was zusammen.»

Toppes Heimfahrt gut eine Stunde später, nachdem er schnell noch die Eckdaten in den Computer eingegeben hatte, war abenteuerlich. Er schaffte es kaum, den Wagen auf der Straße zu halten. Der Wind hatte sich zu einem Sturm ausgewachsen, wie er ihn lange nicht mehr erlebt hatte, und das Unwetter nahm immer noch an Gewalt zu.

Tote Blätter und abgestorbene Zweige prasselten aufs Autodach, dann krachte nur wenige Meter vor ihm ein mächtiger Ulmenast auf die Straße. Er schaffte es so gerade eben, daran vorbeizumanövrieren, und atmete auf. Die Vorstellung, hier unter den Bäumen aussteigen zu müssen, um das Ungetüm von der Straße zu zerren, war wenig anheimelnd.

Die Scheibenwischer arbeiteten auf höchster Stufe, dennoch war draußen kaum etwas zu erkennen, das Auto schaukelte unkontrolliert.

Am Haus Wurt brannten sämtliche Außenleuchten, durch die Regenwand konnte er drei Gestalten ausmachen.

Als er ausstieg, flog ein Schwarm Dachpfannen über ihn hinweg und zersplitterte zwanzig Meter weiter auf dem Boden.

Er rannte los. «Seid ihr denn alle verrückt geworden? Es ist lebensgefährlich hier draußen!»

Arend Bonhoeffer schaute hoch und schob seine Kapuze zurück. «Wir haben's ja geschafft», brüllte er. «Ab nach drinnen, Mädels!»

Astrid und Sofia zögerten keine Sekunde, geduckt liefen beide auf die jeweilige Haustür zu.

«Was war denn?», brüllte Toppe zurück.

Bonhoeffer wich ein paar Schritte zur Seite, der alte Kastanienbaum knarzte bedrohlich.

«Die Abdeckung hatte sich losgerissen. Alles flog wild durch die Gegend.»

Sie hatten die Bodendielen, die sie noch verlegen mussten, draußen gestapelt gehabt. Jetzt lagen sie in einem Haufen kreuz und quer, aber wenigstens waren sie wieder mit Folie bedeckt und ein paar großen Steinen gesichert.

«Danke!»

«Keine Ursache!»

Sie brüllten sich weiter an und grinsten dabei.

«Noch einen Grog?»

«Bin zu kaputt! Die Dachziegel kommen runter!»

«Kein Problem, untendrunter ist alles dicht.»

«Wir sehen uns morgen übrigens beruflich», röhrte Toppe gegen den Wind.

«Wie bitte?»

«Beruflich! Morgen! Ich bring dir was!»

«Fein! Bis morgen dann!»

Drei Der Sturm hatte die Atmosphäre nicht gereinigt. Neue Wolkenfelder waren gefolgt und hatten einen stetigen dicken Regen gebracht. Der Rhein stand so hoch, dass man die Zaunpfosten der Uferweiden nicht mehr sehen konnte, hier und da lugten ein paar Baumwipfel aus der riesigen Wasserfläche.

Toppe ließ den Wagen auf der Schleichspur der Emmericher Brücke ausrollen, schaltete die Warnblinkanlage ein und schaute sich um. Beim Hochwasser 1995 hatte der Rhein an den Deichkronen genippt. Man hatte die Dämme für den Verkehr gesperrt, denn vollgesogen waren sie schwammig wie Pudding gewesen. In aller Hast hatte man bei Zyfflich einen Querdeich gebaut und unzählige Sandsäcke gestapelt. In Holland hatte man ganze Ortschaften evakuiert, auf der deutschen Seite hatten THW und Bundeswehr mit großen Fähren das Vieh der Bauernhöfe in der Niederung abgeholt und in Notunterkünfte gebracht, etliche Rinder waren dennoch ertrunken. Man hatte mit dem Schlimmsten gerechnet, aber dann war noch einmal alles gut gegangen.

Ein paar Lastkähne kämpften sich stampfend flussaufwärts, deutlich weniger als sonst, vielleicht war der Schiffsverkehr schon eingeschränkt worden.

Toppe schaute zu den Brückenpfeilern hoch. Vor Jahren hatte man sie im strahlenden Rot der Golden Gate Bridge lackiert, aber die Farbe war schnell zu einem matten Rosa verblichen, was ihm besser gefiel, es passte zum sanften Grau des Stroms.

Er bedachte die Kühltasche auf dem Beifahrersitz mit einem schiefen Blick. Klaus van Gemmern hatte den Fußrest samt Schuh aus dem Maisgebiss herausgelöst. Nun war es an Toppe, ihn nach Emmerich in die Pathologie zu bringen und bei der Untersuchung anwesend zu sein, eine Aufgabe, die ihm schwer fiel und vor der er sich gern drückte. Aber der zuständige Pathologe war sein Freund Arend Bonhoeffer, und der wusste mit der Panik, die Toppe bei jeder Leichenöffnung unweigerlich übermannte, umzugehen.

Während er mit seiner Kühltasche die verwinkelten Gänge entlangwanderte, fragte er sich wieder einmal, warum man forensische Abteilungen so gern in Kellergeschossen unterbrachte, die nicht nur bedrückend finster, sondern obendrein noch schlecht belüftet waren. Aber vielleicht bildete er sich den klebrig süßen Geruch auch nur ein.

Bonhoeffer saß in seinem Büro und diktierte einen Bericht. «Setz dich, ich bin gleich fertig.»

Toppe stellte die Tasche auf den Boden und nahm die Tageszeitung, die auf dem Schreibtisch lag. Ein Foto von der Altrheinbrücke bei Griethausen, die jeden Moment überflutet werden konnte, ein Bericht über die letzten «Jahrhunderthochwasser», auf Seite drei ein Leserbrief. Der Schreiber monierte die überfällige Sanierung eines neunzehn Kilometer langen, angeblich seit Jahren maroden Deichstücks zwischen Niedermörmter und Grieth. *Der Deichverband wiegt uns in falscher Sicherheit,* schrieb der Mann. *Ein Bruch in diesem Bereich, da sind sich die Experten einig, ist vorprogrammiert, und bei der momentanen Wetterlage möglicherweise nur eine Frage von Tagen. Das nachfolgende Szenario mag man sich kaum vorstellen. Ich weise nur auf das Bedburger Industriegebiet hin, das völlig überflutet würde, ebenso das Industriegebiet von Kleve, das man intelligenterweise ins Flutgebiet gesetzt hat, obwohl es ausreichend Alternativen gegeben hätte.*

Toppe runzelte die Stirn. «Hast du das gelesen?»

Bonhoeffer schaltete sein Diktaphon ab. «Der Typ hatte gestern schon einen Brief in der Zeitung. Angeblich bereiten sich die Niederländer auf die Sprengung von Deichen vor, damit ihre Grenzdörfer nicht absaufen. Für uns würde das bedeuten, die ganze Düffelt liefe voll, und Zyfflich, Keeken, Kranenburg und etliche andere Orte gäbe es nicht mehr.»

«Ja», sagte Toppe, «dieses Gerücht hab ich in letzter Zeit schon öfter gehört. Haus Wurt liegt ziemlich hoch, nicht?»

Bonhoeffer lachte. «Hoch genug, das Haus gibt's seit dem fünfzehnten Jahrhundert. Wir kriegen allenfalls ein bisschen nasse Füße. Apropos Füße, sollen wir uns an die Arbeit machen?»

Etwa zur gleichen Zeit legte Peter Cox im Präsidium den Telefonhörer auf und rieb sich den Nacken. «Unser Bäuerlein», beantwortete er van Appeldorns fragenden Blick. «Wollte sich nochmal bestätigen lassen, dass die Polizei tatsächlich die Kosten für den Lohnbetrieb übernimmt, der ihm seinen Mais abmähen soll. Ich hab ihm lieber nicht gesagt, dass es gut und gern zwei Jahre dauern kann, bis er Geld sieht. Der war sowieso schon auf hundertachtzig wegen irgendwelcher komischen Gänse. Weißt du, was es damit auf sich hat?»

Norbert van Appeldorn, der gerade noch einmal im Geist die Checkliste für seine sechswöchige Hochzeitsreise nach Australien durchgegangen war, schaute ungläubig hoch. «Sag mal, du bist doch nicht erst seit gestern in Kleve! Liest du keine Zeitung?»

Cox reckte konsterniert das Kinn. «Selbstverständlich lese ich regelmäßig Zeitung. Ich habe die *taz*, *Die Zeit* und den *Spiegel* abonniert.»

Van Appeldorn konnte sich nur mit Mühe ein Grinsen verkneifen. Peter Cox war seit knapp vier Jahren bei ihnen. Er hatte eine Unzahl seltsamer Marotten, aber weil er bei aller Verschrobenheit eigentlich ein netter Kerl war, der sich problemlos in ihr Team eingefügt hatte, nahm man sie meist amüsiert hin.

«Na, herzlichen Glückwunsch, damit kommst du bestimmt in den Himmel für politisch korrekte Intellektuelle! Entschuldige bitte die kleine Nachhilfestunde, aber als Polizist solltest du eigentlich täglich den Lokalteil der guten alten *Niederrhein Post* lesen. Zugegeben, ist oft schwer zu ertragen, aber in unserem Job durchaus von Nutzen.»

«Das magst du so sehen», antwortete Cox eingeschnappt, aber van Appeldorn kümmerte sich nicht darum. «Du kannst mir doch nicht erzählen, dass du noch nichts davon gehört hast, dass jedes Jahr an die siebzigtausend Wildgänse bei uns am Niederrhein überwintern. Die meisten kommen übrigens aus Sibirien.» Er griente.

Cox warf einen nervösen Blick auf seine Armbanduhr. «Die stehen unter Naturschutz, oder?»

«Ganz genau», bestätigte van Appeldorn. «Und das Problem ist, dass diese netten Vögel monatelang nicht etwa irgendein Niemandsland besetzen, sondern die Äcker der

Bauern in der Düffelt. Seit Jahren herrscht hier Krieg zwischen dem Naturschutzbund und solchen Leuten wie unserem lieben Dellmann. Dem gehen die Gänse und der Artenschutz total am Arsch vorbei. Kannst du dir vorstellen, wie die Felder aussehen, wenn die Viecher sich wieder auf den Heimflug machen? Von den zahllosen Ökotouristen, die der NABU da jeden Tag in Bussen rumkarrt mal ganz zu schweigen. Seit Jahren gehen sich die Naturschützer und unsere dicken Buren an die Kehle mit allen Nickeligkeiten, die du dir vorstellen kannst, und weder der einen noch der anderen Partei mangelt es an Phantasie. Letztens wollte man den Bauern verbieten, Windkraftanlagen aufzustellen, weil angeblich die Gefahr besteht, dass eine Gans im Windrad geschreddert werden könnte.»

Cox lachte. «Bizarre Idee, die Tiere sind doch nicht blind! Kriegen die Bauern denn keine Ausgleichszahlungen für den Ausfall, den sie haben?»

«Doch, natürlich, die werden feste subventioniert.»

«Was regen die sich dann auf? Versteh ich nicht, die können doch froh sein, wenn sie fürs Nichtstun bezahlt werden.»

«Was weiß ich!» Van Appeldorn lehnte sich zurück und legte die Füße auf den Schreibtisch. «Bin ich Bauer? Anscheinend willst du, wenn du ein Mann der Scholle bist, dein Land beackern, und nichts darf deine Routine stören, von wegen Väter und Vorväter. Was soll's, die Bauern jammern doch immer.»

«In der Materie kenne ich mich nicht aus», meinte Cox unbehaglich. «Ich will mir da kein Urteil erlauben.»

Van Appeldorn verschränkte die Hände im Nacken und blinzelte. «Wie gesagt, die meisten der unliebsamen Gänse kommen aus Sibirien. Da klingelte gerade eben was bei mir: Was macht eigentlich dein Cyberbaby? Wie hieß die Dame noch? Irina?»

Cox schob den Stuhl zurück und stand auf. «Was für ein dämliches Wort!» Er schien ernsthaft beleidigt zu sein. «Schon zwanzig nach», knurrte er, holte eine Tupperdose aus seiner Aktentasche, breitete eine gestärkte Serviette auf dem Schreibtisch aus und arrangierte sein tägliches Mittagsmahl: eine Flasche Mineralwasser, ein Glas, gebuttertes Schwarzbrot, Besteck und die Plastikdose, die heute mal nicht mit Salat, sondern frisch angemachtem Frühlingsquark gefüllt war.

Van Appeldorn nahm die Beine vom Schreibtisch. «Ich kann dich wirklich gut leiden, Peter, aber deine Macke mit den pünktlichen Mahlzeiten treibt mich in den Wahnsinn!»

Cox kaute und spülte mit einem Schluck Wasser nach. «Mir tut das sehr gut. Kann ich nur jedem empfehlen.» Er war nach wie vor verschnupft.

«Ach komm», meinte van Appeldorn versöhnlich. «Ich hab's nicht bös gemeint. Wann kommt Irina denn endlich? Erzähl einem alten Mann, der gerade dabei ist, in seine zweite Ehe zu segeln, mal was Prickelndes.»

Cox hatte vor anderthalb Jahren im Internet eine sibirische Deutschlehrerin kennen gelernt und sich nachhaltig in sie verknallt. Das konnte van Appeldorn nachvollziehen, er hatte ein Foto der Dame gesehen. Schon seit einem Jahr war klar, dass Irina Cox besuchen kommen wollte. Ihr Visum, falls sie es denn bekam, würde für zwei Monate gelten, und so lange wollte sie auch bleiben, wenn man sie schon zum ersten Mal in ihrem fünfunddreißigjährigen Leben aus ihrem Land herausließ.

«Na ja, das Visum ist endlich durch, aber», druckste Cox, «ich hab halt Zweifel, immer noch.»

Van Appeldorn zuckte zurück, als Cox ihn jetzt Rat suchend anschaute. «Wir schreiben uns zwar schon seit Ewigkeiten, jeden Tag mindestens einmal. Ich habe das Gefühl, ich kenne sie in- und auswendig, aber Papier ist geduldig, denke ich manchmal. Verstehst du?»

Van Appeldorn rutschte auf seinem Stuhl herum. «Du kriegst das schon hin. Ich glaube, ich geh mal rüber in die Halle und gucke, wie weit van Gemmern inzwischen gekommen ist.»

Cox nickte und widmete sich wieder seinem Quarkbrot. «Du könntest mich vorher noch kurz aufklären. Ich bin landwirtschaftlich nicht so bewandert, aber ich dachte immer, bei der Maisernte würden die Kolben gleich auf dem Feld gedroschen und nur die Körner abtransportiert.»

«Das stimmt auch», antwortete van Appeldorn, «so macht man das mit Körnermais. Aber bei uns in der Gegend ist der Futtermais wesentlich häufiger. Und bei der Sorte werden die Stangen knapp über dem Boden abgeschnitten und als Ganzes gehäckselt. Der Brei kommt dann in Silos und wird über den Winter ans Vieh verfüttert.»

«Verstehe, besonders groß sind die Häckselteile dann wohl nicht ...»

Der Anhänger stand mit hochgekippter Ladefläche am Ende der Halle. Neben dem Berg von Gehäckseltem kniete van Gemmern mit einer kleinen Schaufel und einem Sieb. Weiter vorn waren zwei Männer in den weißen Overalls des Erkennungsdienstes dabei, die Häckselmaschine in ihre Einzelteile zu zerlegen.

«Ich habe Verstärkung aus Krefeld kommen lassen», erklärte van Gemmern. «Aber auch so werden wir Tage brauchen. Das verdammte Zeug klebt und klumpt, gut durchweicht von fünf Litern Blut.»

Van Appeldorn betrachtete das bräunlich rote Mus und rümpfte die Nase.

«Ja», brummte van Gemmern und schaufelte die nächste Portion aufs Sieb, «ganz taufrisch war unser Junge nicht mehr.»

«Hast du denn schon irgendwas?»

«Eine Gürtelschnalle, ein paar Knöpfe und ein Stück Leder, das vermutlich zu einem Uhrarmband gehört», antwortete van Gemmern, ohne seine Tätigkeit zu unterbrechen. Wenn er sich in eine Aufgabe verbissen hatte, ließ er sich von nichts und niemandem aufhalten, und es konnte passieren, dass er dreißig Stunden und mehr am Stück arbeitete.

Bonhoeffer hatte den Fußrest in einen inkubatorähnlichen Glaskasten gelegt und behutsam durch zwei Eingriffslöcher mit Ärmeln das Stück Schuh und die Spitze einer dunkelgrünen Wollsocke abgezogen. Dabei waren ein paar Fliegen aufgestoben.

«Die fangen wir uns gleich», murmelte er.

Toppe trat näher heran. Besonders verwest sah der Fuß nicht aus, aber man konnte ein paar Maden winken sehen.

Bonhoeffer stocherte mit einer Sonde. «Ganz wenige Puppen nur», sagte er. «Das bedeutet, der Mensch ist noch nicht länger als zwei Wochen tot, zwischen sechs und vierzehn Tagen, würde ich meinen.»

«Das ist aber nicht besonders genau», maulte Toppe.

Bonhoeffer lächelte, dieses Spiel hatten sie schon zigmal gespielt. «Mit meinen bescheidenen Mitteln hier geht's eben nicht besser.»

Aber der biologische Sachverständige beim LKA würde anhand der Fliegen und Maden, die ihm in einem belüfteten Behälter zugeschickt würden, und am Stadium der Puppen den Todeszeitpunkt näher eingrenzen können.

«Dann lass uns mal mit dem Offensichtlichen beginnen: Es handelt sich um einen rechten Fuß, kein Tierfraß wegen des Schuhs. Ein Herrenschuh, braunes Leder, könnte ein *Sioux* sein, nicht gerade preiswert, sorgfältig eingecremt.»

Er drehte das Exponat langsam um. «Gepflegte Zehnägel, keine Hornhaut, graue und dunkle Körperhaare. Und was haben wir hier? Reich mir mal das Skalpell, Helmut.»

Er streckte die Hand aus, aber als nichts passierte, richtete er sich auf. «Jetzt guck nicht so. Gib's mir einfach, und dann lauf in die Küche und hol eine Scheibe Wurst oder ein Stück Fleisch. Die Fliegen brauchen Nahrung in ihrem Kasten da, sonst gehen sie ein, bevor sie in Düsseldorf ankommen.» Er schmunzelte. «Du kannst dir ruhig Zeit lassen.»

Toppe schlenderte zum Parkplatz und rauchte erst einmal eine Zigarette. Bis er die Küche gefunden, in der Cafeteria eine Cola getrunken und noch eine geraucht hatte, war eine Dreiviertelstunde vergangen.

Bonhoeffer hatte im Großzehgrundgelenk eine Arthrose entdeckt, außerdem Harnsäurekristalle, die auf eine Gicht hinwiesen. «Es handelt sich also um einen älteren Menschen, ab sechzig aufwärts, würde ich schätzen.»

«Um einen Mann?»

«Ziemlich sicher, ja. Für eine Blutprobe hat es nicht gereicht, aber ich habe Gewebe aus den Zwischenzehenmuskeln entnommen. Damit kann das LKA Blutgruppe und Geschlecht bestimmen und die DNA-Analyse machen.»

Toppe beschloss, auf dem Rückweg noch einmal bei Bauer Dellmann vorbeizufahren. Auch ohne die Untersuchungsergebnisse aus Düsseldorf konnte er sich jetzt ein Bild vom Toten machen: ein über sechzig Jahre alter Mann mit vermutlich ergrautem, früher einmal dunklem Haar, der wahrscheinlich sozial nicht allzu schlecht gestellt war, denn er hatte teures Schuhwerk getragen und seine Füße gepflegt. Vielleicht konnten Dellmanns mit dieser Beschreibung etwas anfangen.

Er hatte Glück – die Brücke über den Altrhein in Griethausen war noch passierbar, auch wenn hin und wieder eine kleine Welle über die Fahrbahn schwappte.

Frau Dellmann stand in der Küche und kratzte Essensreste aus einer gusseisernen Kasserolle. Möhreneintopf, und es roch nach geräuchertem Speck. Toppes Magen knurrte aufdringlich.

Die Bäuerin knallte den Topf unwirsch auf die Herdplatte. «Meine Güte, wir kennen viele Leute, die so aussehen! Aber wenn einer von denen verschwunden wäre, dann müsste ich das doch wissen. Mein Mann hat sich hingelegt, aber ich geh ihn holen.»

Die Spülmaschine rumpelte und gab einen tickenden Pfeifton von sich.

Dellmanns Haar war am Hinterkopf platt gedrückt und hatte sich zu einem kleinen Hahnenkamm aufgestellt. Jetzt, nachdem er seinen Schock überwunden hatte, war er maulfaul und muffig, beinahe schon feindselig. Erst als Toppe ins Auto stieg, bekam er die Zähne auseinander. «Will bloß hoffen, dass das auch stimmt mit dem Geld von euch. Morgen Mittag fängt Derksen mit der Ernte an, und der will Bares sehen. Und überhaupt, wenn das alles bloß früh genug ist, wir kriegen nämlich Frost.»

Toppe hielt inne. Es war deutlich kälter geworden, und heute Morgen hatte er gedacht, dass er wohl in den Umzugskisten nach seinem Wintermantel würde suchen müssen.

«Frost? Ist das nicht ein bisschen früh im Jahr?»

Dellmann zog geräuschvoll die Nase hoch und spuckte aus. «Sagen Sie das mal meinen Knochen. Da merk ich es nämlich drin.»

«Ach ja», bemerkte Toppe, «da wäre noch was. Der Mann, den wir suchen, hatte Gicht, vielleicht auch Rheuma.»

Dellmann schnaubte. «Haben neunzig Prozent der Landwirte in meinem Alter. Aber glauben Sie, das wird als Berufskrankheit anerkannt? Von wegen!»

Toppe gab sich geschlagen und dachte resigniert an die Arbeit, die vor ihnen lag: Vermisstenmeldungen durchkämmen, sich dicke Ohren telefonieren.

Und gegen Abend sollte er sich mit Astrid in der Stadt treffen. Sie fand, er bräuchte einen neuen Anzug für Norberts Hochzeit, schließlich sei er Trauzeuge. Es gab nur wenig Dinge, die er mehr verabscheute als Herrenausstatter, enge Umkleidekabinen und Spiegel, in denen er aussah wie ein alter Mann mit zehn Kilo Übergewicht.

Vier   Um kurz nach elf am nächsten Morgen fuhr Cox seinen Computer herunter und faltete die Hände. «Das war's dann wohl.»

Sie hatten sich durch alle aktuellen Vermisstenanzeigen vom Niederrhein gearbeitet, auch die aus der angrenzenden niederländischen Provinz Gelderland überprüft, doch es war nichts dabei herumgekommen. Die wenigen Männer, die vom Alter her zu ihrem Toten passten, hatten entweder die falsche Haarfarbe gehabt oder aber nicht auf der Sonnenseite des Lebens gestanden, wo man sich Gedanken über Fußpflege machte und sich solides Schuhwerk leisten konnte.

Wenn niemand ihren Toten vermisste, konnte das im Grunde nur bedeuten, dass er bereits Rentner gewesen war oder freiberuflich gearbeitet hatte. In einem Altenheim konnte er nicht gewohnt haben, da wäre sein Verschwinden längst gemeldet worden. Er musste allein gelebt haben, oder aber ein Partner oder Angehöriger war für seinen Tod verantwortlich.

«Ich schreibe den Presseaufruf», bot Astrid an.

«Wird kaum was bringen ohne Foto.» Van Appeldorn gähnte. «Und vermeide bitte die Wörter ‹Leichenteil› und ‹Maishäcksler›.»

Astrid lächelte nachsichtig – die Zeiten, in denen sie sich über seine Art geärgert und sich mit ihm gefetzt hatte, lagen, Gott sei Dank, hinter ihr. «Es ist auch so schon seltsam genug: Gesucht wird ein über sechzig Jahre alter Mann mit gepflegten Füßen ...»

Toppe fröstelte, drehte die Heizung höher und spähte durch den Regenschleier nach draußen. Auf dem Parkplatz entdeckte er Jupp Ackermann, einen Kollegen vom Betrugsdezernat, der sich damit abmühte, einen riesigen, nierenförmigen Gegenstand auf seinen Autoanhänger zu hieven. Der Wind plusterte seinen langen, flusigen Bart auf und drückte ihm die Hosen gegen die staksigen Beine. Als er Toppe am Fenster entdeckte, fing er an, wild zu gestikulieren, hielt sich kopfschüttelnd die Augen zu, legte den Finger über die Lippen, zeigte auf das sperrige schwarze Ding und machte das Victoryzeichen.

Toppe hob verständnislos die Schultern, verkniff sich aber jede weitere Geste. Bei Ackermann wusste man nie, was man heraufbeschwor.

Es klopfte kurz, und van Gemmern kam herein.

«Ich hab was», begann er düster. Wie immer waren seine Augen entzündet, doch heute konnte man wenigstens seine Gesichtsfarbe als einigermaßen gesund bezeichnen. Und wie immer blieb er im Zimmer stehen und hielt seine Nachrichten so knapp wie möglich. Mit einer Pinzette hob er ein etwa 2,5 x 3 Zentimeter großes blutverkrustetes, ausgefranstes Knochenstück hoch, das in der Mitte ein rundes, glattrandiges Loch hatte. «Wenn mich nicht alles täuscht, ist das ein Stück Schädel.»

«Bitte nicht», stöhnte van Appeldorn. «Das muss ich jetzt wirklich nicht haben.»

Aber van Gemmern beachtete ihn gar nicht. «Habe ich heute früh rausgesiebt, und gerade eben finde ich das hier.»

Im Plastikbeutel, den er ihnen hinhielt, steckte ein Geschoss.

«Damit können wir einen natürlichen Tod wohl ausschließen, oder?», murmelte Cox und guckte sich die Patrone genauer an. «Das ist ein seltsames Ding ...»

Klaus van Gemmern schob seine verschmierte Brille hoch und rieb sich die Nasenwurzel. «Es handelt sich um ein zylindrisches, gefettetes Bleigeschoss vom Kaliber .38 der Firma Norma, um eine Sportpatrone also. Was erklärt, dass ich das Ding überhaupt gefunden habe.»

Toppe schaute ihn fragend an und zeigte dabei auf einen Stuhl.

Van Gemmern setzte sich nun doch. «Scheibenmunition für Sportschützen ist ziemlich schwach», erklärte er. «Der eigentliche Sinn dieser Projektile ist es, ungefähr fünfundzwanzig Meter weit zu fliegen und ein schönes, kreisrundes, möglichst glattrandiges Loch in eine Papierscheibe zu schlagen, damit man das Ergebnis sicher ablesen kann. Deshalb heißt diese Sorte Patronen auch wad-cutter. Sie legen etwa 170 Meter pro Sekunde zurück, und das ist relativ wenig.»

«Sie sind aber trotzdem stark genug, einen Schädelknochen zu durchschlagen?», fragte Astrid.

«Wenn du nah genug dran bist, sicher.»

Toppe nickte langsam. «Verstehe, die Patrone hatte zwar genug Schlagkraft, um in den Schädel einzudringen, aber dann ist sie stecken geblieben.»

«Richtig», antwortete van Gemmern, «ein stärkeres Geschoss wäre wieder ausgetreten, und ich hätte es wohl kaum im Häcksler gefunden. Das Ding hier stammt aus einer Sportschützenwaffe, und an den Riefen kann man erkennen, dass es sich um ein linksdrehendes Geschoss handelt.» Er machte eine Pause, die bei jedem anderen kokett gewirkt hätte, und fuhr dann fort: «Es gibt nur einen Waffenhersteller auf der Welt, bei dem die Läufe links drehend gezogen sind, und das ist die Firma *Colt*.»

«Was für eine Waffe?», wollte Astrid wissen. «Revolver oder Pistole?»

«Schwer zu sagen», antwortete van Gemmern. «Eigentlich ist das hier eine Revolvermunition, aber ich denke, um auf Nummer Sicher zu gehen, sollten wir nochmal das Feld abgrasen und nach einer Hülse suchen.»

«Oder aber auch nach einer Waffe», gab Cox zu bedenken. «Vielleicht war's ja Selbstmord, ist immerhin möglich.»

Van Gemmern wiegte zweifelnd den Kopf. «Mit dieser Munition wäre das ein ganz schönes Vabanquespiel gewesen.»

«Eine Hundertschaft mit ausreichend Metalldetektoren braucht einiges an Vorlauf.» Toppe griff zum Telefon. «Rufst du Dellmann an, Peter? Der soll dafür sorgen, dass kein Mensch in die Nähe des Maisfeldes kommt, bis wir da sind. Hoffentlich haben die noch nicht angefangen zu mähen.»

Dellmann spuckte Gift und Galle, schlug ihnen seinen Verdienstausfall um die Ohren und beschwor seinen Ruin. Dann verlegte er sich aufs Betteln: «Der Häcksler von Derksen ist brandneu, der hat Metalldetektoren dran, jede Menge. Bitte, lasst den doch einfach mähen! Wenn was im Feld liegt, findet der das bestimmt, und ich krieg wenigstens meinen Mais runter. Ich kann doch nichts dafür. Das könnt ihr mir nicht antun!»

Van Appeldorn ließ den Bauern stehen, als hätte er ihn nicht gehört, selbst Toppe bedachte ihn nur mit einem kühlen Nicken, und so war es schließlich Astrid, die sich erbarmte, den Mann zur Seite nahm und sich geduldig sein Gejammer anhörte.

Es goss aus eiskalten Kübeln. Griesgrämig betrachtete van Appeldorn seine völlig durchweichten Schuhe. «Es ist wirklich eine Überlegung wert, Gummistiefel im Büro zu deponieren, was meinst du?»

Toppe ließ seinen Blick über das Feld wandern, wo die Polizisten sich in einer dichten Reihe langsam vorwärts bewegten. Über den Spitzen der Maispflanzen sah man nur ihre Köpfe und Schultern. «Hast du nicht eigentlich schon frei?»

«Doch, doch, um zwölf hat mein Urlaub angefangen», antwortete van Appeldorn. «Aber was soll's?»

Toppe schaute ihn an. «Das kann hier noch Stunden dauern, wenn wir überhaupt fertig werden, bevor es dunkel ist. Also, ab nach Hause mit dir! Wir sehen uns übermorgen um elf vorm Standesamt.»

Mit einem Ruck fuhr Toppe hoch. Irgendetwas hatte ihn geweckt. Er lauschte, aber da war nichts, nur Astrids tiefe Atemzüge und Katharina, die sich leise schmatzend in ihrem Bettchen umdrehte.

Er fuhr sich über die Augen und versuchte, die Leuchtziffern auf dem Wecker zu erkennen: 4 Uhr 12. Als er vorsichtig die Decke zur Seite schob und sich aufsetzte, wusste er plötzlich, was anders war: Kein Wind mehr, kein Regenrauschen, es war still, vollkommen still. Er rutschte zum kleinen Fenster hinüber. Die Wiesen waren weiß überhaucht, die Grashalme glitzerten im Mondlicht – Frost.

Astrid bewegte sich träge, wachte aber nicht auf, als er Pullover und Socken zusammensuchte und die Kammertür öffnete.

In der Küche war es mollig, der alte Eisenherd gab noch Wärme ab. Wenn man seine Zuluftklappe bis auf einen kleinen Schlitz schloss, hielt er die Glut bis zum Morgen. Toppe stocherte mit dem Schürhaken, öffnete die Klappe ganz, legte zwei Holzscheite nach und setzte den Wasserkessel auf. Während er Pfefferminzteeblätter in die Kanne löffelte und Becher und Zucker bereitstellte, ließ er die Gedanken laufen.

Bis zum letzten Tageslicht hatten sie das Feld abgesucht und keine Waffe gefunden. Dieser alte Mann hatte sich also nicht selbst umgebracht. Er war erschossen worden. Und die Tatwaffe war mit großer Wahrscheinlichkeit ein Revolver gewesen, denn eine Patronenhülse hatten sie auch nicht entdeckt. Aber es konnte natürlich auch sein, dass der Täter die Hülse aufgehoben und mitgenommen hatte. Vielleicht war der Mann aber auch ganz woanders erschossen und danach erst im Maisfeld versteckt worden.

Eigentlich ein perfekter Ort, um jemanden spurlos verschwinden zu lassen, so ein Maisfeld kurz vorm Abernten – wenn man wusste, wie alte Häcksler funktionierten, wenn man wusste, dass Dellmann ein altes Häckslermodell hatte und in den nächsten Tagen ernten wollte. Ein Täter, der sich auskannte? Jemand aus der Umgebung? Ein geplanter Mord?

Das Wasser brodelte. Toppe nahm den Kessel vom Herd und goss den Tee auf.

Ein vorsätzlicher Mord mit einer Sportwaffe? Mit einer Patrone von so geringer Durchschlagskraft eine höchst riskante Sache. Ein Sportschütze ... Wer sonst würde eine solche Waffe benutzen? Keiner, der wusste, wie man tötet, kein Profi, das war sicher.

Er schüttete den Tee durch ein Sieb in den Becher und genoss den Duft.

Allzu viele Sportschützenvereine gab es nicht in der näheren Umgebung. Deren Waffen waren alle registriert.

Er setzte sich an den Tisch und trank in kleinen Schlucken, pustete und trank.

Ein Maisfeld im hintersten Hinterland, meilenweit entfernt von jeder größeren Straße. Das war kein Ort, an dem man zufällig vorbeikam.

Sein Stadtplan lag im Auto. Er nahm seinen Mantel vom Haken, legte ihn sich um die Schultern und ging hinaus. Die Wagenscheiben waren vereist.

Wieder in der Küche, zündete er sich eine Zigarette an und breitete den Plan aus.

Ganz oben links fand er Dellmanns Hof. Die Martin-Schenk-Straße auf dem Banndeich führte von Griethausen nach Schenkenschanz und endete dort. Er war zwar noch nie dort gewesen, wusste aber, dass die Schanz eine alte Befestigungsanlage aus dem achtzigjährigen Krieg zwischen Spanien und den Niederlanden war, der in dieser Gegend heftig getobt hatte. Und er kannte die Presseberichte und die dramatischen Fotos des eingeschlossenen Dörfchens bei den letzten Hochwassern. Man erreichte es entweder über die Deichstraße oder mit der Altrheinfähre. Es gab ein paar schmale, vermutlich befestigte Wege, die zu den umliegenden Bauernhöfen im Naturschutzgebiet führten. Sechs

Höfe, sieben vielleicht, wenn das «ehem. Forsthaus Salmorth» auch bewirtschaftet war. Eine kleine Gemeinschaft, in der sich die Leute mit Sicherheit gut kannten, in der es auffiel, wenn jemand fehlte. Von dort würde der Tote wohl nicht stammen: ein älterer Mann, dem jemand – wie Arend festgestellt hatte – mit einer Sportwaffe ein sauberes kleines Loch in die Schädelkalotte über der linken Schläfe gestanzt hatte, aus nächster Nähe.

Fünf Ulli hatte das Glück auf ihrer Seite.

Die ganze Nacht hatte es geregnet, aber am Freitagmittag riss der Himmel plötzlich auf, und als sie in Düffelward in die geschmückte Kutsche stieg, um mit der Fähre nach Schenkenschanz überzusetzen, wagte sich sogar eine blasse Sonne hervor.

«Du hast ja gar keinen Schleier.» Van Appeldorn betrachtete sie zärtlich.

«Nein, der stand mir einfach nicht.»

Stattdessen trug sie auf dem Kopf, passend zum Brautstrauß und zur Farbe ihres Brautkleides, einen Kranz aus butterweißen Rosen. Sie sah wunderschön aus.

Die Trauung, die Musik, das selbst gewählte Eheversprechen, alles war so, wie sie es sich immer gewünscht hatte, erst beim Auszug aus der Kirche kam es zu einem kleinen Zwischenfall. Als die Kinder aus ihrer Vorschulklasse sich zum Blumenstreuen aufstellen wollten, fanden sie den Ausgang versperrt von zwei Sägeböcken, auf denen ein ziemlich dicker Baumstamm lag. Unsicher giffelnd wuselten sie durcheinander, fingen an, sich gegenseitig zu stupsen und zu rempeln, und es dauerte eine Weile, bis ihre aufgeregten Mütter sie wieder unter Kontrolle hatten.

Draußen stand die Altherrenmannschaft vom SV Siegfried Materborn Spalier, in der van Appeldorn bis vor kurzem noch regelmäßig Fußball gespielt hatte. In ihren kurzen Hosen und Trikots tapfer zitternd, reichten sie Ulli und van Appeldorn eine lange Baumsäge. «Erst die Arbeit, dann das Vergnügen! Manche Sachen gehen nur, wenn beide an einem Strang ziehen.»

Ulli lachte ihrem Ehemann fröhlich ins Gesicht, und unter dem rhythmischen «Hipp hoi!» seiner Mannschaftskameraden machten sie sich ans Werk. Die übrige Hochzeitsgesellschaft hatte mittlerweile die Kirche durch die Seitentür verlassen und sich an der Friedhofsmauer versammelt.

Astrid hakte sich bei Toppe ein. «Ullis Kleid ist wirklich ein Traum! Ich möchte wissen, wer das entworfen hat.»

Toppe grinste. «Warum? Spielst du jetzt doch mit dem Gedanken?»

«Ich hab schon mindestens tausendmal mit dem Gedanken gespielt», antwortete sie ernst, «aber irgendwie käme mir das jetzt ein bisschen albern vor.» Dann schmunzelte sie. «Außerdem hast du mich nie gefragt.»

«Stimmt», erwiderte Toppe. «Du mich aber auch nicht.»

Zwei ältliche Frauen waren hinter ihnen an der Mauer stehen geblieben und begutachteten das Brautpaar, das beim ungewohnten Sägen gar keine so schlechte Figur machte.

«Auch nicht mehr die Jüngsten», bemerkte die eine, «aber trotzdem ein nettes Pärchen.»

«*Er* soll ja bei der Kripo sein, hab ich gehört», raunte die andere. «Und guck mal, da ist auch ein Priester dabei. Die haben bestimmt ökonomisch geheiratet.»

Astrid unterdrückte ein Prusten und drehte sich schnell weg. «Hier hat sich anscheinend nicht viel verändert in den letzten fünfundzwanzig Jahren», lachte sie. «Als ich noch zur Schule ging, war mir immer ein bisschen mulmig, wenn ich auf dem Weg zu einer Party am Rheinufer mit dem Fahrrad hier durchmusste. Die Leute guckten einen so böse an, dass man gleich wusste, Fremde haben hier nichts zu suchen. Außerdem sahen die sich alle auffallend ähnlich, was ja eigentlich nur am jahrhundertelangen Inzest liegen kann.»

Toppe gluckste amüsiert.

«Nein, ehrlich.» Astrid kicherte wieder. «Wenn du dir die Namen auf dem Gefallenendenkmal da hinten anguckst, geht zwangsläufig die Phantasie mit dir durch. Die heißen alle gleich.»

Wenn Ulli gedacht hatte, bei ihrem Festzug durch das Dorf würden herzlich winkende Menschen die Straße säumen, hatte sie sich getäuscht. Türen und Fenster blieben fest geschlossen, und nicht einmal ein Hund ließ sich blicken. Dafür war die Theke in der «Inselruh» gut besetzt. Beim Einzug der Gesellschaft verstummten die Gespräche, Gesichter wandten sich ihnen zu.

Die Wirtin ließ ein halb gezapftes Bier stehen, wischte sich die nassen Hände am Hosenboden ab und kam ihnen entgegen. «Meinen herzlichsten Glückwunsch», rief sie heiter, «und alles, alles Gute! Kommen Sie, kommen Sie, ich hoffe, es gefällt Ihnen, ich hoffe, Sie sind zufrieden. Sind schon eine Masse Geschenke gekommen, hab ich alle mit den Karten, die dabeigehören, auf den langen Tisch an der Seite getan.»

«Trixi», bellte einer der Männer am Tresen, «mach mir erst noch 'n Kurzen, ja?»

Wütend blitzte sie ihn an. «Du wirst ja wohl mal fünf Minuten warten können!»

Es dauerte lange, bis alle Gäste mit dem ersten Glas

Champagner versorgt waren, denn die Wirtin hatte als Bedienung nur einen einzigen jungen Kellner eingestellt.

Der bei solchen Stehempfängen übliche Moment, in dem sich jeder unbehaglich fühlt und mit steifem Lächeln nach einem Gesprächsthema sucht, währte nur kurz, denn Jupp Ackermann nahm das Heft in die Hand, indem er vernehmlich mit seinem Ehering gegen sein Sektglas klopfte. «Liebe Ulli, lieber Norbert! Ich weiß, ihr zwei habt et nich' so mit de Beileidsbekundungen, deshalb gibbet auch keine Hochzeitszeitung un' keine gespielten Witze mit de ganzen – wie sacht man so schön – Anzüglichkeiten. Selbs' in Schuld, aber is' eben nich' jedem sein Geschmack. Bloß eine Sache, die muss eben sein ...»

Er lachte meckernd und hob sein Glas. «Aber ers' ma' trinken wir einen Schluck auf unser Jubelpaar. Möge ihr junges Glück währen ewiglich! Und alle jetz': Hoch soll'n se leben, hoch soll'n se leben ...»

Nur sehr zaghaft fielen die anderen Gäste in seinen Gesang ein. Ullis Kolleginnen, die Ackermann nicht kannten, starrten entgeistert und fingen dann an, sich imaginäre Flusen von den Kleidern zu zupfen. Ulli selbst strahlte und drückte dem zappeligen Ackermann einen Kuss auf die Wange.

«Oho! Wenn ich dafür schon so 'n saftigen Schmatz krieg', dann gibt dat gleich aber 'ne richtige Knutscherei, wie se im Buch steht.»

Er hob mit einer dramatischen Geste die Hände. «Jetz' kommt nämlich dat Geschenk, wofür die lieben Kollegen vonne Wache un' ich zusammengeschmissen haben. Die Idee is' aber von mir! Moment noch ...» Er wieselte zur Tür, öffnete beide Flügel und ließ ein paar uniformierte

Kollegen herein, die ein gigantisch großes schwarzes Nierenbecken trugen.

«Was ist das, um Himmels willen?», flüsterte Ulli aufgeregt.

«O Gott!» Van Appeldorn schluckte. «Das sieht aus wie ein Gartenteich!»

Ackermann verbeugte sich. «Ich hab lang' überlegt, un' dann hab ich mir gesagt: Ackermann, der Mensch in unserm Alter braucht wat für de Kontemplation. Un' wat, frag ich euch, könnt' da besser sein wie 'n Teich? Mir un' der Mutti hat unser Teich immer gut getan. Egal wat für 'n Ärger wir mit de Blagen oder sons' wat hatten, wenn wer bei uns am Teich gesessen haben, war dat alles wie weggeblasen. Un' die Kollegen haben et bestätigt: Is' gut für de Seele, so 'n Teich, un' für de Kontemplation. Also, viel Spaß damit! Ach, fast hätt ich et vergessen – wir buddeln euch dat Teil natürlich fachgerecht ein, wenn er auf Reisen seid, un' bringen et auch am Laufen mit Pflanzen un' Fischkes un' 'nem Spuckmänneken, die ganze Palette. Un' wenn er zurückkommt vonne Koalas un' vonne Kängurus, is' alles picobello, dat garantier ich. So! Un' jetz' hätt ich da noch 'n passenden Song gedichtet, den wir edlen Spender zum Vortrag bringen wollen.»

Die Polizisten lehnten das Becken gegen den Gabentisch und stellten sich in einer Doppelreihe auf. Ackermann rückte die dicke Brille zurecht und schaute sich suchend um. «Aha, wie ich et mir gedacht hab! Nix da, Männeken, Schwanz einkneifen gibbet nich'! Is' dat klar? Komm nach vorne, Peter!»

Peter Cox, der, höchst elegant im grauen Cut, zufrieden an seinem Champagner genippt hatte, entgleisten sämtliche Gesichtszüge, aber dann stellte er sich mit feuerroten Ohren zu den anderen.

Ackermann verteilte die Zettel mit dem Songtext, gab den Ton an, und dann schmetterten die Männer – bis auf Peter Cox – selbstbewusst zur Melodie von «Loch Lomond» los: «An dem schönen Ufer, an deinem schönen Strand, wo die Sonne warm scheint im Garten ...»

Das Lied hatte vier Strophen und zeichnete sich besonders durch seine eigenwilligen Reime aus. Die Heiterkeit des Publikums und der anhaltende Beifall ließen Ackermann sich noch einmal, diesmal mit deutlich stolzgeschwellter Brust, tief verbeugen.

Frau Lentes hatte keine langen Tafeln aufgebaut, sondern die Tische zu kleinen Gruppen zusammengeschoben, an denen jeweils acht Leute Platz fanden, was sich als glückliche Idee entpuppte. Als das Brautpaar nach dem Essen – einem sehr guten italienischen Buffet, das sogar die Wirtin wohlwollend akzeptiert hatte – aufstand, um von Tisch zu Tisch zu gehen und sich mit allen zu unterhalten, nahmen auch die Gäste die Gelegenheit wahr und mischten sich neu.

Toppe entdeckte Arend Bonhoeffer, der am Getränketisch mit einem alten Bekannten, den Toppe ewig nicht gesehen hatte, ins Gespräch vertieft war. Wim Lowenstijn hatte früher einmal bei der *Recherche* in Nimwegen gearbeitet, dann aber das Kaffee- und Tabakimperium seines Vaters geerbt und war in eine Villa nach Hochelten gezogen. Wenn ihm das Leben zu langweilig wurde, arbeitete er hin und wieder als Privatdetektiv, und er hatte dem Klever KK 11 schon bei einigen Ermittlungen unter die Arme gegriffen.

Bonhoeffer bemerkte Toppe und winkte ihn heran. «Du

musst unbedingt diesen Wein probieren. Er ist ganz ausgezeichnet. Nimm dir ein Glas!»

Eigentlich hatte Toppe noch fahren wollen, aber schon der Wein zum Essen hatte ihn wunderbar entspannt. Sie würden ein Taxi nehmen.

Lowenstijn hob sein Glas. «Du lebst also doch noch. Auf die alten Zeiten, mein Freund!»

An der Saaltür wurde es laut. Ein Geiger kam fiedelnd herein, hinter ihm weitere Musiker, die die verschiedensten Instrumente schleppten.

Ulli stieß einen entzückten Schrei aus, die blanken Tränen schossen ihr in die Augen. Van Appeldorn umarmte sie. «Meine Überraschung. Ich habe doch noch eine irische Folkband auftreiben können. Darf ich zum Hochzeitstanz bitten?»

Wim Lowenstijn schnappte geräuschvoll nach Luft. «Ist das derselbe Mann? Ich bin ja schon aus allen Wolken gefallen, als ich die Einladung zur Hochzeit bekam, aber das ist zu viel: Norbert tanzt!»

Dann leuchteten seine Augen auf, und er drückte Toppe sein Weinglas in die Hand. «Die nette Musik gibt mir ganz unverhofft die Gelegenheit, deine Lebensabschnittsgefährtin in die Arme zu nehmen. Welch glückliche Fügung. Wer weiß, vielleicht kann ich ja heute endgültig richtig bei ihr landen ...»

Aber Bonhoeffer war schneller gewesen und hatte Astrid schon zum Tanzen geholt.

Lowenstijn nahm sein Glas wieder an sich. «Ist ja alles ganz reizend, aber ehrlich gesagt verstehe ich nicht so ganz, warum die beiden nicht einen etwas stilvolleren Rahmen für ihre Feier gewählt haben.»

«Nun ja, wie es scheint, ist Ulli ganz vernarrt in dieses Dorf», erklärte Toppe abwesend.

Lowenstijn rümpfte die Nase. «In dieses finstere Kaff? Bis vor ein paar Wochen wusste ich nicht einmal von der Existenz dieses Ortes. Aber dann hatte ich einen Klienten aus Schenkenschanz und musste mich alle naslang hier rumtreiben.»

Toppe löste den Blick von Astrids biegsamem Körper. «Ich kannte das Dorf bis heute auch noch nicht. Hat eine eigenwillige Atmosphäre.»

«Und äußerst eigenwillige Leute, das kannst du mir glauben. Ich bin jedenfalls nicht traurig, dass mein Klient sich nicht mehr meldet, hat seine Pläne wohl geändert.»

«Wo steckt eigentlich Daniel?», fragte Toppe. «Ich weiß, dass Norbert ihn einladen wollte.»

Daniel Baldwin war Lowenstijns rechte Hand, sein Mädchen für alles. Er selbst bestand allerdings auf der korrekten Berufsbezeichnung «Butler», denn er hatte eine der besten Butlerschulen Englands absolviert.

Wim Lowenstijn lachte herzhaft. «Du kennst ihn doch! Er hat es näselnd abgelehnt, sich mit seinem ‹Herrn›, wie er sich auszudrücken beliebte, auf eine Stufe zu stellen, und mir stattdessen eine feine Karte und sechs Waterfordgläser für das Brautpaar mitgegeben. Stopp, halt! Bitte entschuldige mich, aber das Objekt meiner Begierde wird gerade frei.»

Toppe griente nachsichtig. Seit Jahr und Tag flirtete Lowenstijn ganz offen mit Astrid. Früher war er eifersüchtig gewesen – Lowenstijn war nicht nur steinreich, sondern auch ausgesprochen attraktiv –, hatte aber irgendwann erkannt, dass alles offenbar nur ein harmloses Spiel war. Es erstaunte ihn, dass er dennoch, nach all dieser Zeit, wieder einen leichten Stich verspürte, und war ganz froh, dass Bonhoeffer zurückkam und ihn in ein Gespräch über den Park von «Haus Wurt» verwickelte, den sie gemeinsam umgestalten wollten, wenn der Frühling kam. Als er sich einige Zeit später auf die Suche nach der Toilette machte, war er angenehm beschwipst.

An der Theke stand Ackermann, kippte einen Klaren und klopfte einem Einheimischen kräftig auf die Schulter. «Ach komm, Franz, ich weiß et noch wie heut. Jedes Ma', wenn ihr Schänzer verloren hattet, habt er die Fähre auffe andere Seite gezogen un' uns Kranenburger Kicker mit de Mistforke innen Altrhein gejagt. Un' wir durften dann schwimmen un' konnten kucken, wie wer nach Hause kamen.»

«Dat stimmt doch gar nich'. Keine Ahnung, warum der Quatsch immer noch rumerzählt wird.» Der angesprochene Franz wieherte. «Wir sind bloß mit euch zusammen baden gegangen nach dem Spiel, als Erfrischung.»

«Baden gegangen!» Ackermann brüllte vor Lachen. «Ich krieg mich nicht mehr ein!»

Dann entdeckte er Toppe. «Ham Se 't schon gehört, Chef? Na' Hause kommen wird kompliziert. Die ham die Fähre stillgelegt. Dat Wasser steht zu hoch. Un' et schüttet auch wieder, dat et 'ne wahre Pracht is'. Wollen Se auch 'n Kurzen? Geht auf meine Rechnung, is' doch klar.»

Toppe winkte ab. «Ich halte mich an Rotwein. Ist der Deich denn wenigstens noch befahrbar, oder sind wir hier endgültig gestrandet?»

«Klaro, keine Sorge. Da brauchet schon andere Kaliber, dat der dichtgemacht wird.»

«Dat kommt nich' so hoch», brummte Franz. «Dies' Jahr nich'.»

Ackermann deutete Toppes umherschweifenden Blick richtig. «Müssen Se mal für kleine Männer? Da vorne de Ecke rum. Tja, Franz, nix für ungut, aber ich glaub', ich muss noch 'n bisken abhotten gehen. Ich hab ja schon immer gern getanzt.»

Sechs   Für Toppe, Astrid und Cox begann die Woche mit zäher Routine.

Stunde um Stunde arbeiteten sie sich durch Vermisstenmeldungen aus dem ganzen Bundesgebiet und den Niederlanden, telefonierten mit anderen Dienststellen, aber ihre Mühe wurde nicht belohnt.

Am Dienstag brachte van Gemmern ihnen eine Aufstellung aller Revolver, die die gleichen Projektile verschossen wie jenes, das er im Häcksler gefunden hatte, allesamt Sportwaffen: Colt Python, Colt Trooper, Colt Border Patrol mit dem Kaliber .357 Magnum, dann der so genannte Peacemaker mit seinem besonders langen Lauf, den man aus alten Western kannte, und schließlich zwei Colts mit .38er Spezial-Kaliber, der Diamond back und der Detective special.

Während Astrid sich weiter mit den Vermisstenmeldungen herumschlug, gingen Toppe und Cox hinunter ins Archiv und nahmen sich die Waffenbesitzkarten aller Sportschützen und Jäger im Kreis Kleve vor.

Toppe wurde immer stiller. Er hatte das sichere Gefühl, etwas Wichtiges übersehen zu haben, und zermarterte sich das Hirn. Auch Cox sprach wenig und wirkte ungewohnt bedrückt.

Es gab mehr als dreißig Personen, die einen der gesuchten Revolver besaßen, die meisten von ihnen einen Colt Python.

Im beständig strömenden, eiskalten Regen klapperten sie die Leute ab und sammelten die Waffen ein, wurden mürbe von den ewig gleichen Sätzen, mit denen sie ihr Anliegen erklärten. Viele der Schützen trafen sie erst nach Feierabend an, und so war es schon nach zehn, als sie ins Präsidium zurückkehrten. Keiner von beiden war überrascht, van Gemmern in der Halle vorzufinden, wo er immer noch mit stoischer Ruhe eine Portion Häckselgut nach der anderen durchsiebte. Er würde die Waffen zusammen mit dem gefundenen Projektil zum Vergleichsbeschuss nach Düsseldorf bringen.

Am Mittwoch schickten die Menschen auf der Schanz und in Griethausen sich an, die Hochwassertore zu schließen, und die Altrheinbrücke sollte für den normalen Verkehr gesperrt werden, doch dann hielten die Wasser plötzlich inne und pendelten sich nur wenige Zentimeter unter der kritischen Marke ein.

Der Rhein stand hoch am Banndeich, und die Nächte wurden immer kälter.

«Kann ich mal mit dir sprechen?» Peter Cox erwischte Astrid in der Teeküche.

«Sicher! Dir liegt schon seit Tagen was auf der Seele, nicht?»

Cox schlug die Augen nieder. «Ich wollte eigentlich keinen damit behelligen, aber ...»

«Jetzt sag schon, was los ist!»

«In zwei Wochen kommt Irina!» Die Panik in seiner Stimme war nicht zu überhören. Astrid blinzelte verwirrt. «Freust du dich denn nicht?»

«Doch schon, nein ...» Dann sprudelte es aus ihm heraus: «Ich habe vergangene Woche ein Doppelbett gekauft, aber jetzt weiß ich nicht, ob ... Das sieht so direkt aus, oder? So, als wäre ich nur scharf auf ..., als ging's mir nur um ... um Sex.» Er wurde rot. «Vielleicht wäre das Gästezimmer doch besser, aber womöglich denkt sie dann auch was Falsches.»

Astrid stützte sich ab und setzte sich auf den Küchenschrank. «Wie sind denn eure Briefe? Schreibt ihr euch auch mal was Erotisches?»

«Irina schon, ich meine, sie ist da sehr offen. Ich bin eher ein bisschen zurückhaltend. Mein Gott, ich weiß nicht mal, wie ich sie am Flughafen begrüßen soll!»

Sie strich ihm beschwichtigend über die Hand. «Nimm sie einfach nett in den Arm. Ich bin sicher, Irina wird dir schon zeigen, was sie gern möchte.»

«Hoffentlich ist es auch das, was ich möchte», murmelte er düster.

«Hör zu, richte das Gästezimmer her und dein Doppelbett, und dann lass ihr die Wahl. Lass sie einfach das Tempo bestimmen.»

Sie machte ihm Vorschläge, welches Essen er vorbereiten könnte, erzählte ihm, dass man leicht ins Gespräch kam, wenn man gemeinsam alte Fotos anschaute, gab Tipps für Ausflüge und nette Kneipen. Ganz beruhigen konnte sie ihn nicht, aber wenigstens hörte er sich nicht mehr panisch an.

Am Nachmittag rief van Gemmern sie alle ins Labor. Er hatte seine Untersuchung endlich abgeschlossen und präsentierte ihnen mürrisch die magere Ausbeute: ein paar

Knöpfe, eine Gürtelschnalle, zwei Stücke von einem Uhrarmband, einen ausgefransten Schnürsenkel, verschiedene Fasern und einen ganzen Berg übel riechender Knochensplitter.

Irgendwo im Haus schlug klirrend ein Fenster zu und ließ alle zusammenfahren. «Die haben wieder ein Sturmtief gemeldet», sagte Cox.

Astrid und Toppe holten ihre Tochter früher von der Tagesstätte ab. Sie verriegelten Fenster und Türen und machten Feuer im Kamin.

Der Sturm hatte nicht die Gewalt des letzten, aber er war doch stark genug, die alte Kastanie neben dem Haus, die mehr als zweihundert Jahre lang allen Wettern getrotzt hatte, in die Knie zu zwingen. Toppe wusste, dass er ihr langes, qualvolles Ächzen und das schreckliche Geräusch, als sie endlich brach und fiel, nicht vergessen würde.

In der Nacht schlief er unruhig, wachte mehrmals auf, weil ihm Satzfetzen durch den Kopf schossen, die er nicht zu fassen bekam.

Am Freitag endlich trafen die Ergebnisse vom Landeskriminalamt ein, was sie aber nicht weiterbrachte. Das Opfer war männlich und hatte die Blutgruppe 0+, die DNA-Analyse lag vor, doch was half sie ohne Vergleichsprobe? Lediglich den Todeszeitpunkt hatte der Biologe anhand der Insektenlarven und -puppen näher eingegrenzt. Der Mann aus dem Maisfeld war zwischen dem 18. und 21. Oktober gestorben. Toppe schaute in seinem Tischkalender nach. Am 28. Oktober hatte Dellmann den Leichnam gehäckselt, sieben bis neun Tage nach dem Eintritt des Todes.

Auch das Ergebnis vom Beschuss lag vor: Aus keinem der eingeschickten Revolver war das tödliche Projektil abgefeuert worden.

«Dann wollen wir uns mal wieder an die Computer setzen», sagte Cox, «und schauen, wer im weiteren Umkreis einen von diesen Revolvern sein eigen nennt.» Er betrachtete Toppe stirnrunzelnd. «Mir macht so eine Fiselsarbeit ja nichts aus, aber du scheinst langsam die Nase voll zu haben.»

Toppe antwortete nicht.

Astrid hatte Katharina in den Kindergarten gebracht.

Seit drei Monaten arbeitete sie nur noch zwanzig Stunden in der Woche und war froh, nicht mehr so oft auf ihre Eltern angewiesen zu sein, wenn es um das Kind ging. Eigentlich hatte sie sich vorgenommen, ihren freien Tag zu nutzen und den Holzboden auf der Galerie zu verlegen, aber Arend hatte einen Landschaftsgärtner beauftragt, sich um die Kastanie zu kümmern, und das Kreischen der Kettensägen machte sie verrückt. Sie musste weg. Unschlüssig stand sie am Küchenfenster und schaute in den eisgrauen Tag hinaus. Die großen Qualmwasserpfützen auf den Wiesen waren mittlerweile dick zugefroren, und plötzlich hatte sie eine Idee. Sie musste ungefähr in Katharinas Alter gewesen sein, als sie ihre ersten Schlittschuhe bekommen hatte, holländische Kinderschaatsen mit Doppelkufen, damit sie nicht umknickte. Die Pfützen da draußen waren ideal zum Üben, nur wenige Zentimeter tief, völlig ungefährlich. Sie freute sich jetzt schon auf Katharinas Gesicht, schlüpfte in ihre Lammfelljacke und zog Stiefel an. Ihre Handschuhe hatte sie nicht finden können, doch das machte nichts. Ihr kleiner Peugeot war zwar alt und hatte seine Mucken, aber die Heizung funktionierte prächtig. In Nimwegen gab es einen großen Laden, vielleicht sollte sie gleich Schlittschuhe für die ganze Familie besorgen. Wenn es weiter so bitterkalt blieb, würde das Eis auf den Kolken schon in ein paar Tagen tragen, und das Erfgen lag direkt vor ihrer Nase. Dann fiel ihr ein, dass sie keine Ahnung hatte, ob Helmut jemals in seinem Leben Schlittschuh gelaufen war.

Peter Cox wollte gerade sein Mittagsmahl auspacken, als Jupp Ackermann ihnen einen Besuch abstattete. «Na, hat Freund Norbert sich schon gemeldet?»

Toppe musste lachen. «Würden Sie aus den Flitterwochen ausgerechnet die Kollegen auf der Arbeit anrufen?»

«Klar, würd' ich dat! Ich muss immer wissen, wat los is', sons' werd' ich kribbelig, un' da hat kein Mensch wat von. Aber wat anderes: Gibbet wat Neues von euerm Gehackteskerl? Ich mein', et interessiert einen ja doch ir'ndswie.»

Cox stand auf und schnappte sich seine Aktentasche. «Ich geh mal kurz in die Küche, Kaffee kochen.»

Sein kühler Abgang wurde ihm allerdings vereitelt durch Bauer Dellmann, der in diesem Moment ins Büro gestürmt kam. «Welcher Idiot hat an meinem Häcksler rumgefummelt?»

«Tach, Dellmann!»

«Tach, Ackermann. Also bitte, welcher ...»

Toppe war aufgestanden und streckte dem Bauern die Hand hin. «Guten Morgen, Herr Dellmann, setzen Sie sich doch. Gibt es ein Problem?»

«Das kann man wohl sagen! Ich will mich nicht setzen,

ich will mich beschweren. Was habt ihr mit meinem Häcksler gemacht? Er läuft nicht, weil irgendein Vollidiot den auseinander genommen und total falsch wieder zusammengeschraubt hat. Was soll ich mit dem Teil? Und vor allem, wer bezahlt mir die Reparatur?»

«Ich hör immer Reparatur», ließ Ackermann sich vernehmen. «Dat Ding gehört doch auffe Schrottsküll. Selbs' du kanns' nich' so seikerig sein, dat de mit 'ner Mordwaffe durch de Gegend stochs'.»

Dellmann fuhr zu ihm herum, machte dann aber nur eine wegwerfende Handbewegung und wandte sich wieder an Toppe. «Und noch was. Heute Morgen flattern mir mit der Post so genannte Formulare für die Rückerstattung meiner Ausgaben auf den Tisch. Sechs Seiten, die ich ausfüllen soll. Dabei haben Sie mir persönlich gesagt, ich kriege mein Geld. Mein Mais steht immer noch, und den kann ich jetzt sowieso vergessen bei dem Frost. Aber den Derksen hab ich trotzdem bezahlen müssen. Verdienstausfall, wenn Ihnen das was sagt. Formulare! Ich hab meinen Mais nicht, ich hab Derksen bezahlt, und ich hab einen kaputten Häcksler. Aber ich hab auch Rechte, Herr Kommissar, oder was Sie sonst sind. Und jetzt sind Sie dran!»

«Ömmer an 't Jammere, de Bure!» Ackermann legte den linken Fuß aufs rechte Knie und wippte. «Mach dir doch nich' in 't Hemd, Dellmann. Da krieg ich nämlich 'n ganzen dicken Hals bei. Wie viel Knete kassierste im Jahr an Subventionen, he? Fuffzigtausend doch mindestens, oder? Un' weißte, wer dir dat alles reindrückt? Der Steuerzahler! Un' weißte, wer dat is'? Jupp Ackermann, zum Beispiel. Also, halt ma' lieber 'n Ball flach.»

«Ach, lott min doch in röst!» Dellmann versenkte die

Hände in den Hosentaschen und schaute Toppe beleidigt an. «Ich soll also die Formulare ausfüllen?»

«Da führt leider kein Weg dran vorbei. Aber ich werde sehen, dass das Ganze möglichst unbürokratisch geregelt wird. Und ich werde mich auch erkundigen, wer für die Reparatur Ihrer Maschine zuständig ist und wer die Kosten übernimmt.»

«Da hör ich doch schonn wieder wat von Reparatur!» Ackermann setzte sich aufrecht hin. «Du has' doch 'n Bälleken, Paul. Als wennste dir nix Anständiges leisten könnts!»

Dellmann schlurfte zur Tür. «Ich dacht' immer, wir könnten miteinander, Jupp.»

«Können wer auch, aber deshalb muss man doch die Wahrheit sagen dürfen, oder siehste dat anders?», brüllte Ackermann ihm hinterher.

Cox hatte sein Mittagessen vergessen. «Anscheinend kennst du den Mann schon länger, Josef.»

«Josef! Dat du dich immer so haben muss'. Jupp heiß ich. Un' Paul Dellmann, ich mein', wer kennt den nich'? Der is' 'ne große Nummer auffe Schanz. Bei ärgen Hochwasser is' dem sein Hof die Zentrale.» Toppes interessierter Blick kam ihm gerade recht. «Wenn die Fähre nich' mehr fährt, is' dat schon schlimm. Über 'n Deich sind dat immerhin zehn Kilometer Umweg, wenn de in de Stadt wills'. Un' wenn dann au' noch die Brücke in Griethausen zu is', dann is' die Schanz vonne Zivilisation abgeschnitten, oder soll ich dat lieber andersrum sagen? Jedenfalls werden se dann vom THW versorgt. Die düsen da mit ihre Boote rum. Un' damit dat nich' so 'n Aufwand is', alle Höfe abklappern un' so, haben die Schänzer 'ne Sammelstation, wo se de Milch vonne Kühe hinbringen, damit se zur Molkerei kommt, un' wo se de frischen Lebensmittel abholen. Un' bei Paul Dellmann läuft dat alles zusammen. Da wird de ganze Logistik gemacht, wie et so schön heißt, un' da wird auch überlegt, wat als Nächstes kommt, Evakuierung un' all dat. Wat bis heut' allerdings noch nich' vorgekommen is'. Die sind eigen, die Schänzer, un' mit Hochwasser kennen die sich aus. Aparte Leut', schon solang man denken kann. Die sind sich selbs' genuch. Für mich wär' dat da nix. Ich mein', ich komm' ja auch aussem Kaff, aber wenn ich nur 206 Schritt von einem bis zum andern End' laufen könnt, würd' ich bekloppt. Aber wat ich ei'ntlich sagen wollt', wenn er mich brauchen könnt', ich wär' dabei. Die Chefin hab ich schon gefragt, die hätt' im Prinzip nix dagegen.»

Das Telefon klingelte, und Cox nahm dankbar den Hörer ab, reichte ihn aber schnell an Toppe weiter. «Astrid! Sie hört sich ganz komisch an.»

Toppe zog sich der Magen zusammen. «Hallo, was gibt's?»

«Kannst du Katharina abholen?» Ihre Stimme war sehr leise, sehr unsicher. «Und danach mich aus dem Krankenhaus?»

«Mein Gott, was ist los? Ist dir was passiert?»

«Ich hatte einen Unfall.» Sie schniefte. «Auf der Alten Bahn in Nütterden. Blitzeis, haben die Kollegen gesagt. Ich bin gegen einen Baum geknallt. Ich war in Nimwegen, weil ich Schlittschuhe ...» Dann fing sie an zu weinen.

Toppe schluckte schwer. «Was ist mit dir?»

«Glück gehabt.» Er spürte, wie sie sich zusammenriss. «Ich hab ein Riesenglück gehabt, weil ich angeschnallt war. Meine Rippen sind noch ganz, darüber staunen hier alle, aber sonst hab ich eben eine blöde Gurtverletzung ...»

«Ich bin sofort bei dir!»

«Ja, das wäre schön. Warte! Mir geht es wirklich gut. Ich hab nur was an der linken Schulter, ich brauch nicht mal Gips, nur eine Armschlinge für ein paar Wochen.» Sie schluchzte auf. «Ich will nach Hause.»

«Ich komme.»

Sieben Toppe hatte Astrid gerade vorsichtig im Sessel vor dem Kamin untergebracht, als sie plötzlich anfing zu zittern, Tränen rannen ihr übers Gesicht, sie würgte.

«Warte, ich hol dir eine Schüssel.» Er lief in die Küche und war froh, dort auf Sofia zu treffen. «Kannst du dich um Katharina kümmern? Astrid klappt mir gerade zusammen, sie hatte einen Unfall.»

Sofia fragte nicht lange. Sie nahm das ängstlich weinende Mädchen einfach auf den Arm und trug es hinüber in ihr Atelier. Toppe holte die Matratze aus der Kammer, legte sie vor den Kamin, hielt Astrid, bis sie aufhörte zu zittern, küsste behutsam den dunklen Bluterguss, der sich quer über ihre Brust zog. Dann kochte er süßen Kakao, gab einen kräftigen Schuss Rum hinein und brachte sie dazu, den ganzen Becher leer zu trinken. Sie sprach kaum und starrte apathisch an die Decke.

Als sie endlich eingeschlafen war, fühlte er sich erschöpft und gleichzeitig hellwach. Leise stieg er zur Galerie hinauf und holte Papier und Stift. Dann setzte er sich vor das heruntergebrannte Feuer und fing an, willkürlich und völlig ungeordnet alle Fakten und Ideen zum Toten aus dem Maisfeld aufzuschreiben. Wenn er einen Fall nicht in den Griff bekam oder in einer Sackgasse steckte, half es ihm oft, das erste Gesamtbild, das er sich gemacht hatte, in seine Grundelemente zu zerlegen und diese neu zu mischen.

Einzelne Fragmente bekamen dann häufig ein anderes Gewicht, manchmal fand er dabei einen ganz neuen Blickwinkel und kam verschütteten Gedanken auf die Spur. Heute allerdings hatte er kein Glück, die Satzfetzen, die ihm immer mal wieder wie scharfe Blitze durch den Kopf schossen, wollten sich nicht greifen lassen.

In der Nacht riss Astrid ihn aus dem Schlaf. Sie wimmerte vor Schmerzen. Kopf, Nacken, Schulter, Brust, alles tat ihr unerträglich weh, und sie schluckte gierig die Tabletten, die man ihr im Krankenhaus mitgegeben hatte. Toppe hielt sie im Arm, verstört und besorgt, so kannte er sie nicht, sie war immer eine eher zähe Kranke gewesen.

Auch am Samstagmorgen ging es ihr nicht viel besser. Sie sagte, sie wolle nur schlafen und er solle irgendwo draußen etwas mit Katharina unternehmen. Also setzte er seine Tochter ins Auto, um mit ihr nach Düffelward zu fahren und das Hochwasser anzuschauen. Leider waren außer ihm noch Hunderte anderer Menschen auf dieselbe Idee gekommen. Autos aus Düsseldorf, Köln, dem ganzen Ruhrgebiet und Holland parkten zu beiden Seiten der Hauptstraße. Auf dem Deich herrschte dichtes Gedränge.

Der eisige Wind trieb Toppe die Tränen in die Augen, und Katharina begann zu weinen, weil ihre Hände taub waren vor Kälte. Er knöpfte seinen Mantel auf, nahm sie auf den Arm, klemmte sich ihre Händchen in die Achselhöhlen und rannte den ganzen Weg zum Auto zurück.

Als sie zu Hause ankamen, war die Matratze verschwunden. Astrid hatte geduscht und sich angezogen. Sie war immer noch blass, lächelte aber tapfer. «Morgen gibt's Martinsgans. Arend und Sofia wollen uns bekochen.» Dann nahm sie Katharina zum Spielen mit in die Küche. Toppe holte sein Werkzeug und fing an, die Holzdielen auf der Galerie zu verlegen. Er versuchte, dabei möglichst an nichts zu denken. Er vergaß die Zeit, machte sich irgendwann ein Brot, schlief irgendwann ein paar Stunden, arbeitete weiter.

Als Astrid vor ihm stand, ein Glas Wein in der Hand, war nicht nur die Galerie, sondern auch das Kinderzimmer fertig.

«Katharina schläft, und in einer halben Stunde gibt's Gans.»

Er musste sich räuspern, um seine Stimme wiederzufinden. «Dann geh ich jetzt mal duschen und zieh mir was Frisches an.» Er schnupperte. «Mir ist gar nicht aufgefallen, wie köstlich es aus der Küche duftet. Wie geht es dir?» Vorsichtig berührte er ihre Schulter.

«Viel besser. Du hast wirklich was geschafft.»

«So langsam wird's.»

«Ja.» Sie schaute an ihm vorbei. «So langsam wird's.»

Sofia fand nur selten die Muße, ausgiebig zu kochen, besonders wenn sie, wie jetzt, eine große Ausstellung vorbereitete und beinahe Tag und Nacht malend im Atelier verbrachte. Aber heute hatte sie schon seit dem frühen Morgen in der Küche gestanden und ein richtiges Festmahl gezaubert.

«Es ist zu blöde, dass ich ausgerechnet jetzt die Ausstellung in Boston habe.» Sie legte Astrid noch ein Stück Gänsebrust auf den Teller und schnitt es klein. «Wie lange musst du die Schulter ruhig stellen?»

«Vier bis sechs Wochen, haben sie gesagt.»

«Helmut und ich sind ja auch noch da.» Bonhoeffer reichte die Schüssel mit dem Rotkohl an Toppe weiter.

«Du pusselst doch den lieben langen Tag in deinem Leichenkeller herum.» Sofia gab ihm einen zärtlichen Klaps.

«Ich könnte ruhig mal weniger pusseln, davon ginge die Welt auch nicht unter.» Mit einem wohligen Laut lehnte er sich zurück und strich sich über den Bauch. «Es ist schon komisch, wie sehr ich unser lockeres Zusammenleben hier genieße. Dabei habe ich so etwas noch nie gehabt, nicht einmal als Kind. Meine Eltern hatten keine Zeit für mich und waren einander ohnehin genug. Ich bin quasi von Kindermädchen großgezogen worden. Und Sofia und ich, wir leben zwar seit mehr als zwanzig Jahren zusammen, aber doch immer mit sehr viel Freiraum.»

Sofia nickte. «Es tut uns beiden gut, dass wir jetzt, allein von den Räumlichkeiten her, näher zusammenrücken. Verrückt, aber ich fühle mich angenehm geborgen, obwohl ich bisher gar nicht wusste, dass mir etwas gefehlt hat. Das ist schön, gerade jetzt im Alter.»

Astrid lachte auf. «Im Alter, meine Güte!»

«Na ja, wenn du erst mal Mitte fünfzig bist, rückt das sehr schnell näher, glaub mir.»

«Warum bist du eigentlich so muffelig?», wandte sich Bonhoeffer an Toppe.

«Ich bin doch nicht muffelig», wehrte der sich halbherzig. «Ich komme einfach nicht von dem Fall los, an dem ich gerade sitze. Irgendwas hakt da bei mir.»

«Der Fall, so, so», antwortete Bonhoeffer. «Warum hakt denn dann bei Astrid nichts? Es ist schließlich auch ihr Fall, oder?»

«Den Schuh habe ich mir jahrelang angezogen», unterbrach Astrid ihn. «Und oft genug hat er ganz schön gedrückt. Aber inzwischen weiß ich, dass Helmut anders tickt als ich. Manchmal liegt er richtig, aber manchmal ist seine Marter auch völlig umsonst.»

Sie hatte auf einmal einen Kloß im Hals. Monatelang schoben Helmut und sie jetzt schon ein unausgesprochenes Problem vor sich her. Seit er seine Familie verlassen hatte und mit ihr zusammenlebte, hatte er, egal wo sie wohnten, immer auf getrennten Schlafzimmern bestanden, eine Regelung, mit der sie immer schlechter zurechtgekommen war. Hier gab es die gemütliche Bibliothek in der Halle, die Galerie, auf der sie einen Wohn- und einen Arbeitsbereich geplant hatten, zwei geräumige Zimmer, von denen das größere Katharinas sein würde, und die kleine Dachkammer.

«Mit den Böden seid ihr so gut wie fertig, nicht?» Bonhoeffer hatte sie beobachtet. «Dann geht es also ans Möbelschleppen. Ich könnte mir ein, zwei Tage freinehmen, wenn ihr mich braucht.»

Astrid trat die Flucht nach vorn an. «Wir haben noch gar nicht richtig über die Raumaufteilung gesprochen. Ich weiß nur, dass ich nicht in der Kammer schlafen werde.»

Toppe legte das Besteck aus der Hand. «Die Kammer wäre ganz schön als Gästezimmer, dachte ich.»

«Aha.»

«Du hast dich doch in dieses Himmelbett verguckt, oder?»

«Aber das ist ein Doppelbett.»

Er sah ihr lange in die Augen. «Eben.»

Bonhoeffer grinste. «Zeit, die Tafel aufzuheben. Mir wird das hier zu romantisch. Ich übernehme freiwillig den Abwasch.»

Am Montag nutzte Toppe seine Mittagspause, um beim Getränkemarkt in Kellen einzukaufen. Normalerweise war hier am Wochenanfang wenig Betrieb, aber heute schien halb Holland scharf auf deutsches Bier zu sein. Die Gänge zwischen den Kastentürmen waren eng, und er musste sich an einem Mann mit einem enormen Bierbauch vorbeizwängen, um zur Mineralwasserabteilung zu kommen. Er bückte sich, hob einen Kasten an und erstarrte mitten in der Bewegung – Lowenstijn! Seine Nackenhaare stellten sich auf.

«Alles in Ordnung, Meister?» Der dicke Mann beugte sich zu ihm herunter und verströmte dabei einen solchen Knoblauchgeruch, dass es Toppe ganz flau wurde.

«Ja, schon gut.» Er stellte den Wasserkasten auf die Einkaufskarre und richtete sich auf. «Alles in Ordnung.»

Ich bin jedenfalls nicht traurig, dass mein Klient sich nicht mehr meldet, hat seine Pläne wohl geändert. Lowenstijn. *Bis vor ein paar Wochen wusste ich nicht einmal von der Existenz dieses Ortes, aber dann hatte ich einen Klienten aus Schenkenschanz ... nicht traurig, dass mein Klient sich nicht mehr meldet, hat seine Pläne wohl geändert.*

Toppe schob den Wagen zur Kasse, bezahlte mechanisch, hievte die Kästen ins Auto und griff dann endlich zum Handy. Baldwin, der Butler, meldete sich. «Nein, die Herr ist nicht hier. Er ist derzeit in Antwerpen, aber er ist doch über seine mobile Telefon bereichbar.»

Die Verbindung mit Lowenstijn war schlecht. «... bin auf dem Heimweg ... Autobahn ... Höhe Eindhoven.» Immer wieder wurden sie durch sphärisches Rauschen unterbrochen.

«Wohin soll ich kommen? Ins Präsidium? ... keinen

Fall ... Laune ... derben ... Stadtcafé ... zwei Stunden ... dann.»

Toppe war zwanzig Minuten zu früh. Ohne nachzudenken, bestellte er ein Kännchen Pfefferminztee und fragte sich danach erst verwundert, seit wann er eigentlich eine Schwäche für dieses Getränk entwickelt hatte, das ihm als Kind so zuwider gewesen war.

Lowenstijn hatte es nicht eilig. Von der Tür aus winkte er Toppe kurz zu, widmete sich dann ausgiebig den Auslagen der Kuchentheke und brach auf dem Weg durchs Café noch schnell ein Herz, indem er der jungen Kellnerin mit einem sinnlichen Lächeln seine Bestellung ins Ohr flüsterte.

Er feixte, als er Toppes nachsichtiges Kopfschütteln bemerkte. «Wo brennt's denn, mein Freund?»

«Dein Klient aus Schenkenschanz, hat der sich inzwischen gemeldet?»

«Nein, ich kann ihn nicht erreichen.» Lowenstijn setzte sich und schlug die Beine übereinander. «Was mir, ehrlich gesagt, nicht gefällt, denn er hat seine Rechnung noch nicht bezahlt. Aber warum interessiert dich das?»

Von der Leiche im Maisfeld hatte er nichts gehört, weil er die letzten vierzehn Tage in Antwerpen verbracht hatte und nur zu Norberts Hochzeit kurz an den Niederrhein zurückgekommen war.

«Nein, bitte keine Details! Ich möchte mir den Appetit nicht verderben lassen. Aber alles, was du mir gerade erzählt hast, passt durchaus auf Bouma. Willem Bouma, ein niederländischer Oberst im Ruhestand. Ich schätze ihn auf Anfang sechzig. Er wohnt nicht direkt auf der Insel, sondern kurz davor in einer Katstelle am Deich.»

«In diesem aufgemotzten Haus mit dem Glasanbau?»

«Ja, genau. Bouma ist mir nicht sonderlich sympathisch, aber vor einer Weile hatte ich mal eine kleine Geschichte mit seiner Tochter, und ich war ihr einen Gefallen schuldig, deshalb habe ich den Auftrag angenommen. Sie ist Dozentin an der Uni Nimwegen.»

Toppe verdrehte innerlich die Augen. Lowenstijn war seit Jahren fest mit Jocelyne liiert, einer Diamantenhändlerin aus Antwerpen, was ihn allerdings nicht davon abhielt, immer wieder «kleine Geschichten» zu haben.

«Und ihre Telefonnummer hast du vermutlich in deinem kleinen schwarzen Buch.»

Wim Lowenstijn feixte wieder und zog einen ledergebundenen Kalender aus der Innentasche. «Richtig, aber es ist blau. Soll ich sie anrufen und fragen, wo ihr Vater steckt?»

«Warte noch einen Moment. Wann hast du zum letzten Mal mit Bouma geredet?»

«Da muss ich überlegen ... Ah, da kommt meine Marzipantorte!» Er nahm der Serviererin den Kuchenteller aus der Hand und strich dabei sanft über ihre Finger. Als sie das Kaffeetablett abstellte, klirrten Tasse und Untertasse bedenklich.

«Am 18. Oktober», sagte er und versenkte die Gabel in seinem Tortenstück.

«Wie bitte?»

«Am Freitag, dem 18. Oktober, habe ich Willem Bouma zum letzten Mal gesprochen, am Telefon.»

«Weswegen hat er dich eigentlich engagiert?»

Lowenstijn kaute in Ruhe zu Ende. «Vandalismus, wie das so schön heißt. Bouma hat das Haus am Deich vor zwei Jahren gekauft, als Alterssitz. Anfangs hat er da wohl seine

Ruhe gehabt, aber seit ein paar Monaten ist es immer wieder zu Anschlägen gekommen, wenn er nicht zu Hause war. Man hat ihm zum Beispiel eine ganze Hängerladung Kuhmist vor die Haustür gekippt, ihm den Schornstein mit Lumpen zugestopft, angeweste Karnickel in seinen Briefkasten gesteckt und sogar seinen Hund vergiftet.»

«Immer, wenn er nicht zu Hause war ...»

«Ja, ganz klar, es muss jemand aus seiner Umgebung sein, aber im Dorf habe ich auf Granit gebissen. Es ist offensichtlich, dass Bouma nicht gerade beliebt ist, aber konkret geäußert hat sich keiner, da konnte ich mich auf den Kopf stellen. Ich hab's sogar mit Bestechung versucht.» Er lachte über Toppes ungläubige Miene. «Ich darf das, du nicht.»

«Und wie hat Bouma sich so unbeliebt gemacht?»

«Der Mann ist Naturschützer – und er hat eine ziemlich große Klappe.»

«Zugezogen ist er auch noch», vollendete Toppe, «aber das sind doch alles keine ausreichenden Gründe.»

Lowenstijn rührte in seiner Tasse. «Bouma behauptet jedenfalls steif und fest, dass er mit niemandem persönlich Knatsch hat. Ich habe mich schließlich auf die Lauer gelegt, weiß gar nicht mehr, wie viele Nächte ich mir um die Ohren geschlagen habe, aber es ist immer alles ruhig geblieben.»

«Warum hat er sich nicht an die Polizei gewendet? Die hätte möglicherweise Spuren finden können.»

«Was weiß ich?» Lowenstijn blickte kühl. «Das hat ja meistens einen guten Grund. Aber mir konnte es so ja ganz recht sein.»

«Und bei eurem Telefonat am 18. Oktober, worum ging es da?»

«Ich hatte ihm eine Zwischenrechnung geschickt, die er noch nicht bezahlt hatte, und war leicht angesäuert, aber er meinte, er habe das Geld am Tag zuvor überwiesen – was übrigens nicht stimmt. Er erzählte mir, er habe vormittags in der Dorfkneipe laut und deutlich verkündet, dass er am Montag für ein paar Tage verreisen würde. Er hoffte, den oder die Übeltäter damit wieder auf den Plan zu rufen, die ich dann auf frischer Tat ertappen sollte. Am Sonntag wollte er sich wieder bei mir melden, um die Einzelheiten zu besprechen. Das hat er nicht getan. Seitdem klingelt bei ihm zu Hause das Telefon durch, und ein Handy besitzt er nicht. Aber ich guck jetzt mal, ob ich Mieke erreiche.»

Er plauderte munter auf Holländisch. Aufgewachsen mit einer deutschen Mutter und einem niederländischen Vater, konnte er mühelos und völlig akzentfrei zwischen beiden Sprachen hin- und herspringen.

»Wacht even!» Und dann zu Toppe: «Mieke macht sich Sorgen um ihren Vater. Sie sehen sich zwar nicht häufig, aber sie telefonieren seit dem Tod der Mutter regelmäßig miteinander, und sie kann ihn auch nicht erreichen. Warte mal!»

Er sprach wieder ins Telefon: «Waneer heb je met hem gesproken, waneer heb je hem opgebeld?» – Sie hat ihn am Samstag, dem 19. Oktober, angerufen, morgens gegen zehn. Er wollte zum Einkaufen nach Kleve fahren. Danach hat er sich nicht wieder gemeldet. – «Wat zeg je, mijn liefde? Ja ... jaa, ik vraag hem. – Mieke hat einen Hausschlüssel. Sie will kommen und im Haus nachsehen. Sie möchte, dass wir beide dabei sind. Gegen fünf könnte sie in Schenkenschanz sein.»

Toppe nickte eindringlich.

«Dat past. Tot ziens! Ja, ik ben er ook blij over.»
«Lass mich raten: Sie freut sich, dich wiederzusehen.»
«Selbstverständlich!»

Acht Mieke Bouma war eine große, schmale Frau Anfang dreißig mit weißblond gefärbtem Haar und hellen Augen. Sie hatte einen Kunstpelzmantel locker über die Schultern gelegt, und unter dem schwarzen Wollkleid zeichnete sich ein kugeliger Babybauch ab.

Lowenstijn begrüßte sie mit einem Kuss auf die Wange. Er sprach jetzt Deutsch mit ihr. «Wartest du schon lange?»

«Nein, nur eine Minute oder so.» Sie gab Toppe die Hand, in ihren Augen flackerte Angst. «Ich habe schon geklingelt, aber er macht nicht auf.»

Beschwichtigend umfasste er ihren Ellbogen und führte sie zur Haustür. Sie schloss auf.

Muffige, bitterkalte Luft schlug ihnen entgegen. Toppe warf einen Blick auf den Thermostat der Flurheizung. Er stand auf zweieinhalb, vor drei Wochen ausreichend, da war es vierzehn, fünfzehn Grad warm gewesen.

Lowenstijn machte eine fragende Kopfbewegung zur Treppe hin, Toppe nickte. «Warten Sie bitte einen Moment hier, Frau Bouma, ja?» Sie biss sich auf die blassen Lippen.

In weniger als zwei Minuten hatten die Männer einen Blick in alle Räume geworfen und kamen in den Flur zurück. «Er ist nicht hier.»

Mieke Bouma atmete zitternd aus.

Toppe holte Latexhandschuhe aus der Manteltasche und streckte der Frau und Lowenstijn je ein Paar hin, bevor er selbst welche anzog. «Wir sollten möglichst nichts verändern.»

Er war überrascht. Von außen wirkte das Haus protzig, ein gleißender Fremdkörper in einer Landschaft, in der es nach Gülle, Kartoffelkraut und Feldarbeit roch. Hier drinnen war es bescheiden, die Möbel verwohnt, ein bisschen schmuddelig. Toppe hatte mit pedantischer Ordnung gerechnet – schließlich war Bouma Soldat – oder mit einer besonders spartanischen Einrichtung, aber sicher nicht mit diesem nachlässigen Durcheinander.

Die Pflanzen im Wintergarten schrien nach Wasser. Durch das Panoramafenster blickte man in einen von einer alten Buchenhecke eingerahmten Obstgarten. Das Gras zwischen den Apfel- und Birnbäumen, die ihre fruchtbaren Tage längst hinter sich hatten, war lange nicht gemäht worden und bräunlich verfault.

An der linken Grundstücksgrenze stand ein Wohnwagen, aufgebockt auf Kalksandsteinen.

«Er wollte immer einmal Campingurlaub mit uns machen», Mieke Bouma war Toppe gefolgt, «aber dann hatte er doch nie Zeit.»

Er drehte sich zu ihr. «Würden Sie nachschauen, ob irgendetwas fehlt, Koffer, Kleidung?»

Die Angst in ihren Augen hatte etwas Matterem Platz gemacht. «Er hat ein Häuschen an der See, oben bei Den Helder, und ein Boot. Manchmal fährt er einfach hin für ein paar Tage, eine Woche – aber niemals im November. Ich habe die Nachbarn dort angerufen. Sie haben ihn nicht gesehen.»

Auf dem Küchenschrank stand ein Becher mit einem eingetrockneten Milchkaffeerest, daneben lagen ein benutztes Frühstücksbrettchen und ein verschmiertes Messer. Im Brotkasten ein halber verschimmelter Laib und ein paar zu Stein vertrocknete Schwarzbrotscheiben, im Kühlschrank eine fast noch volle Literpackung fettarme Milch, weit über dem Verfallsdatum.

Toppe nahm sich das Badezimmer im Obergeschoss vor. Klodeckel und Brille waren nicht heruntergeklappt, jemand hatte WC-Reiniger ins Becken geschüttet, der in blauen Schlieren angetrocknet war. Das Waschbecken war sauber ausgewischt. Auf der Ablage darüber ein Nassrasierer, Ersatzklingen, eine Dose Rasierschaum, in einem Glas Zahnpasta und eine trockene Zahnbürste. Toppe öffnete den Spiegelschrank und fand verschiedene Aftershaves, ein teures Eau de Toilette, ein ledernes Necessaire mit Schere, Hornhauthobel und Nagelfeile, einen Deoroller, Körperlotion und Fußcreme, Kamm und Bürste.

«Helmut, Mieke, kommt mal runter!» Lowenstijn hatte sich draußen umgesehen.

Im Carport neben dem Haus stand Boumas Volvo.

Toppe schob die Hände in die Hosentaschen. Bouma hatte zum Einkaufen in die Stadt fahren wollen. Hatte ihn jemand davon abgehalten? Es gab nirgendwo eine Spur von Gewalt.

«Seine Koffer sind auch da», sagte Mieke, «und seine Kleider ... soweit ich sie kenne. Was ist denn nur geschehen?»

Auf dem Fernseher im Wohnzimmer stand eine goldgerahmte Fotografie, das einzige Bild, das Toppe bisher im Haus entdeckt hatte. Sie zeigte drei Menschen, links Mieke Bouma, auf der rechten Seite einen älteren Mann in einem grauen Zweireiher und in der Mitte eine Frau im Rollstuhl, ausgemergelt, mit brennenden Augen.

«Das war vor fünf Jahren», erklärte Mieke. «In Burgers' Zoo in Arnheim. Die fotografieren einen dort, wenn man einverstanden ist.» Ihre Stimme wurde schwer vor Trauer. «Der letzte Ausflug mit meiner Mutter. Sie hatte Leukämie.» Mit dem kleinen Finger tippte sie auf das Foto. «Mein Vater hat sich seitdem sehr verändert. Er hat viel längere Haare, zieht Jeans an und Pullover. Aber es ist nicht nur äußerlich. Er ist jetzt sehr engagiert in der ökologischen und der sozialen Bewegung. Ich besuche ihn nicht sehr oft, ich habe immer mehr mit meiner Mutter ... ich meine ...»

«Mindestens vierzehn Tage!» Lowenstijn brachte einen Schwall frischer Luft mit herein. «Ich habe den Briefkasten geleert, da ist seit mindestens vierzehn Tagen niemand mehr dran gewesen.»

Toppe rieb sich den Nacken. «Frau Bouma», begann er und ließ seinen Blick über die Papier- und Bücherstapel auf dem Schreibtisch unterm Fenster wandern. Es juckte ihm in den Fingern. «Ihr Vater hat Ihnen erzählt, dass in den letzten Monaten ... ja, wie soll man es nennen ... Anschläge auf ihn verübt worden sind. Hat er sich bedroht gefühlt?»

Sie gab einen trockenen Laut von sich. «Nein, bestimmt nicht! Er war nur schrecklich wütend.»

«Warum hat er sich nicht an die Polizei gewandt?»

Sie schlug die Augen nieder, schaute ihn aber sofort wieder an. «In Holland hätte er das vielleicht getan, aber die deutsche Polizei ... ich meine, die Generation meines Vaters ... Sie wissen doch. Dann ist mir Wim eingefallen.» Ihre Hände legten sich kurz auf ihren Bauch. «Wir kennen uns ganz gut. Herr Toppe, warum sucht die Polizei meinen Vater?»

Es war nicht leicht, ihr von dem gehäckselten Toten im Maisfeld zu erzählen, aber sie nahm es gefasst. «Mein Vater trägt nur noch Siouxschuhe, seit er sein Leben verändert hat, aber das haben Sie bestimmt schon registriert.»

Toppe nickte. «Wenn Sie einverstanden sind, leite ich Untersuchungen ein.»

«Ja, natürlich! Ich will wissen, was passiert ist. Ich muss wissen, ob mein Vater tot ist.»

Toppe ging zum Telefonieren nach draußen. Zu Boumas Haus gehörte ein Anleger. Der Altrhein stand unbewegt und stumpf, ein hauchdünner Eisfilm hatte sich über die Wasseroberfläche gelegt.

Van Gemmern stellte keine Fragen, er würde in spätestens einer Stunde da sein.

Toppe überlegte, ob er Peter Cox Bescheid sagen sollte, aber der hatte sicher längst Feierabend gemacht, und im Grunde drängte ja nichts.

Lowenstijn und Mieke Bouma schwiegen, als Toppe ins Zimmer zurückkam. «Auf der anderen Seite ist ein Anlegesteg. Hat Ihr Vater hier auch ein Boot?»

«Das weiß ich nicht, tut mir Leid.»

«Hat er», fiel Lowenstijn ihr ins Wort. «Eine Segeljolle, liegt gegenüber bei den Booten vom Segelverein. Bouma ist dort Mitglied.»

Mieke rieb sich die Oberarme. «Mir ist kalt. Kann ich einen Tee kochen?»

Toppe wollte ablehnen, aber sie hielt ihm ihre behandschuhten Hände hin. «Ich bin ganz vorsichtig.»

«Wissen Sie, Sie brauchen gar nicht hier zu bleiben. Fahren Sie nach Hause, wenn Sie möchten. Ich melde mich bei Ihnen, sobald es etwas Neues gibt.»

«Ich will aber hier bleiben!» Mit steifem Rücken ging sie hinaus in die Küche.

Toppe ließ sich von Lowenstijns herausforderndem Grinsen einfangen. «Wirst du etwa Vater?»

«Sie wird Mutter … Jetzt guck mich nicht so schockiert an! Mieke weiß nicht, wer der Vater ist. Außer mir gibt es da noch einen Anwärter. Herrgott, du kennst mich lange genug. Ich will keine Kinder, ich habe keine Sehnsucht nach trautem Familienleben. Mieke hat das immer gewusst. Sie hat es trotzdem darauf ankommen lassen, weil sie unbedingt ein Baby will. Das ist nun wahrhaftig nicht mein Problem.» Seine ganze Haltung drückte Trotz aus. «Komm mir jetzt nur nicht mit irgendeiner verquasten Moral, Helmut!»

«Willst du nicht wissen, ob du der Vater bist?», fragte Toppe nur.

Lowenstijn ließ die Schultern sacken. «Ich weiß es nicht.»

Mieke stellte drei Becher mit Teebeuteln und einen elektrischen Wasserkocher auf den Couchtisch. «Und wie geht es jetzt weiter?»

«Die Spurensicherung wird bald hier sein und sich gründlich umsehen, Fingerabdrücke nehmen und für eine DNA-Analyse Haarproben oder Ähnliches suchen.»

«Haben Sie die DNA von dem Toten aus dem Feld?»

«Ja.»

«Verstehe. Wann wird man es wissen?»

«In drei, vier Tagen, denke ich.» Toppe goss heißes Wasser in die Becher. «Wenn es Ihnen recht ist, würde ich mir gern einmal die Papiere auf dem Schreibtisch anschauen, die Kartons und die Bücher da drüben.»

Sie stand sofort auf. «Natürlich, vielleicht finden wir einen Hinweis.»

Lowenstijn deutete Toppes Miene richtig. «Wenn der Erkennungsdienst kommt, sind wir beide hier im Weg, Liebes. Dann kannst du mit zu mir kommen.»

Sie zuckte nur die Achseln. Toppe knipste die Schreibtischlampe an, ein altmodisches Modell aus Messing mit einem grünen Glasschirm.

Der Papierwust nahm fast die ganze Tischfläche ein, Rechnungen, Krankenunterlagen, vergilbte Schulzeugnisse, alte Briefe, manche davon noch in ihren Kuverts. Baupläne, Kaufverträge, Geburts- und Sterbeurkunden in wildem Durcheinander.

«Er hat also endlich die Kisten ausgepackt.» Mieke stellte ihm seinen Teebecher hin. «Als er die Wohnung in Amsterdam aufgelöst hat, hat er alle Papiere in Kartons gepackt und sie bis jetzt nicht mehr angeschaut.»

Toppe nickte nur. Wie immer, wenn er sich die Hinterlassenschaft eines Menschen vornahm, schwankte er zwischen Neugierde und einem Gefühl der Beklemmung. Er wäre gern allein gewesen.

Neben dem Schreibtisch standen zwei Schuhkartons. Als er den Deckel des ersten öffnete, stieg ihm Modergeruch in die Nase. Umschläge mit Negativen und Hunderte von Fotos. Wenn man nach der Kleidung der abgebildeten Personen ging, mussten sie in den dreißiger und vierziger Jahren aufgenommen worden sein, einige sepiafarbene waren noch älter.

«Wer sind diese Leute? Kennen Sie die?»

Mieke Bouma beugte sich über seine Schulter. «Die Bilder habe ich noch nie gesehen.» Dann stutzte sie und zog ein Foto heraus. «Das müssen Papas Eltern sein. Mein Opa hat im Ersten Weltkrieg seinen rechten Arm verloren. Ich habe ihn nicht mehr gekannt, er war viel älter als meine Oma.» Sie fand das Bild eines schmalbrüstigen, gotischen Gebäudes. «In dem Haus ist mein Vater geboren, in Amsterdam, und meine Oma auch, glaube ich. Heute ist da ein Museum drin.»

Lowenstijn hatte den zweiten Schuhkarton geöffnet. «Die hier sind neuer ... Ach, guck mal an, du hast mir gar nicht erzählt, dass dein alter Herr bei UNPROFOR war.»

«Und?», gab Mieke gereizt zurück. Dann schluchzte sie trocken und griff nach einer Farbvergrößerung. «Meine Mutter und ich auf Terschelling. Da war ich sieben oder acht.»

Toppe trank einen Schluck Tee, er schmeckte wie Galle.

In der oberen Schreibtischlade Briefpapier, Büroklammern, Stifte, eine Schere, Klebefilm, Gummiringe, in der zweiten Handzettel und Infobroschüren des NABU, ausgeschnittene Zeitungsartikel zu Protestaktionen der Bauern, handschriftliche Notizen. Die untere Schublade war abgeschlossen.

Als es klingelte, fuhr Mieke hoch.

Toppe fasste ihre Hand. «Das ist bestimmt die Spurensicherung.»

Peter Cox mochte Fakten.

Für ihn hatten Gefühle in einer Mordermittlung nichts zu suchen. Plötzliche Eingebungen waren ihm nicht geheuer, und er machte keinen Hehl daraus. «Und dieser Willem Bouma soll unser Toter sein? Ich bitte dich, so viel Zufall gibt es nicht!»

«Wir werden sehen», meinte Toppe ausweichend. Cox war blitzgescheit, aber er funkte auf einer anderen Wellenlänge, und der Draht zwischen ihnen beiden war immer dünn geblieben.

«Van Gemmern hat jedenfalls eine ganze Reihe brauchbarer Proben nach Düsseldorf geschickt. Spätestens am Donnerstag dürften wir die Ergebnisse der DNA-Analyse auf dem Tisch haben.» Er fröstelte. «Es ist schweinekalt hier drin!»

Obwohl die Heizung im Präsidium auf vollen Touren lief und sie sorgsam alle Fenster und Türen geschlossen hielten, wurde es in den Büros nicht wärmer als achtzehn, neunzehn Grad.

«Kein Wunder», antwortete Cox. «Für diese arktischen Temperaturen sind die Häuser hier einfach nicht gebaut. Wir haben minus vierzehn Grad, und es soll noch kälter werden. Aber ich hab noch einen alten Ölradiator aus Studentagen im Keller. Den bring ich morgen mit. Ansonsten empfehle ich Thermounterwäsche, da ist einem ganz mollig.»

Toppe dachte an seine lange Unterhose, die einzige, die er in seinen Kleiderkisten gefunden hatte, grau gewaschen, aus kratzigem Feinripp mit Eingriff. Er hatte keine Ahnung, wann und wie dieses Ungetüm in seinen Besitz gelangt war, aber das interessierte ihn im Moment wenig, es tat seine Dienste.

«Wenn nichts anderes anliegt», fuhr Cox fort, «würde ich gern zu den beiden Sportschützenclubs fahren, die eine Colt Python im Vereinsbestand haben. Die Waffen waren noch nicht beim Beschuss, und es könnte doch sein, dass die es mit der Waffenausgabe nicht immer so genau nehmen.» Er suchte Toppes Blick. «Das Projektil ist unsere einzige echte Spur, Helmut.»

«Wenn es denn aus einer registrierten Waffe abgefeuert wurde ...»

«Ach komm, wenn du dir auf dem Schwarzmarkt eine Kanone besorgst, weil du einen damit umlegen willst, dann doch bestimmt nicht so eine schlappe Sportwaffe!»

«Hm, vielleicht kennt der Täter sich mit Waffen nicht aus.» Toppe stand auf. «Ich fahre nach Schenkenschanz. Mir will einfach nicht in den Kopf, dass in einem so kleinen Dorf niemand in den letzten drei Wochen Bouma vermisst haben soll.»

Cox unterdrückte ein Seufzen.

«Und mit Dellmann möchte ich auch nochmal sprechen. Der ist Boumas nächster Nachbar.»

«Okay.» Cox gab sich einen Ruck. «Diese Anschläge, von denen du gesprochen hast, sind natürlich schon interessant. Du sagst, sie sind immer dann passiert, wenn Bouma nicht zu Hause war. Dann können das doch nur welche aus dem Dorf gewesen sein.»

Toppe wickelte sich den Schal um den Hals. «Nicht unbedingt. Auch von den Booten auf dem Altrhein hat man freie Sicht auf Boumas Einfahrt.»

Neun Das Wartehäuschen vor den Toren der Schanz wirkte verwahrlost, hier hatte lange kein Bus mehr gehalten. Im Dorf gab es keinen Laden, keine Post, nicht einmal eine Telefonzelle.

Toppe nahm seine Mütze ab. Die dicken Festungsmauern schützten vor dem Eiswind, aber es war doch so kalt, dass sich keine Menschenseele auf der Straße blicken ließ. Vor dem alten Pfarrhaus stand ein Briefkasten – Leerung: Montag, 10 Uhr –, daneben ein grün-weiß-rot geringelter Ständebaum mit den Schildern der Schanzer Vereine: Marine Spielmannszug Schenkenschanz, FF Schenkenschanz, Schützenverein von Schenk, Heimatverein Schenkenschanz und FC Vorwärts Schenkenschanz e. V. 09 – Düffelward.

Toppe schüttelte den Kopf. Wo nahmen die ihre Vereinsmitglieder her? Wenn man die Dorfkinder ausnahm, blieben gerade noch genug Schänzer übrig, die Vorstandsposten zu besetzen. Er wollte zuerst mit der Wirtin sprechen, aber die «Inselruh» würde erst in zwanzig Minuten öffnen. Also machte er kehrt und bog in die Gasse ein, die zur Mauer hin anstieg. Das Eckhaus war heruntergekommen, es roch nach feuchtem Mauerwerk. Die untere Etage schien unbewohnt, «Ferienappartement» las er auf dem Klingelschild. An den oberen Fenstern hingen vergilbte Spitzengardinen, ein Fernseher plärrte. Vor dem nächsten

Haus blieb Toppe verdutzt stehen. In einer Nische über der Eingangstür war ein Stall eingebaut, drei weiße Kaninchen mümmelten vor sich hin. Vermutlich ein sicherer Platz bei Hochwasser.

An der Mauerkrone führte ein Spazierweg entlang. Hier oben pfiff ihm der Wind um die Ohren. Er warf nur einen kurzen Blick auf die vereisten Fluten und ging dann wieder zur Hauptgasse hinunter.

Am Haus gegenüber war ein Schild angebracht: «Rote Ecke» Nr. 8. 10. 12. 14. 16. Er folgte dem Pfeil und kam zu einer Art Hinterhof, um den sich fünf kleine Häuser gruppierten, etwas Rotes konnte er nicht entdecken. Das Haus gleich links von ihm wurde anscheinend gerade renoviert, der zitronengelbe Putz war neu, und drinnen wurde eifrig gehämmert. An seine Seite duckte sich ein grau verwitterter Holzschuppen.

Er hörte jemanden rufen und schaute um die Ecke. Vor der Ferienwohnung stand ein Mann in einem blauen Trainingsanzug und brüllte aus voller Kehle: «Klaus! Klaaus!»

Hier brauchte man kein Telefon, hier konnte man nicht einmal laut lachen, ohne dass es mindestens der halbe Ort mitbekam.

In Nr. 17 wurde ein Fenster aufgestoßen, und eine ältere Frau mit Wasserwelle und rosafarbenem Lippenstift beugte sich heraus. «Was bölkst du denn hier rum? Suchst du Voss?» Sie machte eine kleine Kopfbewegung in Richtung Toppe. Der Mann zuckte die Achseln, eine Geste, die sie übernahm. «Dreimal darfst du raten, wo der steckt!»

«Dämliches Weib!», schnauzte der Mann, schlurfte grußlos an Toppe vorbei und baute sich vor dem gelb verputzten Haus auf. Er klingelte nicht, sondern brüllte wieder:

«Klaus! Jetz' aber ma' 'n bisken dalli!» Das Hämmern hörte auf. «Du wolltes' einkaufen fahren. Um zwölf will ich mein Essen auffem Tisch! Also, mach voran!» Eine Antwort wartete er nicht ab, die schien klar zu sein.

Toppe blieb, wo er war. Ein jüngerer Mann mit kupferrotem Haar, in Jeans und Pullover voller Farbflecken und Holzspänen, kam aus der Haustür. «Dauert höchstens 'ne Stunde», rief er über die Schulter zurück.

«Danke! Ich bin so froh, dass ich Sie habe. Bis gleich!» Die Frau, der die dunkle, warme Stimme gehörte, bekam Toppe nicht zu Gesicht. Er schaute auf die Uhr, halb elf, jetzt würde er Frau Lentes wohl antreffen.

In der Kneipe war es wunderbar warm, und es duftete nach frisch gebackenem Kuchen.

Die Wirtin lugte um die Küchentür. «Sie kenn ich doch irgendwoher!», rief sie fröhlich.

Toppe schälte sich aus Handschuhen, Schal und Mantel und lächelte. «Ich war vorletzte Woche hier auf der Hochzeitsfeier meines Kollegen. Mein Name ist Toppe.»

«Ah, dann sind Sie wohl bei der Kripo, hab ich das richtig? Sie sind aber früh dran! Normalerweise hab ich um die Zeit noch keine Gäste, außer sonntags natürlich, das ist klar. Der Apfelkuchen ist noch warm. Darf ich Ihnen ein Stücksken bringen?»

«Danke, im Moment nicht, aber ein Kaffee wäre schön.»

«Kommt sofort, ich muss mir bloß die Mehlfinger waschen gehen.»

Wenig später stellte sie ihm eine Tasse Kaffee, Milch, Zucker und einen Teller mit Schokokeksen auf die Theke. «Ein Plätzchen vielleicht? Nein?» Sie zögerte. «Jaa, sind Sie denn jetzt beruflich hier oder nur so?»

Toppe entschied sich für den direkten Weg. «Sie kennen Willem Bouma?»

«Bouma?», fragte sie verblüfft. «Aber sicher kenn ich den! Der ist Stammgast bei mir. Kommt jeden Morgen pünktlich um elf, trinkt seine zwei, drei Tassen Kaffee und liest die Zeitung. Warum? Was ist denn mit dem?»

«Wann war Bouma das letzte Mal hier?»

Bea Lentes rieb sich das Kinn. «Warten Sie mal, das war noch vor der Hochzeit ... so an die drei Wochen ist das jetzt her, würd ich sagen.»

«Drei Wochen», nickte Toppe langsam und trank erst einmal. «Haben Sie sich noch nicht gewundert, dass er sich seitdem nicht mehr hat blicken lassen?»

Sie lachte. «Nö, der verschwindet öfter mal, hat ein Ferienhaus an der See. Außerdem hat er letztes Mal, wie er hier war, gesagt, er würd in Urlaub fahren. Aber was interessiert sich denn die Kripo für Bouma? Hat der was ausgefressen?»

«Das weiß ich noch nicht, aber vielleicht können Sie mir weiterhelfen. Man hat mir erzählt, dass Bouma im Dorf nicht besonders beliebt ist.»

Die Wirtin kniff die Lippen zusammen und schaute ihn missbilligend an. «Ich seh viel, ich hör viel, aber ich quatsch nicht. Das Geheimnis von einem guten Wirt ist: immer ein offenes Ohr, aber einen zuen Mund. Wenn ich hier alles brühwarm weitertratschen würde, was die Leut mir so erzählen, könnt ich meinen Laden dichtmachen.» Dann überlegte sie. «Oder ist das jetzt ein Polizeiverhör oder wie man das nennt?»

«Nein.» Toppe schmunzelte. «Ihr Kaffee ist übrigens prima. Kriege ich noch einen?»

«Aber immer!» Sie huschte in die Küche und kam mit einer Warmhaltekanne und einer zweiten Tasse zurück. «Ich trink einen mit. Jetzt nehmen Sie doch ein Plätzchen, die sind selbst gebacken.»

Toppe griff zu. «Gut, schön saftig. Sagen Sie mal, in so einem kleinen Ort, kann man da eigentlich mit einer Kneipe über die Runden kommen?»

Sie schwang sich auf den Barhocker neben Toppe. «Was meinen Sie, was heute Mittag los ist, jetzt bei Hochwasser! Wenn die ganzen Touris hier eintrudeln, weiß ich nicht mehr, wo mir der Kopf steht. Und wenn das weiter so friert, haben wir auch bald die ganzen Schlittschuhfahrer bei uns. Da mach ich schon meinen Umsatz. Aber auch sonst. Ich brauch nicht viel. Kein Mann, keine Kinder, und wohnen tu ich bei meine Eltern.»

«Sind Sie hier geboren?»

«Aber sicher! Die Lentes gibt es schon an die zweihundert Jahre auf der Schanz, glaub ich. So ganz genau weiß ich das nicht, mit Geschichte hab ich es nicht so. Muss auch nicht, da haben wir hier unsere Experten für. Ich hab ja eigentlich Krankenschwester gelernt, lag mir auch, aber dass ich da im Schwesternheim wohnen musste, das war nichts für mich. Ich sag immer, wenn ich meinen Altrhein und meine Pappelallee nicht hab, geh ich ein. Und als die ‹Inselruh› einen neuen Pächter gesucht hat, da hab ich gedacht: Warum nicht? Ich kann es ganz gut mit Leute.» In ihrer rechten Wange bildete sich ein Grübchen.

Toppe holte seine Zigaretten heraus. «Möchten Sie auch eine?»

«Nee, danke, da krieg ich bloß einen dicken Kopf von.» Sie fuhr mit dem Mittelfinger über den Rand ihrer Tasse –

die Nägel waren dunkelblau lackiert und mit winzigen Sternen verziert. «Die letzten Jahre, da ziehen von die jungen Leute schon mal welche weg, ich mein, es gibt ja immer unruhige Geister. Aber die meisten wollen sich bloß mal den Wind um die Nase wehen lassen. Wie meine Cousine zum Beispiel. Wollte unbedingt studieren gehen, auf Lehrerin. Ich mein, klar, hatte schließlich Abitur gemacht. Sie dann also ab nach Köln. Hat die Eltern ein Vermögen gekostet. Und was ist jetzt? Jetzt hat sie vier Blagen, wohnt oben hinter der Schule und wäscht dem Mischa seine Unterhosen. Das hätte sie auch einfacher haben können, sag ich immer. Mit dem ist sie nämlich schon mit vierzehn gegangen.»

«Haben Sie eigentlich viele Zugezogene im Dorf?»

«Zwei, drei, aber die meisten bleiben nicht lang. Ich sag immer, für die Schanz musst du geboren sein. Aber egal, was ist denn jetzt mit Bouma?»

«Anscheinend weiß niemand, wo der steckt», antwortete Toppe. «Wen könnte ich sonst noch nach ihm fragen hier im Ort? Mit wem ist Bouma denn näher befreundet?»

Bea Lentes lachte hell auf. «Da können Sie lange suchen!» Dann senkte sie verschwörerisch die Stimme. «Es ist nämlich schon so, wie Sie gesagt haben: Der Bouma hat hier keine Freunde. Der ist ein Großmaul, weiß alles besser, und das haben wir hier nicht so gerne.»

Zu einer weiteren Frage kam Toppe nicht mehr, denn die Kneipentür öffnete sich, und eine dick eingemummte Frau kam herein. Die Wirtin ließ sich ertappt vom Hocker gleiten. «Morgen, Lisbeth, hast du gerochen, dass es heute Apfelkuchen gibt?»

«Eigentlich nicht.» Die Frau nestelte an ihrem Kopftuch

und musterte Toppe neugierig. «Ich hatte bloß das Essen schon fertig, und da ruft mein Göttergatte an und sagt, er kommt doch erst um halb eins. Soll ich etwa so lange Löcher in die Luft gucken?»

«Ein Kännchen, wie immer?», fragte Frau Lentes.

«Ja, und tu mir mal einen Eierlikör dabei. Kann man brauchen bei der Kälte.» Endlich hatte sie sich aus Schal und Kopftuch gepellt, und Toppe erkannte, dass es sich um die Frau aus Nr. 17 handelte.

«Für Sie auch noch etwas?», fragte die Wirtin.

«Nein, danke, ich muss weiter. Wie viel macht das?»

«Ein Euro fuffzig.» Sie kniff ihm eine Auge. «Und kommen Sie gern mal wieder, Herr Toppe!»

Cox war zuerst beim Schützenclub in Kevelaer gewesen und trat jetzt aus dem Hotel Auler, dem Hauptquartier des Pfalzdorfer Sportschützenvereins. Die beiden Colt Pythons hatte er in seiner Aktentasche. Die Waffenwarte hatten sie nicht gern rausgerückt. Diese Revolver waren sehr teuer, man war stolz, sie überhaupt im Vereinsbesitz zu haben. Die Männer, mit denen er gesprochen hatte, waren gewissenhaft, handhabten die Waffenausgabe sorgfältig und legten für jedes ihrer Vereinsmitglieder die Hand ins Feuer. «Schräge Vögel nehmen wir gar nicht erst auf, und wir prüfen das genau», hatte der Mann in Kevelaer gemeint. «Hier geht jeder verantwortungsvoll mit dem Material um. Wir wissen schließlich am besten, was man damit anrichten kann.»

Cox stülpte sich seine Fellmütze auf den Kopf. Die hatte er, als er kurz nach der Wende in Berlin gewesen war, bei einem der fliegenden Händler am Brandenburger Tor gekauft – russische Soldaten, die alles Mögliche aus ihren Armeebeständen verhökerten. Damals hatte er die Mütze mit dem roten Stern vorn als witziges Souvenir gesehen und gar nicht vorgehabt, sie zu tragen, jetzt tat sie ihm wahrlich gute Dienste.

Was hatte Helmut heute Morgen gesagt? Es wäre möglich, dass sich der Täter mit Waffen gar nicht auskannte. Das erschien ihm abwegig. Wenn jemand keine Ahnung von Schusswaffen hatte, würde er sich wahrscheinlich etwas anderes einfallen lassen. Immerhin gab es genügend Methoden, jemanden um die Ecke zu bringen. Er begriff immer noch nicht, dass Helmut wegen einer vagen, an den Haaren herbeigezogenen Vermutung aufs Geratewohl nach Schenkenschanz gefahren war. Norbert und Astrid hatten nie Probleme mit Helmuts Ideen, sie sprangen sogar gern darauf an. Für Cox waren bei seiner Arbeit andere Dinge wichtig: Sorgfalt, Geduld, sicherlich Erfahrung. Es konnte auch nichts schaden, wenn man sich in andere Menschen hineinversetzen konnte, und das gelang ihm in der Regel ganz gut.

Im Bereich Nordrhein-Westfalen hatte er mittlerweile alle Colts, die infrage kamen, ausfindig gemacht und zum Beschuss schicken lassen. Vielleicht war es sinnvoll, sich zunächst mit den holländischen Kollegen in Verbindung zu setzen, bevor er seine Suche nach der Tatwaffe aufs ganze Bundesgebiet ausdehnte. Er schaute auf die Uhr, genug Zeit, ein paar Lebensmittel einzukaufen, bevor er die *Recherche* in Nimwegen kontaktierte. Seit ein paar Tagen kochte er zur Übung jeden Abend nach Rezept ein besonderes Gericht, schließlich konnte er Irina nicht täglich zum Essen ausführen.

Sie hatte ihm geschrieben, sie könnte gut kochen und würde ihn gern mit Spezialitäten aus ihrer Heimat verwöhnen, aber was sie so schwärmerisch aufgezählt hatte, Stockfischpastete, Teigtaschen mit Waldpilzen, vergorener Kohl – was auch immer das sein mochte –, dicke Würste und saurer Rahm, stimmte ihn nachdenklich. Mit leichter Wehmut dachte er an die bürgerliche Küche seiner Großmutter, Kohlrouladen, Rinderbraten, Erbsensuppe mit Rippchen, alles Gerichte, die er heute einfach nicht mehr vertrug.

Er stieg noch einmal aus, um den langen Wollmantel auszuziehen, den er im Oktober in Düsseldorf gekauft hatte. Ob Irina Wert auf gute Kleidung legte? Er mochte Frauen, die nicht jede Mode mitmachten, doch einen sicheren Geschmack und Gespür für Qualität hatten.

Die Fotos, die sie ihm geschickt hatte, gaben darüber keine Auskunft. Das eine war eine Porträtaufnahme, auf dem anderen räkelte sie sich im Bikini auf einem weißen Teppich.

Sie verdiente umgerechnet 150 Euro im Monat, hatte sie geschrieben. Da blieb vermutlich nicht viel übrig für besondere Kleidung, aber Geschmack hatte letztendlich wenig mit Geld zu tun, oder?

Toppe klingelte an der Vordertür, klopfte an der Hintertür, aber niemand machte ihm auf.

Schließlich fand er Dellmann im Stall bei den Rindern.

«Hier steht aber einiges an Kapital herum, schöne Tiere», meinte er mutig – er hatte nicht die geringste Ahnung von Rindviechern.

Dellmann bedachte ihn mit einem abfälligen Blick. «Kapital! Wenn ich Ihnen meine Kosten aufrechne und dann erzähle, was an Gewinn für mich übrig bleibt, fangen Sie an zu weinen.» Er nahm seine grüne Kappe ab, strich sich über die feuchte Halbglatze und setzte die Kappe wieder auf. «Was wollen Sie denn schon wieder? Meinen Häcksler hab ich längst selber repariert. Auf eure Fachleute hätt ich ja wohl noch bis nach Weihnachten warten können. Und das Geld, das Sie mir in die Hand versprochen haben, hab ich immer noch nicht gesehen!»

«Ich hab es angemahnt», meinte Toppe beiläufig. «Tut mir Leid, dass ich Sie hier so überfalle, aber im Haus hat keiner aufgemacht.»

«Der Jung ist in der Schule, und die Frau ist auf dem Markt.»

«Sie haben einen Marktstand?»

«So weit kommt's noch. Die springt bloß für ihre Tante ein, die krank ist. Also, was gibt's? Ich hab keine Zeit zum Faulenzen.»

«Erzählen Sie mir etwas über Willem Bouma!»

«Über wen?» Dellmann starrte ihn an.

«Ach, kommen Sie, Sie wollen mir doch nicht weismachen, dass Sie Ihren nächsten Nachbarn nicht kennen!»

«Nachbar!» Dellmann spuckte aus – es schien ihm eine liebe Angewohnheit zu sein – und verfehlte nur knapp Toppes Schuhe. «Das ist ein Bekloppter, mit dem hab ich nichts zu tun.»

«Und inwiefern ist Bouma bekloppt?»

Dellmann nahm seine Kappe wieder ab und schlug sich damit in die Handfläche. «Keine Ahnung von gar nichts, aber einen auf großen Naturschützer machen, und das bei uns! Mit so einem will ich nichts zu tun haben.»

«Haben Sie Streit mit Bouma?»

Dellmann keckerte. «Da ist mir meine Zeit zu schad für.»

«Auf Bouma sind in letzter Zeit verschiedene Anschläge verübt worden.»

«Da weiß ich nix von.» Der Bauer setzte die Kappe wieder auf.

«Jetzt mal Klartext, Herr Dellmann», sagte Toppe scharf. «Ich glaube Ihnen nicht, dass Sie es nicht mitkriegen, wenn Ihrem Nachbarn ein ganzer Hänger voll Mist vor die Tür gekippt wird.»

«Ich sag, ich weiß nichts von Anschlägen, und damit basta!» Dellmann drehte sich abrupt um und stapfte hinaus auf den Hof. «Bouma», schnaubte er. «Bin froh, wenn ich das Arschloch von hinten seh!»

Toppe hatte keine andere Wahl, als ihm zu folgen. «Apropos, wann haben Sie Willem Bouma zuletzt gesehen?»

Der Bauer verschränkte die Arme hoch vor der Brust. «Da müsst ich lügen.»

«So ungefähr werden Sie es doch wohl noch hinkriegen, oder? War es gestern, vorige Woche, letzten Monat?»

«Eher letzten Monat», ließ sich Dellmann gnädig herab. «Aber beschwören kann ich das nicht. Wie gesagt, ich hab mit dem Spinner nichts am Hut.»

Toppe musterte den Bauern mit hochgezogenen Brauen, dann schaute er die Auffahrt entlang zum Anleger hinüber. «Sie haben eine wunderbare Aussicht von hier, nicht wahr? Können genau sehen, wer auf die Insel fährt und wer sie verlässt ...»

Dellmann zog ein kariertes Taschentuch aus der Hose und schnäuzte sich ausgiebig. «Könnt schon sein, wenn ich sonst nichts zu tun hätt.» Er feixte. «Vielleicht, wenn ich mal in Rente geh, aber das kann noch dauern.»

Cox telefonierte.

Irgendetwas musste vorgefallen sein. Die Plastikdose mit seinem Mittagessen stand offen auf dem Schreibtisch, die Serviette lag zusammengeknüllt daneben. Er hatte sein Jackett ausgezogen und es einfach auf einen Stuhl geworfen. «Augenblick noch», signalisierte er.

Toppe setzte sich, schnürte seine Schuhe auf und knetete seine abgestorbenen Zehen. Er brauchte dringend ein Paar gefütterte Stiefel und Wollsocken.

«Du wirst es nicht glauben», Cox hatte aufgelegt, «aber wir können noch einmal ganz von vorn anfangen. Ich habe vorhin mit ein paar holländischen Kollegen gesprochen, und einer von denen hat mich darauf hingewiesen, dass wir mit unserer Revolvertheorie nicht ganz richtig liegen. Es gäbe da nämlich auch eine bestimmte Pistole, die die Munition aus dem Häcksler verschießen kann, die Colt Gold-Cup .38 spezial. Gerade hatte ich einen Waffenexperten vom BKA dran, der hat das bestätigt.»

Toppe zog seine Schuhe wieder an. «Hm, das untermauert unsere Vermutung, dass der Mann nicht im Maisfeld, sondern woanders erschossen worden ist.»

«Im Grunde ja.» Cox fing an, seinen Schreibtisch aufzuräumen. «Es kann natürlich immer noch sein, dass der Täter die Hülse aufgehoben und mitgenommen hat, aber die auf diesem Acker zu finden … da hätte er schon echtes Glück haben müssen.» Er hängte sein Jackett ordentlich über die Stuhllehne. «Und?», fragte er. «Wie war es in Schenkenschanz? Hast du was rausgekriegt?»

Toppes Bericht war knapp. «Ich hatte den Eindruck, dass die Wirtin mir noch etwas erzählen wollte, bevor die andere Frau hereinkam», schloss er. «Deshalb fahre ich morgen früh auf alle Fälle noch einmal hin. Mit etwas Glück erwische ich sie wieder allein.»

«Ja, gut.» Cox blieb abwartend stehen. «Wollen wir jetzt runter ins Archiv wegen der Pistole?», fragte er schließlich.

Toppe nickte finster. «Hast du eigentlich schon mal nachgeguckt, ob es in letzter Zeit irgendwelche größeren Waffendiebstähle gegeben hat?»

«Nein, keine Zeit bislang. Vielleicht willst du das übernehmen? Ich geh schon mal runter.»

«Mach das.» Griesgrämig schaltete Toppe seinen PC ein. «Um Viertel nach vier muss ich Katharina vom Kindergarten abholen.»

Katharina hatte einen schönen Tag gehabt, sie quasselte und kicherte, erzählte ihm drei Geschichten gleichzeitig und stimmte dann ein lustiges «Heute mag es regnen, stürmen oder schnei'n …» an.

Der Wagen stand noch nicht ganz, da hatte sie sich schon aus ihrem Kindersitz befreit, und als er die Autotür öffnete, hüpfte sie aus dem Wagen, düste ins Haus, jauchzte, als sie Astrid in der Halle entdeckte, und sprang ihr mit einem Riesensatz in die Arme.

«Aua! Bist du verrückt geworden? Pass doch auf!»

Katharina wich erschrocken zurück, zog die Unterlippe zwischen die Zähne und starrte sie an. Dann stampfte sie mit dem Fuß auf. «Du bist doof, Mama! Immer schreist du!» Sie drehte sich um und fegte die Treppe hinauf. «Doofarsch! Doofarsch!»

Toppe schloss die Haustür. «Was ist denn los?»

Astrid feuerte einen tödlichen Blick ab und brach in Tränen aus. Er fasste sie bei den Armen.

«Ich werde wahnsinnig, das ist los!» Sie machte sich ganz steif. «Die ganze Arbeit hier vor der Nase, und ich kann, verflucht nochmal, nichts tun, gar nichts! In der Küche steht ein Riesenkorb Bügelwäsche, und ich krieg's nicht hin. Kochen kann ich nicht, nicht einmal Auto fahren.» Sie schluchzte wild.

Er zog sie enger an sich und merkte erst jetzt, dass sie ihre Felljacke trug, locker über die linke Schulter gelegt, aber bis zum Hals zugeknöpft. «Mit der Heizung stimmt auch was nicht, der Hauptschalter springt immer raus. Ich hab bei der Firma angerufen, aber die konnten mir nicht garantieren, dass sie kommen, überall würden Heizungen ausfallen und Leitungen zufrieren.»

«Hast du Arend Bescheid gesagt?»

«Ja doch!» Sie befreite sich aus seiner Umarmung. «Er kümmert sich drum, notfalls will er einen Techniker aus dem Krankenhaus mitbringen.»

«Warum hast du den Kamin nicht angezündet?»

«Das Anmachholz ist alle!»

Da hätte auch Katharina vor ihm stehen können.

«Mama!», kam es kläglich von oben.

Astrid schloss kurz die Augen. «Ich komme.»

«Und du hast den ganzen Tag nichts gegessen», stellte Toppe fest.

Sie zuckte mit der rechten Schulter. «Ist ja nichts im Haus …»

Toppe seufzte und knöpfte seinen Mantel wieder zu. «Also, ich fahre jetzt einkaufen, dann koche ich uns was, und hinterher bügele ich die Wäsche weg. Aber zuerst mal mache ich Feuer.»

«Ach Mist!» Sie wandte sich ihm wieder zu. «Entschuldige, ich bin scheußlich.»

«Ziemlich», antwortete er, aber seine Augen blickten warm.

«Ich halte das einfach nicht aus. Am liebsten würde ich arbeiten. Ich könnte doch Bürodienst machen, Helmut, das müsste doch gehen.»

«Nein. Du bist krankgeschrieben, und das aus gutem Grund.»

Es gab selbst gemachte Gnocchi mit Salbeibutter und Raukesalat. Er kochte gern hin und wieder, aber es war bisher nie eine tägliche Pflicht gewesen. Im Geist entwarf er Essens- und Einkaufspläne für die nächsten Tage. Astrid löcherte ihn: Sie wollte genau wissen, was sich getan hatte, wer Willem Bouma war, was die Leute auf der Schanz gesagt hatten, wie sie waren.

«Ich könnte doch hier zu Hause arbeiten, wenn du mir Unterlagen mitbringst!»

«Ja, sicher», meinte er abwesend und musste plötzlich an Lowenstijn und Mieke Boumas Baby denken.

Katharina fand Raukesalat «kotzeklig».

Zehn   Minus zwanzig Grad hatte das Thermometer in der Frühe angezeigt.

Toppe hatte sich einen zweiten Schal umgebunden, ihn bis unter die Augen hochgezogen. Trotzdem wurde ihm das Gesicht taub, als er die Hauptgasse auf der Schanz entlanglief.

Aus der Kneipe drang Stimmengemurmel. Es war erst zwanzig nach zehn, und eigentlich hatte die «Inselruh» noch gar nicht geöffnet.

Als er die Tür aufstieß, wurde es still. Sechs Leute hockten an der Theke und schauten ihn an. Drei Frauen zwischen Mitte vierzig und Ende fünfzig, darunter auch die aus Nr. 17, zwei Männer um die sechzig, beide mit einem Glas Altbier vor sich, und Dellmann. Er nickte Toppe knapp zu, die anderen rührten sich nicht. Es roch nach billigen Zigarillos.

Toppe nahm seinen Schal ab und rieb sich das Gesicht.

Bea Lentes kam aus der Küche und stellte den Frauen ein Tablett mit drei Kaffekännchen und Tassen hin. «Verteilt mal selbst, Strudel kommt gleich. Und was willst du, Paul?»

Sie winkte Toppe zu. «Ich komme sofort! Suchen Sie sich doch schon mal einen Tisch aus.» Dann wieder zu Dellmann: «Nix für ungut, Paul, aber ich hab gerade ‹Wasser› verstanden.» Der Bauer zischte etwas, was Toppe nicht verstand. Er setzte sich an den Ecktisch hinter der Tür, nicht zu weit vom Tresen entfernt.

Die Wirtin lachte. «Ist ja schon gut, Paul, brauchst mich nicht sofort anpupen. Ich darf mich doch wohl noch wundern, oder? Ich mein, du in der ‹Inselruh› morgens um halb elf und dann Wasser! Bei dem Wetter! Wenn du wenigstens Grog nehmen würdest.» Sie zwinkerte Toppe zu. «Für Sie vielleicht einen Grog, Herr Toppe? Ich mach den mit extrastarkem Rum aus Österreich. Der hat's in sich. Da sind Sie den ganzen Tag nicht mehr kalt.»

Er musste lächeln. «Danke, ein andermal bestimmt, aber für den Moment tut's ein Kännchen Kaffee.»

An der Theke wurde das Gespräch wieder aufgenommen, es ging anscheinend ums Wetter.

Die Wirtin hatte ihre prallen Kilos in einer hellblauen Stretchhose und einem bauchfreien schwarzen Rollkragenpullover untergebracht. Trotz der Schwindel erregend hohen Plateaus bewegte sie sich leichtfüßig, als sie Toppe den Kaffee servierte.

«Was ist denn das heute für ein Auftrieb bei Ihnen?»

«Das wüsst ich auch gern. Muss wohl an Ihnen liegen.» Sie lachte. «Nein, Quatsch! Bei mir ist es eben lecker warm. Ich hab nämlich eine neue Heizung einbauen lassen, was hier auf der Insel nicht jeder von sich behaupten kann.» Sie grinste frech zu den anderen hinüber und beugte sich über den Tisch. «Heute könnt ich Ihnen einen Kirschstrudel anbieten, frisch aus dem Ofen.»

«Hört sich gut an», meinte Toppe.

«Vielleicht die Zeitung dabei?» Sie langte zu dem Bord hoch, auf dem zwei Ausgaben der heutigen *Niederrhein Post* lagen.

«Gern, danke.»

Das Gemurmel an der Theke wurde lauter, als er hinter der Zeitung verschwand.

Frau Lentes brachte den Strudel. «Ist noch heiß. Tun Sie die Sahne gleich erst drauf, die läuft Ihnen sonst weg.»

«Setzen Sie sich doch mal eben, ich würde Sie gern noch was zu Willem Bouma fragen.»

Sie schüttelte ein wenig ungehalten den Kopf. «Was haben Sie bloß immer mit dem?» Aber dann zog sie doch einen Stuhl unterm Tisch hervor und setzte sich auf die Kante. «Ja?»

«Auf Bouma sind in den letzten Monaten Anschläge verübt worden», sagte Toppe laut und registrierte zufrieden, dass es am Tresen mucksmäuschenstill wurde.

«Stimmt», antwortete die Wirtin. «Das mit der Hündin fand ich ja gemein. War ein liebes Tier, ein Collie, sah genau aus wie Lassie.»

«Und außer Ihnen wusste keiner im Dorf von diesen Anschlägen?»

«Doch, sicher ...» Misstrauen schlich sich in ihren Blick. «Wieso?»

Toppe schaute zur Theke. Dellmann drehte ihm den Rücken zu.

«Bea!», rief der Mann neben ihm. «Lass ma' die Luft ausse Gläser, oder biste dir zu fein dafür?» Er hatte ein Feuermal auf der rechten Wange, das sich jetzt bläulich färbte.

Bea Lentes sprang auf. «Die Arbeit ruft.»

«Nicht schlecht», dachte Toppe. Sollte er sich Dellmann noch einmal allein vorknöpfen oder jetzt sofort zusammen mit den anderen?

Aber da wurde leise die Tür aufgeschoben, und der rothaarige Handwerker, den Toppe gestern aus dem gelben Haus hatte kommen sehen, stapfte herein, ohne Mantel, ohne Handschuhe. Er hastete zu einer freien Stelle an der Theke, schaute niemanden an, grüßte nicht.

«Beatrix, ich würd gern fünf Flaschen Alt mitnehmen.» Toppe hatte Mühe, ihn zu verstehen.

Die Frau aus Nr. 17 tauschte bedeutungsschwere Blicke mit ihren Nachbarinnen. «Na, Voss, hat Papa vergessen, für Nachschub zu sorgen, arme Jung?» Dicker Honig in der Stimme.

Der Rothaarige fuhr sich mit der Zunge über die gesprungenen Lippen und hielt seine Augen auf Bea Lentes geheftet. «Und eine Flasche Kümmerling.»

«Ja, sicher, kein Problem, Voss.» Sie nahm ihm den Baumwollbeutel ab.

Die Siebzehn quiekte kurz und wischte sich mit dem Ringfinger die Mundwinkel aus. «Kümmerling, so, so. Mama ist wohl auch ein bisschen knapp dran, oder wie hab ich das?»

Der Mann beachtete sie nicht.

«Kannst du anschreiben, Beatrix?», wisperte er.

«Mein Gott, Voss!» Sie schlug die Hand vor den Mund. «Wir haben noch nicht mal den Fünfzehnten!» Dann besann sie sich. «Ausnahmsweise.»

Der Mann mit dem Feuermal nahm einen tiefen Zug aus seinem Bierglas und wischte sich die Lippen mit dem Handrücken. «Sag mal, Voss, spielste eigentlich immer noch Handlanger? Für lau? Knete ist nich' alles», kollerte er dann. «Man kann ja auch anders bezahlen. Wie heißt dat noch gleich? In Naturalien! Ist doch viel schöner, wa, Voss?»

Die Frau aus der Siebzehn ließ angewidert die Kuchengabel sinken. «Hat sich was mit Handlanger! Hat sich was mit ‹Bin ich foh, dass Sie mir helfen›! Den Zahn hab ich meinem Karl aber ganz schnell gezogen, sag ich euch!» Sie senkte die Stimme. «Habt ihr euch die mal genau angeguckt?»

Ihre Nachbarin bekam rosa Wangen. «Da braucht man nicht lange gucken. Was die immer anhat! Bis innen Winter mit barfte Füße, und von Büstenhalter hat die auch noch nix gehört. Lange Haare und all so was. Ich mein, worauf die aus ist, das ist doch wohl klar. Dabei soll die auch schon an die fuffzig sein, hab ich gehört.»

Frau Lentes wickelte die Kümmerlingflasche in Küchenkrepp, bevor sie sie zu den Bierflaschen in die Tasche schob. «Hier, Voss, aber dass mir das bloß nicht zur Gewohnheit wird.»

Er ging mit ausdrucksloser Miene.

Toppes Handy meldete sich. Er zog es aus der Hosentasche und schaute, bevor er die Freitaste drückte, zu den Thekenhockern hinüber. Sie ignorierten ihn.

«Peter hier! Wo steckst du gerade? Bist du noch in Schenkenschanz?»

«Ja, was ist denn?»

«Der DNA-Abgleich ist gerade gekommen. Du hattest Recht!», rief Cox. «Unser Toter ist tatsächlich dieser Bouma!»

Toppes Herz machte ein paar Extraschläge. «Gut», sagte er gedämpft. «Ich komme sofort.»

Vor dem Feuerwehrhaus stand Voss, stapfte mit den Füßen und rauchte.

Toppe verlangsamte seinen Schritt. «Meine Güte, Sie holen sich ja den Tod hier draußen!»

Der Mann zögerte. «Bin abgehärtet», meinte er dann, ohne Toppe anzusehen.

«Ja, ich kenn das. Bei meiner Mutter musste ich auch immer vors Haus, wenn ich rauchen wollte. Kommen Sie, setzen Sie sich in mein Auto, da ist es wenigstens ein bisschen wärmer.»

Voss nahm noch einen hastigen Zug und schnippte die Zigarette weg. «Bin schon fertig.»

Toppe sah ihm nach, wie er mit hängenden Schultern davonschlurfte.

Er zog die Handschuhe aus und wühlte in seinen Manteltaschen. Mieke Bouma hatte ihm den Schlüssel zum Haus ihres Vaters überlassen und ihm ihre Visitenkarte gegeben. Zwei Adressen standen dort, eine private und die des Institutes, an dem sie arbeitete. Um diese Zeit würde sie wohl an der Uni sein. Sollte er die Kollegen in Nimwegen anrufen, damit die ihr die Todesnachricht überbrachten? Ihm war nicht wohl bei dem Gedanken.

Er stieg ins Auto, legte Miekes Schlüssel auf die Ablage, startete und hielt inne. Sie hatten in Boumas Haus weder dessen Türschlüssel noch die Autoschlüssel finden können, sein Pass fehlte ebenso wie die Wagenpapiere und der Führerschein. Bouma musste die Sachen wohl bei sich gehabt haben, als er getötet wurde. Warum hatten sie dann im Häcksler keine Spur von irgendwelchen Schlüsseln gefunden? Hatte der Täter sie an sich genommen und sich so Zugang zu Boumas Haus verschafft? Hatte er dort etwas gesucht? Waren die Papiere auf dem Schreibtisch deshalb so in Unordnung gewesen?

Boumas Einfahrt war dick vereist, er ließ den Wagen langsam ausrollen, tastete sich vorsichtig zum Haus und öffnete die Tür. Drinnen war es nicht viel wärmer als draußen. An den Fenstern hatten sich Eisblumen gebildet, durch die milchig trübes Licht ins Wohnzimmer fiel. Hier war nichts verändert worden, auf dem Schreibtisch derselbe Papierwust, die untere Schublade stand offen. Van Gemmern hatte sie am Montag aufgebrochen. Etwas Bargeld lag dort, ein paar Aktien, der Fahrzeugbrief für den Volvo, ein Schlüssel mit grünem Anhänger und ein Kaufvertrag aus dem Jahr 1999 für ein Haus in Den Helder. Toppe nahm das Bild, das auf dem Fernseher stand, und steckte es ein. Sie würden ein Foto von Bouma für die Presse brauchen.

Irgendjemand musste sich den ganzen Papierkram hier vornehmen. Er wusste, dass Peter Cox, als er nach Kleve versetzt worden war, gleich einen Niederländischkurs an der Volkshochschule belegt hatte, aber ob seine Sprachkenntnisse ausreichten? Auf alle Fälle musste er Lowenstijn informieren. Als er im Präsidium ankam, hatte er sich die nächsten Schritte zurechtgelegt.

Cox wartete ungeduldig. «Ich habe mir gerade aufgeschrieben, was du mir über diesen Bouma erzählt hast. Viel ist das nicht.»

«Wie gut ist dein Niederländisch?», wollte Toppe wissen.

Cox stutzte. «Ich habe Fortgeschrittene I und II mit Zertifikat abgeschlossen, und jetzt bin ich gerade in einem Konversationskurs. Warum?»

«In Boumas Haus stapeln sich Unmengen von Briefen und alten Unterlagen, die wir durchsehen müssen. Traust du dir das zu?»

«Natürlich! Hoffst du, dass wir einen Hinweis darauf finden, wer Bouma ans Leder wollte?»

«Eigentlich», antwortete Toppe nachdenklich, «möchte ich mir erst einmal ein Bild davon machen, was Bouma für ein Mensch war. Ich habe seine Sachen nur flüchtig durchgeschaut, aber hab das Gefühl, dass etwas fehlt.»

Cox nickte nachsichtig. «Also, wie gehen wir es an?»

Zuallererst musste die Chefin benachrichtigt werden. Bouma war ein hohes Tier beim Militär gewesen, seine Ermordung würde sicherlich auch die überregionale Presse auf den Plan rufen, erst recht, wenn bekannt wurde, auf welche Weise der Leichnam entsorgt worden war. Toppe wollte, dass die Meinhard sich darum kümmerte und ihm den Rücken frei hielt.

Dann musste eine Ausschnittsvergrößerung von Boumas Foto aus dem Arnheimer Zoo an die Zeitungen gegeben werden, zusammen mit der Frage, wer diesen Mann Mitte bis Ende Oktober wo und mit wem gesehen hatte.

«Die Tochter», erinnerte Cox. «Mit der müssen wir auf alle Fälle sprechen.»

«Ja, aber nicht heute. Ich schicke die Nimwegener Kollegen hin, und Lowenstijn sage ich auch Bescheid. Hier!» Toppe gab ihm den Schlüssel zu Boumas Haus. «Wenn du auf den Deich kommst, ist es das zweite rechts. Du kannst dich frei bewegen, der ED ist durch.» Er grinste kurz. «Und dreh die Heizung hoch.»

Cox wirkte plötzlich ganz aufgeräumt. «Wann setzen wir uns zusammen?»

«Um vier, würde ich sagen. Bis dahin hast du einen ersten Überblick. Und, Peter, ich denke, wir brauchen Verstärkung. Wir sollten Ackermann anfordern.»

«Da hast du vermutlich Recht, ohne Norbert und Astrid ... aber ...» Cox rümpfte die Nase.

«Lass mal, Ackermann hat durchaus seine Stärken», entgegnete Toppe ruhig.

Bevor er sich an die Arbeit machte, rief er zuerst in der Pathologie und dann zu Hause an. Arend würde Katharina von der Tagesstätte abholen und sich um das Abendbrot kümmern, Astrid war immer noch nörgelig. «Ich weiß nicht, ob ich noch wach bin, wenn du kommst. Dieses blöde Rumhängen macht mich kaputt.»

Ackermann strahlte übers ganze Gesicht, als er um kurz nach vier ins Büro kam.

«Tach Chef, Tach Pit, nä, wat is' dat schön, dat ihr mich brauchen könnt! Dafür lass ich liebend gern den Feierabend sausen. Hab ich dat richtig gehört, der Bouma is' euer Gehackteskerl? Ich wollt' et gar nich' glauben. Der Bouma, dat war mir vielleich' 'n Männeken!» Er stand immer noch an der Tür, sein ganzer Körper war in Bewegung. Toppe zeigte stumm auf einen Stuhl. Ackermann machte ein zerknirschtes Gesicht. «Ich bin ma' wieder zu hampelig, wa? Beschwert sich die Mutti auch immer drüber. Dann will ich mich ma' hinsetzen. Also, wat ich sagen wollt', den Bouma, den hab ich gekannt, wenn dat wen interessiert. Dat war einer von de Sorte ‹alles auffet elfendortichste›. Ein Korinthenkacker, wie et so schön auf Deutsch heißt.»

Cox setzte zu einer Frage an, aber Ackermann merkte es gar nicht. «Hat Jan, Pit un' alle Mann angeschissen, wie et ihm grad vor de Flinte kam. Da können die Buren vonne Schanz un' aus Salmorth ein Lied von singen, sag ich euch. Kam immer gern mit de Gülleverordnung. Die darf man nämlich zwischen November un' Januar nich' auffen Acker kippen. Aber wer hält sich da schon dran? Un' dann dat mit de halben Ferkel auffem Feld. Dabei weiß doch jeder, dat de Bauern die Frühgeburten un' wat se sons' noch an Kroppzeug haben, inne Güllegrube schmeißen. Da wird et anständig zersetzt, un' düngt ja auch gut. Bloß manchma' klappt dat nich' so ganz, un' da hat man dann scho' ma' 'n paar Reste auffem Feld rumliegen. Un' der Bouma is' dann jedes Ma' mit Anzeige gekomen. Hatte ja sons' nix zu tun. Immer über de Morgen latschen un' gucken, wem er dat Leben 'n bisken versüßen kann.»

«Hol mal Luft», fuhr Cox gereizt dazwischen. «Mir ist schon ganz schwindelig.»

Toppe nutzte die Pause: «Sie meinen, Bouma hat tatsächlich Anzeige gegen die betreffenden Bauern erstattet?»

«Aber hallo! Fragen Se doch ma unten auffe Wache. Wenn die Jungs Bouma hören, kriegen die 'n Hals. Der war ein Arschloch.»

Er nahm die Brille ab, schob den Norwegerpullover hoch, zog einen Hemdzipfel aus der Hose und putzte die dicken Gläser. «Obwohl ... wenn ich et so richtig bedenk', für so wat murkst man doch wohl keinen ab. Auffe andere Seite ...» Er blinzelte Toppe kurzsichtig an. «Man steckt ja nich' drin.»

«Tja», meinte Cox mit undurchdringlicher Miene, «das ist wohl wahr.»

Er breitete mehrere große Zettel aus, auf denen er sich Notizen gemacht hatte. «Ganz bin ich noch nicht durch mit Boumas Papieren, aber einen ersten Überblick kann ich schon geben. Mal sehen, ob ich das so einigermaßen zusammenhängend hinkriege. Also, Willem Adrianus Theodorus

Bouma wird am 16. Mai 1941 in Amsterdam geboren, sein Vater ist Kaufmann, seine Mutter Büroangestellte. Er hat eine Zwillingsschwester, Maria Henrietta, genannt Mie. Sie wandert 1966 mit einem australischen Arzt, den sie wohl in Amsterdam kennen gelernt und geheiratet hat, nach Sydney aus. Der Kontakt zu ihrem Bruder bleibt eng, sie schreiben sich mindestens einmal im Monat. Mies Ehe ist anscheinend nicht glücklich, sie hat keine Kinder. 1980 erkrankt sie an Brustkrebs und ist möglicherweise daran gestorben, seit Ende 84 gibt es jedenfalls keine Briefe mehr. Im Juni 1969 heiratet Bouma Wilhelmina Lookers, geboren 1946. Es gibt zwei Liebesbriefe von ihr aus der Zeit vor der Eheschließung, aus denen hervorgeht, dass Bouma da wohl schon Berufssoldat war. Das Ehepaar bekommt eine Tochter, Maria Wilhelmina, geboren am 9. Dezember 1970. Schätzungsweise Anfang 1996 erkrankt Boumas Frau an Leukämie und stirbt im März 1998.»

Cox räusperte sich und zeigte auf einen Stapel blauer Kladden, die er mitgebracht hatte. «Ungefähr ein Jahr vor ihrem Tod hat sie angefangen, ein Tagebuch zu führen oder besser ein Erinnerungsbuch. Ich konnte es nur überfliegen, aber es geht einem an die Nieren. Sie schreibt sehr liebevoll über ihre Tochter, aber im Zusammenhang mit ihrem Mann ist hauptsächlich von seinem großen Pflichtbewusstsein die Rede, von seiner Dominanz in der Familie. Meistens verpackt sie das ironisch, aber sie schreibt auch: ‹War es nun gut oder schlecht für mein Leben, dass auch ich ihm eine Pflicht war?› Es stehen viele Namen in den Büchern von Leuten, zu denen sie in ihrem Leben eine Beziehung hatte, vielleicht findet sich da was. Ich würde sie mir auf alle Fälle später gern in Ruhe durchlesen.» Er schob die Blätter zusammen. «Anscheinend hat Bouma 1999 ein Haus in Den Helder gekauft, könnte sein, dass der Schlüssel, den ich in der unteren Schublade gefunden habe, dazu passt.»

«Ja», sagte Toppe. «Die Tochter hat erzählt, dass er ein Ferienhaus an der Küste hat.»

Cox nickte. «Ich weiß jetzt, glaube ich, auch, was du meinst, Helmut, mit deinem Gefühl, dass etwas fehlt. Es gibt nirgendwo etwas über Boumas Berufsleben, nichts über seine Laufbahn, keine Korrespondenz, nicht einmal einen Wehrpass und nur ein einziges Foto, das ihn in Uniform zeigt.» Er reichte es über den Tisch.

Ackermann schob die Brille auf die Stirn und hielt es sich direkt vor die Nase. «Bouma mit ganz kurze Haare! Wat haben die denn da inne Hand? Is' dat Schampus? Nä, wohl eher Wein. Un' wer sind die anderen Typen auffe Feier?»

Toppe nahm ihm das Foto aus der Hand – vier Männer in Tarnanzügen, die sich zuprosten. Das war doch das Bild, zu dem Lowenstijn irgendeine zynische Bemerkung gemacht hatte.

«UNPROFOR», murmelte er.

«Wat?», rief Ackermann. «Bouma war bei de Blauhelmtruppen? Da hat er nie wat von erzählt. Aber egal, wie geht et jetz' weiter?»

Toppe stand auf, er hatte einen schalen Geschmack im Mund, und sein Magen meldete sich wieder einmal. «Ich habe vorhin einen Bericht geschrieben.» Er reichte beiden einen Ausdruck. «Die Durchsuchung von Boumas Haus, van Gemmerns Ergebnisse, meine Gespräche mit Dellmann und die in der Kneipe. Am besten, ihr lest euch das gleich durch, damit wir auf demselben Stand sind. Ich gehe uns in der Zeit etwas zu essen holen. Jemand was gegen Döner?»

Cox legte die Stirn in Falten. «Na ja, gut», sagte er schließlich. «Aber bitte ohne Zwiebeln und ohne Peperoni.»

Ackermann kicherte. «Ich nehm 'n doppelten mit alles. Un' meinen Se, ich könnt' auch 'n Bierken dabei, Chef?» Er klemmte sich den Bericht unter den Arm. «Dann werd ich et mir ma' die nächsten Tage an Norberts Platz gemütlich machen.»

Cox sammelte Pappteller, Papier und Servietten ein. «Ich bringe das kurz in den Abfalleimer in der Küche, sonst stinkt das Büro noch tagelang nach Knoblauch.»

«Du bis' schlimmer wie meine Mutter!» Ackermann leckte sich genüsslich die Finger ab. «Dat kannste gleich noch, mir is' nämlich wat eingefallen. Wenn dat Auto von Bouma im Carport steht, dann muss der Mörder Bouma zu Hause abgeholt haben. Un' ich würd' sagen, dat Bouma den gekannt hat, weil et ja keine Spur von Gewalt gibt. Entweder dat, oder Bouma war zu Fuß unterwegs. Dann is' er auffe Insel oder inne nähere Umgebung abgemurkst worden. Auf alle Fälle, wenn dat einer von außerhalb war, dat krieg ich raus. Dat gibt et nich', dat sich 'n Fremder auffe Schanz oder auffem Deich rumtreibt, un keiner merkt wat. Un' dann noch wat. Boumas Boot, dat müssen wer uns angucken. Wer weiß, wat et da drauf zu finden gibt. Hab ich dat richtig, dat dat immer noch im Altrhein liegt? Dat Teil muss schleunigst raus, am besten heut noch. Et is am Frieren wie Harry, dat Eis drückt et in null Komma nix kaputt, un' dann stehn wer dumm zu gucken.»

Elf Im Haus war alles still, auch bei Arend brannte kein Licht mehr.

Toppe schaltete nur die Stehlampe ein und legte zwei Holzscheite auf die Glut im Kamin. Er war viel zu aufgekratzt, um schon schlafen zu gehen. Jetzt wäre ein Grog wirklich nicht schlecht, aber wahrscheinlich war kein Rum im Haus.

Auch Peter Cox und Ackermann hatten nicht die Ruhe gehabt, um fünf Uhr Feierabend zu machen. Peter war noch einmal nach Schenkenschanz gefahren, hatte Boumas Papiere und Fotos in Kartons gepackt und ins Präsidium gebracht, danach hatte er angefangen, die Tagebücher zu lesen. Er würde in den nächsten Tagen im Büro bleiben müssen für den Fall, dass sich jemand auf ihren Zeitungsaufruf meldete, aber das stimmte ihn eher heiter – er hatte seine Papiere, und er war immer noch auf der Suche nach der Tatwaffe.

Toppe schälte sich aus Mantel und Pullover und ging in die Küche. Am Kühlschrank klebte eine Nachricht von Astrid: *Essen steht in der Mikrowelle, im Topf auf dem Herd ist Glühwein. Ich habe das Himmelbett bestellt, es wird Montag geliefert.*

Verflixt, der Fußboden in ihrem neuen Schlafzimmer war immer noch nicht fertig verlegt! Hoffentlich kam er am Wochenende dazu, sonst musste er Arend um Hilfe bitten, oder er konnte Ackermann fragen, der kannte mit Sicherheit jemanden, der solche Arbeiten nebenbei machte.

Ein kleines PS auf Astrids Zettel: *Weck mich ruhig, wenn du wieder da bist – ich habe Sehnsucht.* Er lächelte und schaltete die Herdplatte ein – Glühwein war eine gute Idee, aber Hunger hatte er keinen. Er holte den Nudelauflauf aus der Mikrowelle und stellte ihn in den Kühlschrank.

Ackermann war überhaupt nicht zu bremsen gewesen. Zuerst hatte er einen Freund beim Segelclub angerufen und dafür gesorgt, dass morgen Vormittag Boumas Boot aus dem Wasser geholt wurde, nachdem Ackermann es zusammen mit van Gemmern gründlich untersucht hatte. Danach hatte er sich mit Wim Lowenstijn in einer Kneipe verabredet, weil er dem alles «ausse Nase ziehen» wollte, was er über Bouma wusste.

Der Glühwein dampfte, er duftete süß und stark, also musste wohl doch Rum im Haus gewesen sein, unter Arends Vorräten vermutlich. Toppe goss einen großen Becher voll und nahm ihn mit vor den Kamin.

Er selbst war schließlich doch noch zu Mieke Bouma gefahren. Am Telefon war sie gefasst gewesen, hatte nur sehr traurig geklungen. Die Polizistin, die ihr die Todesnachricht überbracht hatte, war bei ihr geblieben, bis eine Freundin sich um sie kümmern konnte. Sie war sogar ganz froh gewesen, dass Toppe sie heute noch besuchen wollte. «Es ist besser, über ihn zu sprechen, als nur nachzudenken.»

Ihr Appartement in der Nähe der Universität war nicht viel größer als eine Puppenstube, es gab keinen Platz für ein Kind. Die Freundin ging, als Toppe kam, sie würde später noch einmal vorbeischauen. Mieke Bouma hatte ihrem Vater nicht sehr nahe gestanden. Er war ein in sich gekehrter Mann gewesen, der seine Prinzipien gehabt hatte und für den es selbstverständlich gewesen war, dass jeder seine Pflichten erfüllte, aber sie konnte nicht behaupten, dass er übermäßig streng mit ihr gewesen war. Für ihn war es keine Frage gewesen, dass er in der Familie das Sagen gehabt hatte. Ihre Mutter hatte sich nicht dagegen aufgelehnt, sondern seine Autorität mit einem Augenzwinkern hingenommen. Sein Beruf sei ihm wichtig gewesen, natürlich, sonst hätte er bestimmt keine solche Karriere gemacht. «Aber wenn er zu Hause war, gab es nur die Familie, wenn er gearbeitet hat, nur seine Arbeit.» Er sei viel im Ausland gewesen, ja, auch bei den Blauhelmtruppen im früheren Jugoslawien, 1995 musste das gewesen sein, kurz bevor ihre Mutter so krank geworden war. Nein, sie könne sich überhaupt nicht erklären, warum es keine schriftlichen Zeugnisse seines Berufslebens gab. «Aber ich weiß auch nichts über diese Dinge. Papa hatte immer ein Arbeitszimmer, und dort wollte er mich nicht haben.» Als Toppe ihr von den Tagebüchern erzählte, verlor sie zum ersten Mal die Fassung. «Wie konnte er mir das verschweigen? Wieso hat er sie mir nicht gezeigt? Ich habe meine Mutter so sehr geliebt, wir waren wie Schwestern. Das wusste er doch!» Aber sie hatte sich schnell wieder gefangen und ihm weiter besonnen geantwortet. Auch Toppes Frage, ob Bouma normalerweise seine Schlüssel in der Hosen- oder Jackentasche getragen hatte, erstaunte sie nicht sonderlich. «Nein, er wollte immer alles zusammen haben, deshalb hat er sich vor Jahren eine von diesen Herrenhandtaschen gekauft, eine, die man so ans Handgelenk hängt. Ein hässliches altes Ding aus kariertem Stoff. Da hatte er immer alles drin, Schlüssel, Wagenpapiere, auch seine Geldbörse.»

Toppe streckte die Beine aus und legte den Kopf an die Sessellehne – der Glühwein tat seine Wirkung. Dellmann hatte ihm dreist ins Gesicht gelogen. Natürlich wusste er von den Anschlägen auf Bouma. Das ganze Dorf wusste davon. Wenn Lowenstijn die Daten der verschiedenen Anschläge hatte, konnte er versuchen, die Alibis der Bauern zu überprüfen. Es würde nicht leicht werden, einige Anschläge lagen etliche Monate zurück, aber wenn er hartnäckig blieb, würden sie sich in ihren Aussagen vielleicht in Widersprüche verwickeln. Innerhalb der letzten sechsundzwanzig Monate hatte Bouma vierzehn Anzeigen gegen immer dieselben Bauern erstattet: Paul Dellmann, Heinz Ingenhaag und Jörg Unkrig. Jedes Mal waren Geldbußen zwischen 300 und 1000 Euro verhängt worden, und Dellmann hatte in einem Fall sogar 7000 Euro bezahlen müssen.

Ackermann hatte Recht. Die Anschläge, gut und schön, aber erschoss man jemanden, weil er ein Querulant war? Wenn morgen die Zeitung erschien, würden die Schänzer wissen, dass Bouma Dellmanns Häckslerleiche war.

Toppe merkte, dass ihm die Augen zufielen. Er musste nach Den Helder fahren und sich in Boumas Ferienhaus umsehen ... keine Erinnerungen an Boumas Berufsleben. Hatte er sie vernichtet? Warum? ... Den Helder ... «Auch wenn ich meinen Vater nicht oft gesehen habe, es ist kein gutes Gefühl, keine Eltern mehr zu haben» ... Schenkenschanz ... «Das haben wir hier nicht so gerne ...»

«Helmut, hej!»

Er fuhr hoch und prallte mit der Stirn gegen Astrids Kinn.

«Autsch! Du bist eingeschlafen.»

«Entschuldige.» Er zog sie auf seinen Schoß. «Tut es weh?»

«Nein, gar nicht», raunte sie und küsste ihn. Sie trug nichts außer einem grob gestrickten blauen Pullover. «Willst du erzählen?»

Er schüttelte den Kopf. «Zu müde.»

Sie küsste ihn ausgiebiger, führte seine Hand unter ihren Pulli. «Zu müde für alles?»

Er stöhnte wohlig, zwang sich dann aber, die Augen zu öffnen. «Du bist ... indisponiert!»

«Och, es gibt immer eine Möglichkeit ...»

Cox hatte bis nach Mitternacht in den Tagebüchern gelesen, aber nichts finden können, was für die Polizei von Interesse war. «Wir sollten sie der Tochter übergeben, für die sind sie sicher sehr wichtig.»

«Ja», sagte Toppe. «Ich werde mir wohl morgen Boumas Ferienhaus ansehen, wenn sich das mit den Kollegen in Den Helder abstimmen lässt. Dann kann ich auf dem Weg dorthin bei Mieke Bouma vorbeifahren.»

«Übrigens, Bouma ist vor zwei Jahren in den örtlichen NABU eingetreten und hat sich im Juli sogar in den Vorstand wählen lassen. Er scheint da ganz schön aktiv gewesen zu sein. Aber das ist noch nicht alles, er war auch ehrenamtlich in der Begegnungsstätte für Obdachlose tätig. Ich habe die eben angerufen. Er betreute dort regelmäßig den Mittagstisch, und er hatte auch mehrere Schützlinge, denen er bei der Lebensbewältigung half, wie die das so schön nannten. Der Typ ist irgendwie skurril. Ich meine, ich habe mir einen Oberst a. D. immer anders vorgestellt.»

«Ich weiß nicht», sagte Toppe. «Seine Frau spricht von

seinem Pflichtbewusstsein, seine Tochter von seinen Prinzipien, Lowenstijn nennt ihn ein Großmaul, und die Leute in Schenkenschanz sagen, Bouma sei ein bekloppter Besserwisser gewesen und habe sich in Sachen eingemischt, von denen er keine Ahnung hatte. Auf eine gewisse Art passt das doch alles zusammen.» Er rückte die Tastatur zurecht. «Wie auch immer, ich schreibe jetzt schnell das Protokoll von meinem Gespräch mit Mieke.»

«Ich habe Ackermann heute noch nicht gesehen», meinte Cox gedehnt.

«Der ist direkt zu Boumas Boot gefahren. Ich will auch gleich noch hin.»

An der Briener Schleuse kam ihm ein schwarzer Mercedes entgegen, der einen Trailer mit einem Holzboot zog. Ackermann wartete im Auto am Anleger. Der Motor lief, die Scheiben waren beschlagen.

«Ich will mir ja nich' 'n Arsch abfrieren», erklärte er. «Van Gemmern hat sich schon wieder vom Acker gemacht. Fehlanzeige! Auf dem Boot gab et nix zu finden. Ich dacht' immer, Bouma hätt 'n größeres Schätzken mit Kajüte. Is' aber bloß 'ne BM-Jolle. Ich mein, 'n feines Boot ohne Frage, bloß, groß wat drauf verstecken kann man nich'. Un' da drauf is' auch keiner erschossen worden. Hätt ja sein können, oder? Hatte dat Boot bei sich am Steiger liegen, is' mit seine Schlüssel un' alles auf et Wasser raus – un' mit seinem Mörder. Aber leider, wie gesagt, keine Spuren.»

Ackermann hatte den Kneipenabend mit Lowenstijn anscheinend genossen. «Wenn der zwei, drei Bier intus hat, is' der nich' mehr ganz so überkandidelt. Hat ganz schön über Bouma hergezogen, war aber nix bei, wat wir uns nich' auch schon gedacht hätten. Auf alle Fälle ham wer jetz' 'ne Aufstellung von alle Anschläge un' wann se passiert sind.»

Toppe überflog die Liste und erzählte dann von den Bauern, die Bouma angezeigt hatte.

«Heinz Ingenhaag kenn ich», meinte Ackermann. «Den Unkrig bloß von Ansehen. In meine Jugend hab ich ma' auffe Schanz gefreit, die Tochter vom Dorfschullehrer. Damals hatten die noch 'ne eigene Schule, bloß eine Klasse für alle, aber immerhin. Wat machen wer jetz'? Nehmen wer uns die drei zur Brust?»

Toppe schaute auf die Uhr. «Bis zwölf hab ich Zeit, dann muss ich zur Chefin. Am liebsten würde ich mir als Erstes Dellmann vorknöpfen. Ich bin wirklich gespannt, welches Märchen der mir heute auftischt.»

«Na, dann steigen Se ein! Ihren Wagen können wer ja nachher wieder abholen.»

Ackermann fuhr ganz gemächlich und plauderte dabei munter vor sich hin. «Ei'ntlich kenn ich jeden vonne Schanz 'n bisken vonne Schützenfeste. Die laden uns Schützen aus Scheffenthum immer ein un' umgekehrt.»

Das Lenkrad hielt er locker mit der linken Hand, während er sich mit der rechten auf dem Oberschenkel eine Zigarette drehte. «Un' Paul Dellmann sein Sohn is' bei meine Jeanette inne Jahrgangsstufe. Is' 'n netter Kerl, ganz anders wie der Alte. Will sogar den Hof übernehmen, wenn er fertig studiert hat.»

Toppe fragte nach der zugezogenen Frau, über die man sich im Dorf das Maul zerriss.

«Ich glaub, ich weiß, wen Sie meinen. Dat muss die

Freya Fuchs sein. Die schreibt so Kinderbücher. Meine Mädkes haben die verschlungen, wie die noch klein waren. In Wirklichkeit heißt die aber anders, mein ich. Gesehen hab ich se noch nich'.»

Als sie hinter Griethausen auf den Deich kamen, bot sich ihnen ein überwältigender Ausblick: Die überfluteten Wiesen rund um Schenkenschanz waren völlig zugefroren, eine gigantische weiße Fläche zog sich bis zum Horizont, hier und dort, wie mit Tusche gezeichnet, die Wipfel der Pappeln, Erlen und Weiden. Eine jungfräuliche, gähnend leere Fläche – Frau Lentes' Schlittschuhkunden blieben aus. Kein Mensch, der bei Verstand war, hielt sich bei minus zweiundzwanzig Grad freiwillig draußen auf.

Ackermann hatte am Straßenrand angehalten und genauso still wie Toppe den Anblick in sich aufgenommen. «Ich hab gehört, dat auffem neuen Rhein auch schon Eisschollen treiben. Man glaubt et gar nich'!»

Sie fanden Dellmann im Stall, wo er versuchte, zwei uralte Ölöfen in Gang zu bringen.

«Na, Paul, musste stochen, dat dir dat Vieh nich' eingeht?»

Der Bauer machte einen Riesensatz und presste sich die Faust gegen die Brust. «Mann Gottes, musst du mich so erschrecken?» Dann erkannte er Toppe, und die Farbe kehrte blitzschnell in sein Gesicht zurück. «Ich habe es heute Morgen in der Zeitung gelesen.»

Toppe sagte nichts, schaute ihn nur aufmerksam an.

«Ja», Dellman zog ein schmuddeliges Tuch aus der Tasche und schnäuzte sich die Nase, «dass es wohl der Bouma war, den ich in meiner Maschine hatte.»

«Stimmt.» Toppe trat dicht an ihn heran, er war gute

zwanzig Zentimeter größer. «Ich würde gern wissen, warum Sie mich angelogen haben.»

«Hab ich das?»

«Sie haben mir gesagt, Sie wüssten nichts von Anschlägen auf Bouma.»

Dellmann sah ihm fest in die Augen. «Weiß ich auch nichts von!»

«Frau Lentes allerdings ...»

«Ach die!» Der Bauer machte eine wegwerfende Handbewegung und wich ein, zwei Schritte zur Seite. «Die quatscht viel, wenn der Tag lang ist. Ich weiß jedenfalls von gar nichts.»

Ackermann lachte herzhaft. «Un' ich bin der Kaiser von China! Du meins', da kommste mit durch? Wenn ich mich jetz' gleich ma' bei all meine Schänzer Freunde umhör', wat glaubste, wie schnell ich raushab, wat du in Wirklichkeit weißt!»

«Gej könnt min de Kont kösse!», spie Dellmann.

«Wenn ich übersetzen darf», Ackermann rieb die Handflächen aneinander, pustete hinein, rieb wieder. «Du kannst mir das Hinterteil küssen. Besser bekannt unter: Du kannst mich am Arsch lecken.»

«Ich will damit nichts zu tun haben!» Dellmanns Stimme überschlug sich.

«Das glaube ich Ihnen gern», meinte Toppe kühl. «Wo waren Sie am 3. September zwischen 19 und 22 Uhr 30?»

Der Bauer gab ein Geräusch von sich wie ein in die Enge getriebener Kater. «Wollen Sie mich auf den Arm nehmen? Woher soll ich das denn jetzt noch wissen?»

Toppe zog die Handschuhe aus, holte seine Zigaretten aus dem Mantel und zündete sich eine an. «Ich kann mir nicht helfen, aber ich finde es doch sehr merkwürdig, dass Sie nicht mehr wissen, was Sie an Ihrem eigenen Geburtstag gemacht haben.»

«Mein Geburtstag», knurrte Dellmann, «ach so, ja.»

«Wir ham dich nämlich bei uns im Computer, Paul.» Ackermann schaffte es, beiläufig zu klingen. «Bis' ja 'n paarma' ganz schön verknackt worden, wa?»

Dellmann feuerte wilde Blicke ab. «Weil mich der Großkotz angeschissen hat, wegen nix!» Dann wurde er plötzlich ganz steif, in seinem Gesicht arbeitete es. «Ach, jetzt versteh ich. Ihr wollt mir was in die Schuhe schieben! Ihr wollt mir in die Schuhe schieben, ich hätte Bouma umgebracht!»

«Wohl kaum», entgegnete Toppe kalt.

Dellmanns Nasenspitze glänzte weiß. Ackermann berührte ihn an der Schulter. «Verstehste dat nich'? Du müsstes' doch total bescheuert sein, oder? Wenn du den Bouma erschossen hättes', dann hätteste doch wohl kaum die Bullen angerufen. Du hättes' den in aller Ruhe durchgehäckselt, un' dat wär et dann gewesen. Oberst Bouma spurlos verschwunden! Obwohl ...» Er wandte sich an Toppe mit einer Miene, die er anscheinend für gewitzt hielt. «Obwohl, Chef, ir'ndwie wär et ja genial, oder? Genauso könnt' der Paul sich dat gedacht haben: Wenn er uns anruft, kriegen wir keinen Verdacht gegen den.»

Dellmann riss sich die Kappe vom Kopf und wrang sie zwischen den Händen.

«Also», setzte Toppe wieder an. «Was haben Sie an Ihrem letzten Geburtstag gemacht? Sie wissen schon, zwischen 19 und 22 Uhr 30.»

Der Bauer schaute zu ihm hoch, setzte seine Kappe wieder auf und schob die Hände in die Hosentaschen. «Wir haben gegrillt, war ziemlich warm an dem Tag. Ein paar Leute waren da.»

«Wer?»

«Weiß ich nicht, ist ja immer dasselbe.»

«Na, dann müssen Sie mir ja erst recht ein paar Namen nennen können.»

Aber er bekam keine Antwort. «Na gut.» Toppe ließ die Zigarette auf den Boden fallen und trat sie aus. «Herr Ackermann, sorgen Sie bitte dafür, dass Frau Dellmann und ihr Sohn in einer Stunde im Präsidium sind. Ich will sie getrennt vernehmen.»

«Jetzt weiß ich es wieder», quetschte Dellmann hervor. «Heinz Ingenhaag war hier mit seiner Frau, van den Heuvels, Bos, Maaßens und Jörg Unkrig. Können noch ein paar mehr gewesen sein, aber die fallen mir nicht ein. Reicht Ihnen das? Hoffentlich! Mir reicht es nämlich jetzt. Es gibt tatsächlich Menschen, die arbeiten müssen, auch wenn Sie sich das vielleicht nicht vorstellen können.»

Auf dem Weg zum Auto sagte Ackermann kein Wort. Erst als sie eingestiegen waren, schaute er Toppe an. «Äh, Chef, wat war denn eigentlich am 3. September?»

Toppe schmunzelte. «Da hat man Bouma den Hänger mit Mist vor die Tür gekippt.»

«Un' dat haben Se sich gemerkt, auch wenn Se nur ma' ebkes kurz auf meine Anschlagsliste geguckt haben?»

«Ich wusste ja, wann Dellmann geboren ist», erwiderte Toppe.

«Trotzdem!» Ackermann ließ den Blick über die Ebene schweifen. «Auch wenn dat jetz' bloß 'n Trick war mit Frau un' Sohn getrennt vernehmen, aber ein'ntlich is' et dat.

Wenn wir aus denen wat rauskriegen wollen, müssen wer se uns alle einzelnt vorknöpfen un' ganz schön gewievt sein.»

Die Fahrbahn war trocken, der Asphalt hatte durch den Frost eine fast weiße Farbe angenommen.

«Wie lange werden wir wohl brauchen bis Den Helder?», fragte Toppe.

«Bei dem Verkehr können dat locker drei Stunden werden. Wann sollen wer denn bei de Kollegen sein?»

«Gegen elf.»

«Dat schaffen wer.» Ackermann war ungewohnt wortkarg.

«Sind Sie ein Morgenmuffel?», wollte Toppe wissen.

«Ich nicht», feixte Ackermann, «aber Sie!»

Toppe stutzte. «Nicht, dass ich wüsste.»

«Dat is' et ja, man selber merkt et nich', aber Sie sind morgens immer ganz still, schon solang ich Sie kenn. Un' da hab ich mir gesagt, Ackermann, halt dich geschlossen, geh dem Chef nich' auffen Senkel. Man soll et nich' glauben, aber ich kann au' anders.»

Sie schwiegen eine Weile einträchtig vor sich hin.

Schließlich fragte Toppe: «Sie sprechen doch Holländisch, oder?»

«Sicher, sons' wär ich bei de Sippschaft von mein holdes Eheweib doch aufgeschmissen.»

Toppe verzog das Gesicht. «Ich komme mir richtig blöd vor. Peter hat ein Zertifikat, Astrid hatte Niederländisch als Leistungskurs in der Schule, selbst Norbert kommt ganz gut durch.»

«Dat is' ja au' einfach, wenn man von hier kommt. Ich

hab et ja au' so automatisch aufgeschnappt, weil ich anne Grenze groß geworden bin. Richtig gelernt hab ich dat nie.»

Er hatte zwei Zigaretten gedreht und hielt Toppe eine hin.

Er nahm sie, obwohl Ackermanns «Javaanse» ihm eigentlich viel zu stark waren.

Die Chefin hatte ihn heute Morgen überfallen, kaum dass er im Büro gewesen war. Ein holländischer Offizier hatte sie aufgesucht, um ihr mitzuteilen, dass Bouma ein Militärbegräbnis bekommen würde, und um zu fragen, wann Boumas Leichnam freigegeben wurde. Ferner hatte er ihr zu verstehen gegeben, dass der Geheimdienst eigene Ermittlungen in diesem Mordfall anstellen würde.

«Die ganze Sensationspresse und die Geier vom Privatfernsehen stehen bei mir auf der Matte, weil die Geschichte doch so schön plakativ ist: nur ein halber Fuß, die blutigen Reste im Maishäcksler und dann dieses idyllische Dörflein.» Sie hatte maliziös gelächelt. «Die können auf der Matte stehen, bis sie schwarz werden. Jeder bekommt dieselbe sachliche Presseerklärung, basta!»

Toppe staunte immer noch. Die Meinhard stand zu ihrem Wort, sie hielt ihm den Rücken frei. Das war nicht immer so gewesen. Es hatte Jahre gedauert, bis sie miteinander klargekommen waren. Als sie ihm vor die Nase gesetzt worden war, hätte er am liebsten das Handtuch geschmissen, aber es hatte keine Alternative gegeben. Er hatte zwei Familien zu ernähren gehabt, zumindest seinen Beitrag dazu leisten müssen. Irgendwann hatte er gelernt, deutlicher seinen Standpunkt zu vertreten, bestimmter Grenzen zu ziehen und klare Forderungen zu stellen. Eine

Sprache, die Charlotte Meinhard verstand und schätzte; mittlerweile waren sie Partner.

Die Landstraße zwischen Alkmaar und Den Helder führte an einem breiten Kanal entlang.

Toppe erinnerte sich an ein langes Wochenende mit Astrid auf Texel vor Jahren, als sie sich gerade verliebt hatten. Es war im Spätsommer gewesen, und sie hatten sich Zeit gelassen auf dem Weg durch die sonnige Landschaft mit den geduckten Reetdachhäusern und den alten Bäumen auf der einen und dem lebhaften Treiben auf dem Kanal auf der anderen Seite – Hunderte von Segelbooten, Kinder in «Optimisten», die gewandt zwischen den Jollen hin und her flitzten.

An einem Café hatten sie Rast gemacht und unter dem ausladenden Dach einer Linde Apfelkuchen gegessen, den Duft von frisch gemähtem Gras in der Nase, und den Geräuschen des Kanals gelauscht.

Jetzt war das Wasser gefroren, die Landschaft erstarrt.

Auch Ackermann hing Erinnerungen nach. Um diese Jahreszeit wimmelte der Kanal normalerweise nur so von Schlittschuhläufern und Jugendlichen, die Eishockey spielten, es gab Glühweinstände und Frittenbuden. Dieses Jahr würde wohl sogar der große «Nikolauslauf», an dem er selbst schon dreimal mit Nadine, seiner Ältesten, teilgenommen hatte, ausfallen. Der stetige Wind Noord-Hollands machte einen Aufenthalt im Freien unerträglich.

In den Sommermonaten war Den Helder ein summendes, buntes Hafenstädtchen mit gut gelaunten Feriengästen und Leuten, die für ein paar Stunden die Cafés und Restaurants bevölkerten und die kleinen Lebensmittelmärkte plünderten, bevor sie die Fähre nach Texel nahmen, wo sie zwei, drei Wochen in einem Ferienhaus verbringen würden. Im restlichen Jahr war Den Helder ein ruhiger Ort – die Saisonläden packten ihre Straßenstände weg und ließen die Gitter herunter –, nur Segler waren eigentlich immer da, unabhängig von der Jahreszeit. Heute war Den Helder eine Geisterstadt, selbst die Ampeln waren ausgefallen. Sie fanden das Revier auf Anhieb. Mit den Kollegen in Nimwegen, Arnheim und Umgebung lief die Zusammenarbeit seit vielen Jahren blind. Regelgerecht hätte bei grenzüberschreitenden Ermittlungen Interpol eingeschaltet werden müssen, ein zeitaufwendiges, zermürbendes Verfahren, fruchtlos, wenn man schnelle Informationen brauchte oder fix handeln musste.

Im Norden an der Küste kannte man den «kleinen Grenzverkehr» nicht. Die Kollegen hatten sich zwar nach einigen Telefonaten und Rückversicherungen auf die unkomplizierte Amtshilfe eingelassen, aber man konnte sicher nicht behaupten, dass die beiden Beamten, die mit ihnen zu Boumas Haus fuhren, vor Arbeitseifer und Sympathie übersprudelten. Selbst Ackermanns launige Sprüche entlockten ihnen allenfalls ein sehr müdes Lächeln. Toppe hatte den Eindruck, dass die beiden Deutsche – Polizist hin oder her – nicht so furchtbar gern mochten, aber er verbot sich den Gedanken sofort.

Ein sehr kleines, aber solides Backsteinhaus am Ende einer Sackgasse, direkt am Deich. Der Schlüssel aus der unteren Schublade passte ins Schloss der dunkelgrünen dicken Holztür.

Zwölf Ein großer quadratischer Raum mit einer Küchenzeile an der rechten Seite, ein runder Buchentisch, drei hochlehnige gepolsterte Stühle, zwischen den Sprossenfenstern zwei Sessel, ein heller gewebter Teppich auf dem Holzboden. Die Möbel waren noch relativ neu, Massenware aus einem ländlichen Möbelmarkt. Eine schmale Vitrine voller Bücher – fast alle drehten sich ums Segeln – und ein Aktenschrank aus grauem Metall.

Toppe warf einen Blick in die Küchenschränke: Staubsauger, Putzzeug, ein Topf, eine Pfanne, Geschirr, Besteck und Gläser vom Nötigsten, auf Besuch war Bouma nicht eingerichtet gewesen. Im hinteren Teil des Hauses ein Schlafzimmer mit einem schmalen Kiefernbett, einem Nachttisch und einem zweitürigen Kleiderschrank. Das Bett war nicht bezogen, der Schrank leer. Nebenan ein lila gekacheltes, muffiges Bad.

Durch eine Hintertür trat man auf eine kleine Grasfläche, von der eine lange Reihe Betonstufen den Deich hinaufführte. Linker Hand stand ein offener Holzschuppen, in dem Bouma seinen Bootstrailer untergebracht hatte. An den Wänden hing und stapelte sich Segelzubehör: Tampen, Kleber, Harze, Holz, Schekel jeder Größe, eine Persenning, Segeltuch, Fender.

Ackermann kletterte auf den Deich und blieb oben einen Moment regungslos stehen.

«Chef», rief er dann, «dat müssen Se gesehen haben, dat Polarmeer is' nix dagegen! Aber vorsichtig, die Stufen sind glatt.»

Der Himmel war von einem klaren Blau, dicht an dicht trieben große Eisschollen auf dem Ijsselmeer und glitzerten in der Herbstsonne. Toppe atmete tief durch.

«Schön, wa? Da wird einem ganz anders bei. Aber auch unheimlich ir'ndwie.» Auch Ackermann hielt inne, kurz nur. «Gucken Se ma' da unten. Dat kann bloß Boumas Boot sein – wat für 'n schönes Mädken!»

Weiter rechts gab es ein kleines Hafenbecken mit vier Steigern und etlichen Anlegeplätzen. Nur ein einziges Boot lag dort regungslos im Eis.

«Wir müssen der Mieke sagen, dat se dat rausholen lässt.»

Vorsichtig tasteten sie sich die rutschigen Stufen hinunter und gingen ins Haus zurück.

Die beiden holländischen Kollegen waren gelangweilt bei der Haustür stehen geblieben, ab und zu murmelten sie etwas miteinander.

Ackermann ging zum Aktenschrank und drehte am Griff. «Hoffentlich ist der nicht abgeschlossen!» Aber sie hatten Glück. Da waren sie: Boumas berufliche Unterlagen, die Erinnerungen an seine Militärzeit, säuberlich sortiert in Schubern, Kopien von Berichten, Auszeichnungen, Beförderungen, auch Fotos.

«Was ist das hier?» Toppe zog einen prall gefüllten roten Ordner heraus.

Ackermann blätterte flüchtig. «Sieht aus wie Prozessakten.» Er legte den Ordner auf den Tisch, schob seine Brille hoch und sah sich Seite für Seite an. «Srebrenica? Wat war dat no' ma'?»

«Das ist ein Ort in Ex-Jugoslawien.» Toppe überlegte. «Da ist etwas passiert im Bosnienkrieg.» Er bekam es nicht mehr zusammen.

«Stimmt, ir'ndwat war da, hatte auch wat mit Holland zu tun. War wat mit de Regierung, aber ich weiß et nich' mehr. Auf jeden Fall muss Bouma drin verstrickt gewesen sein, sons' hätt' er ja wohl die Akten nich' hier liegen.» Er ließ die Brille wieder auf die Nase rutschen. «Wir müssen den ganzen Rummel hier mitnehmen.»

Aber damit waren die niederländischen Kollegen nicht einverstanden. Toppe redete mit Engelszungen – der Dienstweg würde Tage dauern und endlosen Schreibkram bringen –, aber die Polizisten ließen sich auf nichts ein. Schließlich hatte Ackermann den rettenden Einfall: Wenn Mieke Bouma es ihnen erlaubt, die Papiere mitzunehmen, gäbe es doch kein Problem. Das wäre natürlich etwas anderes, aber diese Einwilligung müsste schriftlich vorliegen. Toppe raufte sich innerlich die Haare, gab sich gleichwohl gelassen. Er würde die Tochter anrufen und dafür sorgen, dass sie umgehend eine Mail schickte.

Das sei im Prinzip eine gute Idee, nur leider hätten sie auf dem Revier ein paar Schwierigkeiten mit dem Netz, könnte an der Kälte liegen. Schließlich erbarmte sich der Ältere der beiden: Auf der Polizeistation stünde irgendwo noch ein altes Faxgerät herum.

«Kann ich mir in der Zeit dat Boot vornehmen?», drängte Ackermann. «Ich bin schon ganz hibbelig.»

«Du kannst mit uns auf die Politiepost kommen», wandte der jüngere Kollege sich halbherzig an Toppe. Sie boten ihm die Rückbank an und unterhielten sich angeregt während der Fahrt. Er verstand kein einziges Wort.

An der Universität war Mieke Bouma nicht – freitags hielt sie nur ein Seminar ab, und das begann erst um sechzehn Uhr –, bei ihr zu Hause ging niemand ans Telefon. Toppe fluchte ausgiebig und entlockte den Kollegen damit ein Grinsen. Sie brachten ihm eine Tasse Kaffee und die Information, ein Stück die Straße hinunter gäbe es einen guten Chinesen, der ab dreizehn Uhr durchgehend geöffnet habe. Er schaffte es, seinen Kommentar runterzuschlucken, und wählte Lowenstijns Nummer.

«Ja, ich kann dir sogar ganz genau sagen, wo sie steckt», meinte der. «Sie ist bei mir.»

«Aha», antwortete Toppe.

«Da gibt es nichts zu ahaen», gab Lowenstijn barsch zurück.

Toppe schwieg. Offensichtlich war er Wim letzten Montag in Boumas Haus auf den Schlips getreten, aber daran konnte er nun auch nichts mehr ändern, jedenfalls im Moment nicht.

Zehn Minuten später spuckte das Faxgerät mit einem qualvollen Seufzer Mieke Boumas Einwilligung aus, fein säuberlich getippt und unterschrieben, zusammen mit einer Kopie ihres Passes. Toppe wählte Ackermanns Handynummer.

«Ich komm Sie sofort holen, Chef. Boumas Boot hier is' erste Sahne, aber wat Verdächtiges is' da nich' dran, alles normal.»

Auf der Rückfahrt sinnierte er laut darüber, was das Boot wohl gekostet hatte, und dass das Stadthaus in Amsterdam wohl eine hübsche Summe eingebracht haben musste, wenn Bouma sich so etwas leisten konnte. «Dat Häusken in Den Helder is' nich' grad gemütlich, ir'ndwie kalt. Ich hab zuerst gedacht, so wohnt doch keiner freiwillig, keine Bilder, nich' ma' schöne Lampen un' all so wat. Aber ich glaub', der war die meiste Zeit auf seinem Boot. Dat heißt übr'ens genau wie seine Schwester.» Er zwirbelte seine flusigen Bartspitzen. «Verstehen Sie dat? Ich mein, et muss doch wat zu bedeuten haben, dat der sein ganzes Militärzeugs da oben gebunkert hat. In 'nem Aktenschrank! Ich mein, würden Sie sich so 'n Teil in 't Wohnzimmer stellen?» Gedankenvolle Pause. «Na gut, et sah ja keiner, denn ich glaub ein'tlich nich', dat der Bouma da oben – wie heißt dat so schön – inne Nachbarschaft integriert war.»

«Glaube ich auch nicht», sagte Toppe und bremste – der nächste Stau. Dieses Land war hoffnungslos überbevölkert. Anscheinend nannte jeder einzelne Bürger ein Automobil sein Eigen und hatte das dringende Bedürfnis, freitags auf den nationalen Autobahnen herumzulungern. Von der nahtlosen Reihe LKWs auf der rechten Spur mal ganz abgesehen. Immer mal wieder verlor einer der Brummifahrer die Geduld – oder war vielleicht einfach nur nickelig – und glaubte, seinen Vordermann, der ungefähr 0,2 km/h langsamer fuhr als er, überholen zu müssen. Und schon hatte man dann den nächsten Stau.

«Die Prozessakten.» Toppe machte eine Kopfbewegung zum Rücksitz hin. «Gucken Sie da doch nochmal rein.»

Ackermann seufzte. «Würd' ich gern tun, Chef, echt, aber dat würd' bedeuten, dat ich Ihr schönes Auto voll reiher. Bei de Fahrt kann ich nich' lesen. Mir wird schon kotzenschlecht, wenn ich bloß auffe Landkarte gucken muss.»

Um kurz vor fünf waren sie wieder in Kleve. «Ich hab Schmacht für zehn», stöhnte Ackermann.

Peter Cox hatte gut sichtbar eine Nachricht an den Bildschirm geklebt: *16 Uhr 50. Muss Besorgungen für meinen Besuch machen, bin aber jederzeit erreich- und einsetzbar. Habe australische Behörden kontaktiert zwecks Verifizierung d. Todes v. Boumas Schwester.*

«Wat geht bloß in dem sein Kopp vor?» Ackermann schlug sich gegen die Stirn. «Denkt der, die Schwester hat sich für 'ne Tote ausgegeben un' is' dann rübergekommen, weil se ihren Bruder abmurksen wollt? Der is' mir vielleich' n Piepken! Wat nu'? Sollen wer dem Peter den ganzen Papierkrempel auffen Tisch knallen, wo er sich doch grad so schön eingearbeitet hat?»

«Ja, natürlich.» Toppe überlegte. «Aber die Prozessakte nehme ich mit nach Hause. Damit kann Astrid sich beschäftigen.»

Ackermann blickte besorgt. «Die hat bestimmt Langeweile. Geht et ihr denn so einigermaßen?»

«Doch, so langsam wird's besser.» Er knüllte Cox' Nachricht zu einem Papierball zusammen. «Machen wir Schluss für heute.»

«Ja?» Ackermann stutzte, er hatte gerade angefangen, seinen gut zwei Meter langen Strickschal abzuwickeln. «Okay, wenn Se meinen, ich hab nix dagegen, klar, bloß ... vom Zeitpunkt her, ich mein, wenn wer auffe Schanz 'ne Schnitte kriegen wollen ...»

«Sicher», sagte Toppe. «Gleich morgen früh.»

«Ingenhaag?»

«Ingenhaag zuerst.»

«Ich komm Sie abholen. Wie viel Uhr?»

«Das ist doch ein Riesenumweg für Sie.»

«Macht nix!» Ackermann öffnete die Tür zum Flur,

Toppe knipste das Licht aus. «Käm' Ihnen halb neun zupass?»

«Halb neun hört sich gut an. Ich muss heute Abend noch einen Fußboden verlegen.»

«Brauchen Se Hilfe?»

«Wenn, sag ich Bescheid.»

Sie waren schon auf der Treppe.

«Chef, ich weiß, dat ich dat scho' ma' gesagt hab: Die Schänzer sind eigen, mein'twegen auch bekloppt, aber wenn der Bouma bloß, ich mein, keiner von denen würd' den einfach so abknallen. Et sei denn, jemand hat da richtig Dreck am Stecken, un' der Bouma hat dat rausgekriegt. Ich kann mich ja ma' umtun. Heut Abend noch. Die Mutti weiß, dat ich jetz' in Ihre Abteilung bin un' dat et da nie anständige Arbeitszeiten gibt, also is' et egal.»

Schenkenschanz wurde belagert.

Übertragungswagen von drei verschiedenen Privatsendern blockierten die schmale Zufahrtsstraße. Zig Reporter, Kameramänner und Tonleute wimmelten durcheinander. Toppe entdeckte einen Redakteur von der *Niederrhein Post*, den er kannte und der sich köstlich zu amüsieren schien.

«Die Schänzer haben die ganze Meute hier mit Mistgabeln und Schüppen aus dem Dorf gejagt», erklärte er, «und dann haben sie die Fluttore geschlossen. Da kommt kein Mensch mehr rein.»

«Wat soll der Aufstand?», wunderte sich Ackermann. «Die sind doch an Fernsehen gewöhnt, werden doch bei jedem Hochwasser gefilmt.»

«Aber heute geht es ja nicht ums Hochwasser», gab der Journalist zu bedenken. «Es geht um Mord, einen sehr spektakulären noch dazu. Gut, dass ich Ihnen gerade über den Weg laufe ...»

Toppe ließ ihn nicht ausreden. «So Leid es mir tut, aber wenn Sie Fragen haben, müssen Sie sich an Frau Meinhard wenden. Ich bin im Augenblick nur für die Ermittlungen zuständig.»

Ackermann tippte ihm auf die Schulter und zeigte auf die Festungsmauer. Ein paar findige Fernsehmänner hatten irgendwo eine Leiter aufgetrieben und sie gegen die Mauer gelehnt. Einer der Kameraleute schulterte sein schweres Gerät und machte sich an den Aufstieg. Er hatte gerade mal die fünfte Sprosse erklommen, da erschien auf der Mauerkrone ein Kübel, und ein dicker Schwall brauner Flüssigkeit ergoss sich über den Mann. Der brüllte vor Schreck und schüttelte sich voller Ekel – es war Gülle.

«Scheiße, Scheiße, Scheiße!», schrie ein anderer und trampelte wütend mit den Füßen. «Wieso hat das keiner gedreht?»

«Ich fass es nicht», murmelte Toppe.

Gott sei Dank lag Ingenhaags Hof am Deich, selbst für die Polizei würde es schwierig sein, ins Dorf zu kommen.

Heinz Ingenhaag sei «der dickste Bur» der Gemeinde, erklärte Ackermann, dem ginge es noch besser als Dellmann. Er hätte den größten Landbesitz, bekäme dementsprechend Subventionen und hätte frühzeitig auf Öko-Rindermast gesetzt. Toppe wusste, dass Ingenhaag einundsechzig Jahre alt war und keine Kinder hatte.

«Zu meinem Mann? Was will denn die Kripo von meinem Mann?»

Agathe Ingenhaag reichte Toppe nicht einmal bis zur

Schulter. Mit ihrem kurz geschnittenen grauen Haar, dem schmalen Gesicht und den fixen, abrupten Bewegungen erinnerte sie ihn an einen Terrier. Sie trug einen karierten Wollrock, schwarze Schnürschuhe, Pullover und Schürze. Offenbar ihre Arbeitskleidung, aber sie hatte sich mit einem schweren goldenen Panzerarmband und mehreren dicken Ringen geschmückt. «Kommen Sie mit in die Küche. Mein Mann ist im Stall.»

Die Küche war rundum, bis hin zur Deckenlampe, mit geschnitzter Eiche eingerichtet, der gekachelte Boden glänzte feucht, alles blitzte vor Sauberkeit. Am Tisch stand ein Mädchen und knetete Teig.

«Anna», herrschte Frau Ingenhaag sie an. «Mein Mann, du holen! Sofort!» Bei jedem Wort pochte sie fest mit dem Zeigefinger auf die Tischplatte.

Das Mädchen wischte sich nicht einmal die Hände ab, sondern lief.

«Aus Kasachstan», erklärte Agathe Ingenhaag rau, «meine Haushaltshilfe. Lachhaft! Hatte gerade eine Fehlgeburt, und jetzt darf ich sie wieder aufpäppeln, und das in meinem Alter, bitte schön.»

Ackermann machte den Mund auf, hatte jedoch keine Chance.

«Aber man will ja nicht ungerecht sein, oder? Ist nämlich eigentlich ganz fleißig, das Mädel. Hat noch zwei Putzstellen nebenbei, da können sich die deutschen Frauen eine Scheibe von abschneiden, oder wie sehen Sie das? Hoffentlich hat sie was draus gelernt, ich meine, wer lässt sich denn heutzutage noch ein Kind andrehen? Ich bitte Sie!»

«Wohl wahr», meinte Ackermann matt.

«Die Anna wohnt ja bei uns, in der Kammer hinten, wo

bis vor vier Jahren noch mein Vater gelegen hat. Den hab ich neun Jahre lang gepflegt. Wer macht so was heute noch, frag ich Sie? Für unsereins ist das selbstverständlich. Was ich sagen wollte, die Anna, wir haben ein Herz für so Leute. Alle anderen wollen nur Saisonarbeiter, aber wir haben zwei Russen fest eingestellt, anständig ausgebaute Zimmer über der Tenne mit Bad und allem Komfort, faire Arbeitsverträge und gutes Geld.»

«Mir kommen die Tränen», raunte Ackermann, Toppe hustete laut.

Heinz Ingenhaag war der Mann mit dem Feuermal, der sich in der Kneipe so anzüglich geäußert hatte.

Er blieb in der Tür stehen. «Was gibt's?»

Ja, natürlich wisse er, dass Bouma ermordet worden sei, er lese schließlich Zeitung.

«Mich wundert das nicht!» Frau Ingenhaag schnaubte. «Der hat sich doch mit jedem angelegt.»

Der Bauer trat einen Schritt auf Toppe zu. «Und warum kommen Sie ausgerechnet zu mir? Ich habe den Mann kaum gekannt. Der war beim NABU, und mit denen will ich nichts zu tun haben.»

«Willem Bouma hat Sie mehrmals angezeigt, Herr Ingenhaag.»

Der nickte betrübt, seine Frau holte schon wieder Luft, aber als Toppe ihr einen scharfen Blick zuwarf, zog sie es vor, den Mund zu halten.

«Dabei hatte ich eigentlich nichts Schlimmes getan», erklärte der Bauer. «Bloß ein paar Mal im Winter Jauche gefahren. Gucken Sie sich doch mal an, wie viele Tiere ich hier stehen habe, irgendwo muss das Zeug doch hin, wenn die Grube voll ist. Aber ich weiß schon, dass das nicht in

Ordnung war, deshalb habe ich es dem Bouma auch nicht krumm genommen.»

«Ja, Heinz», meldete sich Ackermann zu Wort, «auf den guten Mann, dem de nix krumm genommen has', sind inne letzten Monate 'n paa' ganz fiese Anschläge verübt worden.»

Ingenhaag machte große Augen. «Ehrlich?»

«Was denn für Anschläge?», kam es von Agathe.

Ackermann zählte bereitwillig auf.

Ingenhaag schüttelte betrübt den Kopf. «So was!»

Toppe fixierte ihn, das Feuermal färbte sich dunkel. «Ich möchte Sie am Montag um zehn Uhr im Präsidium sehen, allein, KK 11, erster Stock.»

«Löwenmäßig gebrüllt, Chef», grinste Ackermann, als sie zum Wagen gingen. «Der könnt' zu knacken sein, wenn wer den alleine zwischen de Finger kriegen. Ach, jetz' haben wer den ga' nich' gefragt, ob der 'n Fremden gesehen hat inne fragliche Zeit.»

Toppe guckte ihn nur an.

«Nee, schon klar.» Ackermann lachte. «Der hat schon immer unterm Pantoffel gestanden, arme Socke.»

«Aber mit dieser Frage werden wir uns jetzt mal ins Dorf begeben.»

«Ach wat?»

«Ich rufe Astrid an, sie soll uns die Nummer der ‹Inselruh› raussuchen. Frau Lentes kann uns ein Tor aufmachen.»

«Wenn Se da ma' nich' Sand dran haben.»

Toppe musterte ihn finster. «Und dann knöpfen wir uns jeden einzelnen Erwachsenen im Dorf vor.»

Dreizehn Bea Lentes konnte ihnen nicht öffnen. Sie würden gar nicht erst bis ans Tor kommen, meinte sie, aber es gäbe eine andere Möglichkeit, ins Dorf zu gelangen. Sie sollten rechts um Schenkenschanz herumgehen, am hinteren Fluttor vorbei, bis zu der Stelle, wo das Erdreich zur Mauerkrone hin anstieg. «Ich schieb Ihnen eine Leiter rüber und pass auf, dass Sie nichts auf den Kopf kriegen. Aber sehen Sie zu, dass keiner von den Geiern was merkt.»

Toppe steckte das Handy weg. «Wir müssen übers Eis. Das wird ein Spaß.»

«Ha!» Ackermann fischte zwei Paar grobe Wollsocken vom Rücksitz. «Hab ich schon 'n paa' Tage im Auto. Im Moment weiß man ja nie, wat kommt. Die ziehen wir uns über de Schuhe, dann rutschen wer nich' so.»

Toppe erklomm die Leiter, schaute über die Mauer und wollte seinen Augen nicht trauen.

Das ganze Dorf war auf den Beinen. Alles lief geschäftig hin und her, schwatzte, lachte. Zum Teil waren die Leute aufs Abenteuerlichste vermummt. An der Festungsmauer waren in gleichmäßigem Abstand Leitern aufgestellt worden, Männer mit Kübeln, Kannen und Eimern standen bereit. Gegen die Hauswände gelehnt Forken und Schüppen. Kinder in Schneeanzügen brachten Thermoskannen, Frauen trugen Tabletts mit belegten Broten.

«Achtung, da versucht es wieder einer!», brüllte jemand aus einer Dachluke. «Bei Maaßens unterm Küchenfenster.»

Ein Mann kletterte, zwei andere reichten ihm eine große Emaillekanne.

Vor der «Inselruh» saß, in dicke Steppdecken gehüllt und von zwei rot glühenden Heizstrahlern eingerahmt, ein Greis und gab Befehle, schickte eine Frau, die eine Palette Eier brachte, zur Mauer am Kriegerdenkmal.

Ackermann, der hinter Toppe hochgeklettert war, staunte auch. «Et fehlen bloß noch Hühner un' Ziegen.»

«Wird das heute noch was?», rief Bea Lentes herauf. «Die Leiter rüber!»

Toppe und Ackermann setzten sich rittlings auf die Mauer, zogen die Leiter hoch und ließen sie auf der inneren Seite herunter.

«Wer ist der Alte vor der Kneipe?», wollte Toppe wissen.

«Dat is' Molenkamp», antwortete Ackermann, «der Kaiser vonne Schanz. Muss mittlerweile an die neunzig sein, kriegt aber noch alles mit. Der hat schon seit Menschengedenken dat Oberkommando im Dorf, wenn dat Wasser kommt … anscheinend auch bei andere Katastrophen, oder wat die hier dafür halten. Hatte früher 'n Hof in Salmorth, is' jetz' der Enkel drauf. War aber auch bis zu der Gemeindereform bestimmt zwanzig Jahre lang Bürgermeister vonne Schanz, wie et mit Salmorth zusammen noch selbständig war. Die reichste Gemeinde im ganzen Kreis, sagt man, weil die ja die Ölwerke hatten.»

«Ackermann!», schrie Frau Lentes. «Ich hab leider vergessen, mir meinen Zobel umzuhängen, und so langsam friert mir alles ab.»

Sie beeilten sich herunterzukommen.

Bea Lentes schlugen die Zähne aufeinander. «Herr Toppe, ich find das so schrecklich mit Bouma», bibberte sie. «Aber da sprechen wir gleich drüber, kommen Sie erst mal ins Warme.»

Sie hörten den Mann vom Ausguck hämisch lachen. «Wollen doch mal sehen, wer sich eher den Arsch abfriert, wir oder die komischen Pausenclowns da draußen!»

Der Greis vor der Kneipe ließ die Wirtin passieren, dann streckte er energisch den Arm aus und fetzte Ackermann ein paar Sätze auf Platt um die Ohren. Seine Stimme war altersschwach, doch das änderte nichts am scharfen Tonfall. Er saß gebeugt, seine Hände zitterten, aber man konnte sehen, dass er einmal ein stattlicher Mann gewesen war.

«Wie bitte?», fragte Toppe.

Ackermann schaute ihn an. «Er meint, wir sollen verschwinden, und zwar sofort.»

Toppe sah rot. Mit fahrigen Fingern fischte er seinen Ausweis aus der Tasche und hielt ihn dem Alten unter die Nase. «Ich hab den Zirkus hier satt! Jetzt hören Sie mir mal gut zu, Herr Molenkamp ...»

Aber Ackermann legte ihm sanft die Hand auf den Arm. «Lassen Se 't gut sein, Chef, ich regel dat schon.»

Dann fiel auch er in den Dialekt, Toppes Zorn schlug Wogen.

Schließlich lachte der Greis tonlos und wandte seine Aufmerksamkeit wieder dem Treiben an der Mauer zu.

«Was haben Sie zu ihm gesagt?», fuhr Toppe Ackermann an.

«Ach», lächelte der beschwichtigend, «bloß 'n bisken Jokus gemacht. Man muss nich' immer alles so hoch hängen. Lassen Se uns reingehen.»

Die Kneipe war gepackt voll. Ein paar Männer standen auf, als sie Toppe sahen, wurden aber von anderen zurückgehalten. «Ist noch Zeit. Wir sind erst in zwanzig Minuten wieder dran.»

Eine jüngere Frau, die mit einem Glas Grog an der Thekenecke saß, entdeckte Ackermann.

«Jupp, lang nich' gesehen!»

«Heidi, mein Lieblingstanzmäusken!» Er tätschelte ihr beiläufig den Rücken. «Wo haste denn auffem letzten Schützenfest gesteckt? Un' wie geht et Waldemar?» Er beugte sich zu Toppe. «Dat is' ihr Bruder, hat nach Rindern geheiratet.»

Toppe schluckte trocken, das interessierte ihn nun wirklich brennend.

«Waldemar?» Die Frau lachte hämisch. «Hör mir bloß auf! *Sie* geht ja nirgends hin, un' Waldemar darf jetz' auch nix. Ich mein', der is' in keinem Verein mehr. Kannste dir dat vorstellen? Darf der gar nich'. Würdes' du so 'n Leben haben wollen? Nich' mal im Schützenverein, nix! Aber ich will nix gesagt haben. *Sie* liegt ja schon wieder ganz schlecht im Krankenhaus. Weiß ja keiner, wat die hat, spricht man nich' drüber, aber se muss wohl ganz schwer liegen.»

Aus dem Saal erklang Musik, wenn man es denn so nennen wollte. Toppe löste sich von Ackermanns spannender Konversation, und im Nu stand die Wirtin neben ihm. «Das ist unser Marinespielmannszug, alles ganz junge Leute, die proben jeden Samstag bei mir, und jetzt besonders, weil wir doch im Frühjahr die neue Fähre kriegen mit Festakt und allem Drum und Dran.»

Toppe öffnete die Saaltür einen Spalt weit und sah ungefähr dreißig Leute, vier junge Menschen an Trommeln und Becken, der Rest war mit verschiedenen Querflöten ausgestattet, die meisten davon Piccolo.

Er hatte nie eine abenteuerlichere Fassung von «Das kann doch einen Seemann nicht erschüttern» gehört. Der Leiter des Spielmannszuges war entweder taub oder Buddhist. Toppe drehte sich um. «Ich muss mit Ihnen sprechen, Frau Lentes, irgendwo, wo es ruhiger ist.»

«Was, jetzt? Das kann doch nicht Ihr Ernst sein. Sie sehen doch, was los ist.» Aber dann deutete sie Toppes Ausdruck richtig. «Na gut, gehen wir in die Küche.»

Ackermann fuchtelte ihm unverständliche Signale zu und kam herüber, als er merkte, dass Toppe nicht in der Stimmung für Ratespiele war. «Ich wollt' bloß sagen, nich' dat Se denken, ich quatsch blöd rum, ich geh mit unsere Frage hausieren, un' überhaupt, ich krieg schon wat raus.»

Toppe nickte und versuchte sich an einem aufmunternden Lächeln.

Bea Lentes holte zwei Bleche Streuselkuchen aus dem Backofen und stellte sie zum Abkühlen auf den Küchenschrank, dann setzte sie sich auf einen Hocker. «Ich wollte Sie schon anrufen, aber dann ging der Rummel hier los. Wie ich gelesen hab, dass Bouma der Mann aus dem Maisfeld war und dass er erschossen worden ist, hab ich mich hingesetzt und mal ganz in Ruhe nachgedacht. Ich hab Ihnen ja schon gesagt, dass der jeden Morgen um Punkt elf hier war, immer von elf bis halb eins, nach seinem Morgenspaziergang. Und es war am 18. Oktober, ein Freitag, wo er das letzte Mal gekommen ist und erzählt hat, dass er Montag wegfahren wollte.»

«Kam er denn auch am Wochenende?»

«Ja, sicher, aber an dem Samstag danach war er nicht hier.»
Toppe stellte seine nächste Frage.

«Jemand Fremdes?» Sie schüttelte den Kopf. «Das hatte ich auch überlegt, aber da ist mir nichts eingefallen.»

«Sie wussten von den Anschlägen auf Bouma, haben Sie gesagt.»

«Ja, er hat mir das doch selber erzählt.»

«Wer wusste sonst noch davon?» Er sprach langsam.

In ihrem Gesicht arbeitete es, dann seufzte sie. «Ich sag es jetzt einfach so, wie es ist: Ich habe gedacht, alle hier wüssten davon. Bouma hat nämlich keinen Hehl daraus gemacht, dass er stinksauer war. Aber jetzt sagen mir alle möglichen Leute, ohne dass ich sie gefragt hab, sie hätten nie was von Anschlägen gehört, und mit Bouma hätten sie sowieso nicht gesprochen.»

«Wer hat Ihnen gesagt, dass er nichts davon wüsste?»

Bea Lentes pustete sich eine Haarsträhne aus der Stirn. «Es werden jeden Tag mehr.»

«Hat Dellmann Ihnen ausdrücklich gesagt, dass er nichts weiß?»

«Ja.»

«Ingenhaag?»

«Der auch.»

«Jörg Unkrig?»

Wieder schüttelte sie den Kopf. «Der ist nicht oft hier, der verkehrt mehr in Holland. Aber hören Sie, ich kann mich in die Geschichte nicht so reinhängen, sonst schneid ich mir ins eigene Fleisch, das müssen Sie verstehen.»

«Nein», meinte Toppe unerbittlich. «Ein Mann, der in Ihrem Dorf lebte, ist zuerst aufs Übelste schikaniert, dann erschossen und auf eine sehr zynische und unwürdige Weise entsorgt worden. Und alles, was man diesem Menschen anscheinend vorwirft, ist, dass er sich bei den Leuten hier unbeliebt gemacht hat, weil er den Mund voll nahm und glaubte, aufs Recht pochen zu müssen. Nein, Frau Lentes, ich verstehe nicht.»

Tränen schossen ihr in die Augen. «Aber ich kann mir doch selbst keinen Reim darauf machen.»

«Sehen Sie, und das glaube ich Ihnen nicht.»

«Ach verflucht!» Wütend wischte sie die Tränen weg. «Natürlich weiß ich, dass Bouma Ingenhaag, Dellmann und Unkrig x-mal angezeigt hat und dass die ganz schön gezahlt haben. Und sicher hab ich mir gedacht, wie das mit dem Mistabkippen losging, das müssen die drei sein, vielleicht auch noch ein paar andere. Aber meinen Sie denn, das würde öffentlich rumposaunt? Jeder tut so, als ob er alles wüsste, und das ist es auch schon. Die wären doch bescheuert, wenn sie es rumerzählen würden!»

«Welche paar anderen?»

«Was? Ach so.» Sie rieb sich die Schläfen. «Das hab ich bloß so gesagt, weil ... mein Gott, unsere Bauern, die sind doch alle ein Schlag. Ehrlich, Herr Toppe, was ich Ihnen grad gesagt hab, das hab ich mir selbst zusammengesponnen, wirklich wissen tu ich nichts.» Sie stand schwerfällig auf und fing an, den Kuchen zu schneiden. «Ich muss weitermachen. Wenn ich etwas Genaues wüsste, ich würde es Ihnen wirklich sagen, ganz egal, was dann los wär. So ein schlechter Kerl war der Bouma nämlich gar nicht, bloß anders.» Ihre Stimme klang belegt. «Und es wär wirklich nett, wenn Sie das irgendwie hinkriegen könnten, dass ich hier mein Gesicht hab, sonst kann ich nämlich einpacken.»

«Na gut», dachte Toppe, «dann eben das auch noch.» Schenkenschanz spielte die Belagerungen im 16. Jahrhundert nach, und vor der Kneipe saß der *Pate*. Bizarrer konnte der Tag nicht mehr werden. Mit der Schulter stieß er die Küchentür auf und brüllte: «Vielen Dank auch, Frau Lentes! Aber ‹Ich weiß von gar nichts› ist mir doch ein bisschen mager. Von Ihnen hätte ich mehr erwartet.»

Er blickte in zufriedene Gesichter.

«Die nächste Runde Butterstreusel, frisch aus dem Ofen!» Bea Lentes schob ihn resolut beiseite und knallte das Kuchenblech auf den Tresen. Das allgemeine Gemurmel war voller Wohlwollen. Plötzlich war Ackermann neben ihm. «Sie schwitzen, Chef. Ich bin durch in dem Laden hier, nix zu holen. Machen wer draußen weiter, dann können Se auch 'n bisken ausdampfen.»

Draußen gab es Krawall. Ein Jugendlicher war mit seinem alten Mercedes bis direkt vors Fluttor gefahren. «Ich will raus! Nein, ich geh nicht über die Leiter! Soll ich nach Kleve latschen, oder was? Ich will mit meiner Karre raus und nachher auch wieder rein.»

Immer wieder ließ er den Motor dramatisch aufheulen. Einer der Torwächter beugte sich durchs Fenster zu dem Jungen im Auto, aber der ließ nicht mit sich reden. «Ist mir scheißegal, ob Bullen da sind! Als ihr mich gebraucht habt, damit ich für euch auf das Dach steige, weil ihr selbst zu viel Schiss hattet, da war ich gut genug, und als ich …»

Das Tor schwang auf.

«Wer war das?», fragte Toppe.

«Dat war der Urenkel vom Molenkamp, der Jens», antwortete Ackermann vergnügt. «Der wohnt mit seine Freundin zusammen inne Rote Ecke, mit der Rabea Unkrig. Nee, nich' von unserm Unkrig, der Vater is' 'n Onkel von dem.»

Toppe hakte lieber nicht nach.

«War dat jetz' nich' hochinteressant, Chef – damit ich für euch auf dat Dach steig –, wie war dat noch mit Boumas Schornstein verstopfen, hä? Un' wie schnell dat Tor auf einma' aufging, auch interessant. Wer schiebt denn da grad Dienst? Fink un' Dahmen, guck ma' an. Dann müssen die ja wohl auch mit drinhängen. Je'nfalls, den Jens, den kaufen wer uns, wenn er zurückkommt. So wie der den dicken Max markiert, is' der in Wirklichkeit bestimmt 'n Weichei.»

Toppe war an der Kirchenmauer stehen geblieben. Kaum zu glauben, dass Norberts Hochzeit erst vierzehn Tage her war und sie hier alle in luftiger Festkleidung fürs Foto posiert hatten.

Er stieß das schmiedeeiserne Tor auf. «Ich brauche ein paar Minuten Ruhe.»

Vor dem Kirchturm stand ein einzelner Grabstein, mehrere Generationen der Familie Bos lagen hier beerdigt, von Wilhelm, gestorben 1877, bis hin zu Heinrich, gefallen im Osten 1944.

Langsam schlenderte er über den kleinen Friedhof, las die Namen auf den Grabsteinen, auf einem gab es sogar ein Foto. Gegen die Kirche gelehnt eine verwitterte Platte: «Hier leit begraven ...», außer der Jahreszahl 1611 konnte er nichts weiter entziffern. Daneben stand ein Schaukasten für Gemeindemitteilungen. Auf einem vergilbten Blatt wurde die Geschichte der Kirche erzählt: 1586, kurz nach der Gründung der Schanz durch Martin Schenk von Nideggen, war die erste evangelische Kirche gebaut worden, die aber schon bald den heftigen Kämpfen um die strategisch wichtige Festung zum Opfer gefallen war. 1634 hatte man ein neues Gotteshaus errichtet. Die heutige Glocke war 1423 gegossen worden und stammte aus der 1809 im Hochwasser versunkenen Kirche von Brienen.

«Dat is' nich' ganz richtig», sagte Ackermann, der ihm still gefolgt war. «Dat war 'n Eisgang damals, nich' bloß Hochwasser. Die Schollen haben die Deiche abrasiert, dadurch ging et alles furchtba' schnell. Aber dat müssen Se doch wissen: Johanna Sebus!»

«Es gibt ein Gymnasium, das so heißt», erinnerte sich Toppe schwerfällig.

»Wat glauben Se denn, warum wohl! Die Johanna hat bei dem Eisgang ihre alte Mutter un' ihre Nachbarin un' die Kinder von der ausse Fluten auf so 'n Inselken gerettet, un' wie se au' noch die Ziege holen wollt', is' se ertrunken. So ungefähr war dat. Die steht au' noch im Taufregister von Rindern, ham meine Mädkes inne Schule durchgenommen, da heißt se allerdings Hanneken Sebes. Un' wat dat Beste is', der hochwohlige Herr Goethe hat über die ein Gedicht geschrieben, bitte schön!» Ackermann hielt inne. «Ich wusst' ga' nich', dat dat die Glocke von Brienen is', die hier auffe Schanz hängt. Nee, aber klar, man konnt' so 'ne teure Glocke ja nich' verkommen lassen. Bloß, verstehen Sie dat, dat die an de Evangelen gegangen is', in unsere schwarze Gegend, mein ich?»

«Nein.»

«Is' ja auch egal. Wat ich noch sagen wollt', bei meine Nachforschungen gestern Abend, bis jetz' hab ich bloß einen Schänzer gefunden, der ma' wat mit dem Gesetz hatte: Unser Jörg Unkrig hatte in jüngeren Jahren wohl ma' wat mit Rauschgift zu tun, aber dat is' in unsere Ecke ja nix Besonderes. Ich bekakel dat no' ma' mit de Jungs vonne Drogenabteilung.»

Peter Cox saß seit halb acht im Büro und suchte weiter nach der Tatwaffe. Inzwischen hatte er ein eigenes System entwickelt, das die Sache deutlich vereinfachte.

Er war schon vor sechs Uhr voller Unruhe aufgewacht. Er hätte gestern doch besser im Präsidium warten sollen, bis Helmut und Josef aus Holland zurück waren. Andererseits hätten die sich ja auch bei ihm melden können. Säuerlich beäugte er die Aktenschuber, die sie neben seinem Schreibtisch abgeladen hatten – lauter Militärzeugs, stammte wohl aus Boumas Ferienhaus –, kommentarlos, ohne Anweisung. In Ordnung war das nicht. Die Unterlagen aus dem Haus in Schenkenschanz hatte er ordentlich in Kartons gepackt. Jedes einzelne Blatt hatte er mehrfach gelesen, jedes Foto betrachtet und versucht, ein Psychogramm zu erstellen. Oberst Bouma blieb ihm fremd, und aus dem, was ihnen bisher vorlag, ergab sich kein Mordmotiv. Die drei Bauern waren es seiner Meinung nach nicht gewesen. Sie hatten sich über die Anzeigen aufgeregt und sich mit ihren Mitteln gerächt, sogar Boumas Hund vergiftet, was schon ziemlich weit ging, aber Mord, nein, das konnte er sich nicht vorstellen. Tatsache war allerdings, dass Bouma gern seine Nase in anderer Leute Angelegenheiten gesteckt hatte, da war es natürlich denkbar, dass er bei irgendwem im Dorf auf ein dunkles Geheimnis gestoßen war. Man müsste sich bei denen einmal gründlicher umschauen, aber anscheinend brauchte man ihn ja dabei nicht. Kein Ton von Helmut seit Donnerstag.

Schon heute früh hatte er gespürt, dass er Sodbrennen

bekommen würde, und eine Thermoskanne mit lauwarmer Milch gefüllt, von Medikamenten hielt er nichts.

Er goss sich einen Becher ein und nahm sich die Unterlagen aus dem Ferienhaus vor.

Auch Toppe grübelte. Es ergab keinen Sinn, sich weiter im Dorf umzutun, nicht bei der Stimmung, die heute hier herrschte: Die Schänzer kämpften Seite an Seite gegen den Feind – eine verschworene Gemeinschaft, unbesiegbar, wenn jeder seinen Platz einnahm. Auf diese Weise hatten sie jahrhundertelang dem Hochwasser getrotzt, und in derselben Weise funktionierten sie – so absurd es ihm auch erschien – in anderen Krisen.

«Wir kommen morgen wieder», sagte er zu Ackermann, «falls die Presse bis dahin abgezogen ist. Dann sprechen wir mit den beiden Torwächtern und dem Urenkel. Auch mit dem alten Molenkamp würde ich gern ein paar Worte wechseln.»

Ackermann zog ein schiefes Gesicht. «Da kommt bestimmt nix bei raus, außerdem spricht der bloß Platt.»

«Das kann ich mir nicht vorstellen, schließlich war der mal Bürgermeister, und außerdem hab ich ja Sie an meiner Seite.» Er betrachtete fasziniert ein Fenster, in dem, gleichermaßen verstaubt, eine Sansiverie, eine Fette Henne und ein Weihnachtskaktus standen, dazwischen zwei Flamingos aus knallrosa Glas. «Ich rufe Peter an», meinte er, «wir müssen uns heute noch zusammensetzen und alles mal sortieren.»

«Un' Berichte schreiben», stöhnte Ackermann. «Laden wer Dellmann un' Unkrig auch für Montag auffet Präsidium?»

Toppe nickte flüchtig, er hatte Cox am Apparat. «Wat is' dat denn für 'n Gesicht?» Ackermann kicherte. «Peter klingt ziemlich verschnupft ...»

«Wegen wat denn, wegen zu wenig Arbeit? Dat is' mir 'n schräger Vogel, aber keine Sorge, den kriegen wer schon wieder auffe Beine. Aber vorher bringen wer Dellmann noch unsere höfliche Einladung, un' dann werden wer ma' ebkes bei Unkrig vorstellig, nich', dat der sich noch ausgeschlossen vorkommt. Also, ab über de Mauer! Diesma' brauchen wer die Beatrix nich', die sind froh, wenn se uns von hinten sehen.»

Unkrigs Hof lag in Salmorth. Zu Fuß erreichte man ihn vom Deich aus in wenigen Minuten, aber mit dem Auto musste man weit außen herum am Klärwerk vorbei und ein ganzes Stück am Rhein entlang.

Unkrig steckte den Kopf aus der Hintertür, als er den Wagen auf das Gehöft rollen hörte. «Ich komme gerade aus dem Stall. Meine Mutter hat das Essen auf dem Tisch, und ich wollte vorher noch duschen.»

«Tun Sie das nur.» Der Mann stank dermaßen nach Schwein, dass es Toppe den Atem verschlug. «Wir haben Zeit.»

«Ich weiß sowieso nicht ...», murmelte Unkrig, der Rest war nicht zu verstehen, weil er davonstapfte und sie einfach an der Tür stehen ließ.

«Jedes Ma', wenn ich den seh, denk ich: wie aussem Katalog vonne Nazis», sagte Ackermann leise. «*Lebensborn* hieß dat doch, oder? 'n stattlich arisch Männeken.»

Von seiner Mutter hatte Jörg Unkrig sein Aussehen nicht geerbt, sie war schmal und dunkel und hatte eine fest betonierte Leidensmiene. Sie holte Toppe und Ackermann in die Küche und platzierte sie auf der Eckbank. Es roch nach Schweinebraten und Gurkensalat.

Ohne besondere Aufforderung begann sie mit quäkiger Stimme und entnervend gleich bleibendem Tonfall zu erzählen: Ihr Sohn, das einzige Kind, sei zweiunddreißig Jahre alt und immer noch nicht verheiratet. Welche Frau heiratete heutzutage schon auf einen Bauernhof ein? Die ganzen Anzeigen, die sie für ihn im *Landwirtschaftlichen Wochenblatt* aufgegeben hatte, nichts wäre dabei rumgekommen. Und was sollte werden demnächst, wenn sie nicht mehr so konnte? Der Vater war vor anderthalb Jahren gestorben, erst achtundfünfzig, auf dem Feld draußen unter den Traktor geraten, beide Beine abgetrennt, verblutet, weil man ihn nicht rechtzeitig gefunden hatte.

Jörg Unkrig kam herein, blank geschrubbt, mit feuchtem Haar, und zeigte blendend weiße Zähne. «Hast du nicht einmal Kaffee angeboten, Mutti?», tadelte er sanft und fing auch gleich an zu reden: Schweinemast lohne sich heute kaum noch. Er stiege demnächst in die Schafzucht ein, in großem Rahmen, Verträge mit Abnehmern hätte er schon geschlossen, im Frühjahr ginge es los.

«Er hat hässliche Hände», ging es Toppe durch den Kopf – rosa verquollen mit drahtigen Haarbüscheln auf den Fingerrücken –, «hässliche, ruhelose Hände.»

«Wat für 'n Schwätzer», dachte Ackermann. «Heiße Luft un' nix dahinter. Kleine Klitsche, kurz vorm Abkacken.»

Zu Bouma habe er keinen Kontakt gehabt, sagte Unkrig. Sicher, das mit den Anzeigen sei schon ärgerlich gewesen, aber doch kein Beinbruch. «Ich kann mich nicht erinnern, dass ich mit dem Mann mal persönlich gesprochen hätte.»

«Anschläge? Ich wüsste nicht ...» Er hob die Schultern und lächelte verwirrt.

«Hasse scho' ma' dran gedacht, dat Fach zu wechseln?», fragte Ackermann freundlich. «Ich hab gehört, dat die bei de Seifenopern immer Leute suchen, da reicht dein Talent bestimmt für. Wat meinen Se, Chef, Montag um elf?»

Als sie auf dem Rückweg nach Kleve waren, rief Astrid an: «Ich habe in dieser Akte ein paar interessante Dinge gefunden.»

«Dringend?» Toppe schaute auf die Uhr. «Oder hat es noch zwei Stunden Zeit?»

«So dringend ist es nicht. Was ich hier entdeckt habe, läuft nicht mehr weg.»

Vierzehn   Cox schwieg beharrlich, doch während Toppe und Ackermann erzählten, machte er sich die ganze Zeit Notizen.

«Wat tus' du da ei'ntlich?», fragte Ackermann irritiert. «Du kriegst dat doch sowieso no' alles schriftlich.»

«Schon.» Cox schaute auf. «Aber da fehlen mir wichtige Nuancen.»

«Wat du für Wörters kenns'! Wie sieht et ei'ntlich aus mit Tatwaffe?»

«Mau, wie du dich wohl ausdrücken würdest», antwortete Cox säuerlich.

Toppe ließ die beiden gewähren. Warum leugneten die Bauern so hartnäckig, an den Anschlägen auf Bouma beteiligt gewesen zu sein, und nahmen dabei in Kauf, unter Mordverdacht zu geraten? Vielleicht war ihnen das gar nicht bewusst. Damit würde er sie am Montag ein bisschen aufscheuchen. Überhaupt wurde es Zeit für eine härtere Gangart.

«Chef!» Ackermann rüttelte ihn an der Schulter. «Finden Se nich' auch, dat der Peter mit auffe Schanz soll? Wir können dem viel erzählen, aber dat muss man am eigenen Leib erlebt haben. Außerdem», er legte den Kopf schräg, «muss der Jung ma' ausse Bude hier raus.»

Toppe schmunzelte. «Das habe ich mir auch gerade überlegt. Und wenn unsere drei Bauern am Montag kommen, wäre es mir lieb, wenn du dir Dellmann vorknöpfst, Peter. Der regt sich gern auf, und mit solchen Typen kommst du am besten klar.»

Cox nickte versonnen. «Darüber habe ich noch nie nachgedacht, aber es stimmt wohl. Also gut, dann lasst uns mal einen Fragenkatalog zusammenstellen.»

«Morgen», bremste Toppe ihn, «nachdem wir in Schenkenschanz waren. Wer weiß, auf was wir dann wieder stoßen. Hast du jetzt Zeit, mit zu mir nach Hause zu kommen? Astrid hat anscheinend was in Boumas Den-Helder-Papieren entdeckt.»

«Ach so», kam es spitz von Cox zurück, «Astrid hat auch Papiere.»

Toppe stieß die Luft durch die Zähne aus. «Das war eigentlich eine therapeutische Maßnahme ...»

«Verstehe ich nicht.»

«Mein Gott, Pit, manchma' hasse echt 'n Brett vorm Kopp!», raunzte Ackermann ihn an. «Du kenns' doch Astrid, die kriegt so langsam Hummeln im Hintern. Richtig krank is' se nich', richtig gesund aber au' nich', weil se mit dem Arm nix tun kann. Lesen kann se aber, capito?»

«Verstehe», murmelte Cox, sah aber gar nicht so aus. «Ich bin in letzter Zeit ein wenig nervös, tut mir Leid. Selbstverständlich komme ich mit.»

Toppe wählte Astrids Nummer. «Ich bringe Jupp Ackermann und Peter mit. Soll ich auf dem Weg etwas zum Essen besorgen?»

«Nicht nötig, Katharina und ich haben gekocht, einen Riesentopf Linsensuppe, nach einem alten Familienrezept, schmeckt köstlich. Ich habe das Suppengrün und den Speck festgehalten, und sie hat geschnippelt. Ist ganz ohne

Blutverlust abgegangen. Sollen wir schon mal das Brot aufbacken, oder dauert's noch?»

Bevor sie in ihre Autos stiegen, hielt Ackermann Toppe zurück, rosa im Gesicht. «Chef, ich fänd' et echt schön, wenn Se au' ‹Jupp› un' ‹du› sagen täten.»

Toppe streckte ihm seine Hand hin: «Helmut!»

Ackermann griff zu und lachte, immer noch verlegen. «Okay, Chef, dann zeig uns ma' deine neue Hütte! Ham Se, sorry, haste ei'ntlich den Boden verlegt gekriegt gestern?»

«Muss nur noch versiegelt werden.»

«Na, wenn dat nich' gut auskommt! Pit un' Jupp, dat mobile Einsatzkommando is' am Anrollen. Wenn wer mit de Besprechung durch sind, haste zwei willige Helfer. Is' dat nix?»

Cox schien noch nervöser zu werden. Er strich sich fahrig über seinen Kaschmirpullover, betrachtete seine italienischen Stiefeletten, rückte seine Fellmütze zurecht, dann schaute er Toppe an. «Ich helfe natürlich gern, ich fahre nur rasch zu Hause vorbei und ziehe mich um.»

«Ts, ts, der hängt voll inne Preise», murmelte Ackermann, laut genug, dass ihn die anderen verstanden. «Ob dat wohl wat mit dem Besuch zu tun hat?»

Ackermann wollte sich gar nicht mehr beruhigen. «Dat is' ja 'n echter Palast hier, un' dat schöne offene Feuer! So lässt man et sich gut gehn, wa?»

Katharina hatte sich auf der Stelle in ihn verliebt und wich ihm nicht mehr von der Seite. «Ich will dir mein Zimmer zeigen!»

«Kinder, die wat wollen, kriegen wat auf die Bollen! Wie heiß' dat Zauberwort?»

«Bitte!»

«Geht doch! Dein Zimmer, da bin ich im Prinzip echt gespannt drauf. Bloß, wenn Onkel Jupp die Treppe da hoch soll, braucht er ers' ma' wat zu essen. Un' zwar in Ruhe, ohne Gehampel, dat dat klar is'.»

Katharina verhielt sich mustergültig, räumte nach dem Essen sogar die Teller in die Spülmaschine.

«Die Papiere sind oben auf der Galerie», sagte Astrid. «Ich konnte mich zwar an Srebrenica erinnern, allerdings nur vage, aber dann bin ich in Arends Bibliothek fündig geworden.»

«Srebrenica!» Cox, der bisher kaum ein Wort gesagt hatte, wurde auf einmal quicklebendig. «Das Foto! Bouma mit dem Weinglas, ich wusste doch, dass ich das schon mal gesehen habe.»

Toppe hatte Kaffee gekocht, er nahm das Tablett. «Gehen wir nach oben.»

«Da müsst er aber 'n klein' bisken auf mich warten», erklärte Ackermann. «Ich hab nämlich 'ner hübschen jungen Dame versprochen, ihre Gemächer in Augenschein zu nehmen. Darf ich bitten, Prinzessin?» Er ging in die Knie und bot Katharina seinen Arm. Die verschluckte sich vor lauter Kichern.

Toppe verteilte den Kaffee, und als Ackermann, dem es wundersamerweise gelungen war, Katharina in ihrem Zimmer zu beschäftigen, dazukam, setzte sich Astrid, brachte ihren Arm in eine bequeme Lage und nahm ein paar Zettel zur Hand. «Diese Akten hier sind von einer Verhandlung am Internationalen Gerichtshof in Den Haag gegen einen General der bosnischen Serben, Radistar Krstić, der dann im August letzten Jahres zu sechsundvierzig Jahren Haft verurteilt wurde.»

«Wegen Völkermordes», ergänzte Cox. «Das erste Urteil dieser Tragweite seit den Nürnberger Prozessen. Es hat so einiges ausgelöst, nicht wahr?»

Astrid nickte. «Hier geht es um die Ereignisse in Srebrenica, einer UN-Schutzzone in Bosnien, in der im Juli 1995 zirka siebentausend muslimische Männer und Jungen durch die Serben unter Krstić' Befehl hingerichtet wurden.»

«Der größte Massenmord in Europa nach dem Krieg», bestätigte Cox.

«Da bimmelt wat bei mir», meinte Ackermann, «Bosnienkrieg, wo die UNO sich eingeschaltet hat, aber wat Genaues ... Am besten, du fängs' bei Adam un' Eva an, oder bin ich hier der einzigste Doofi?»

Einen Moment lang war es still. «Nein, nein», sagte Toppe dann, «ich kriege es auch nicht genau zusammen.»

Astrid schob ihre Zettel zurecht. «Zu Beginn des Bosnienkrieges besteht die Bevölkerung Srebrenicas zu 75 Prozent aus Moslems und zu 25 Prozent aus Serben, aber die Serben schaffen es, die muslimischen Einwohner zu vertreiben, ihre Häuser niederzubrennen, etliche zu ermorden. Doch die Moslems organisieren sich neu, brandschatzen und morden ihrerseits, dann kippt das Ganze wieder zur anderen Seite – es ist ein ewiges Abschlachten. Schließlich verabschiedet der UN-Sicherheitsrat im April 93 eine Resolution, die den sofortigen Abzug der bosnisch-serbischen Armeeeinheiten aus der Region fordert, bewaffnete Auseinandersetzungen untersagt und alle Konfliktparteien auffordert,

Srebrenica als UN-Schutzzone zu betrachten. Daraufhin schliessen der Oberbefehlshaber der bosnischen Serben, General Ratko Mladić, und der Oberbefehlshaber der bosnischen Regierungstruppen, General Halilović, ein Abkommen: Die Enklaven Srebrenica, Zepa und Goražde werden mit sofortiger Wirkung entmilitarisiert, gleichzeitig werden UNPROFOR-Truppen dort stationiert, zunächst Kanadier, ab 1994 Niederländer.» Astrid trank einen Schluck Kaffee.

«Das hört sich prima an», mischte Cox sich ein, «aber in Wirklichkeit ist die Enklave nie völlig entmilitarisiert gewesen.» Er zögerte, aber Astrid nickte auffordernd.

«Eine Einheit der bosnisch-muslimischen Armee blieb und griff von dort aus serbische Ziele an, um sich Lebensmittel, Waffen und Munition zu beschaffen. Schliesslich hatten die Serben die Nase voll und entschlossen sich, soweit ich weiss, auf höchster politischer und militärischer Ebene, die Schutzzone anzugreifen. Und General Krstić hat den Coup vorbereitet. Man deportierte Frauen und Kinder, verschleppte die Männer in umliegende Gebäude, teilweise auf UNPROFOR-Gelände, und erschoss sie.»

Astrid schluckte. «Es muss ein schreckliches Massaker gewesen sein, ich habe ein paar Aussagen von Überlebenden gelesen.»

Toppe stand auf, ging zum Fenster und schaute hinaus – es war diesig geworden. «Die Blauhelmtruppen sind danach ganz schön unter öffentlichen Beschuss geraten, nicht wahr? Das holländische Bataillon ...»

«Dutchbat», fiel es Ackermann ein, «so nannte man die!»

Toppe drehte sich um. «Es hiess, das Dutchbat sei, zusammen mit einem in der Nähe stationierten skandinavischen Bataillon, das sogar über eine Panzereinheit verfügte, durchaus in der Lage gewesen, sich den Serben in den Weg zu stellen.»

«Tja», meinte Astrid, «die Holländer sagen, ihre Informationswege hätten nicht funktioniert, und außerdem: Was hätten 150 leicht bewaffnete Blauhelme gegen 2000 Serben ausrichten können?»

«Sie haben gar nichts getan», sagte Cox mit unterdrückter Wut. «Sie haben sich nicht einmal vor die Leute gestellt, die in ihren Quartieren Schutz suchten.»

«Un' genau wegen diese Diskussion is' dat holländische Kabinett zurückgetreten.» Bei Ackermann hatten sich die Teilchen zusammengefügt.

In diesem Moment kam Katharina hereingehüpft und zupfte ihn am Ärmel. «Ich will toben!»

Ackermann fixierte sie mit strengem Blick.

«Ich will aber!»

«Jetz' komm ma' bei Onkel Jupp auffen Schoß un' halt die Klappe, sons' darfste nachher nich' mithelfen. Leute, die toben un' quatschen, kann man bei de Arbeit nich' brauchen.»

Katharina nickte ernsthaft, kletterte auf Ackermanns Schoß und klemmte sich die Hände unter die Oberschenkel.

«Ja», fuhr Astrid fort. «Im Anschluss an den Krstić-Prozess hat sich das Niederländische Institut für Kriegsdokumentation mit Srebrenica beschäftigt und den so genannten NIOD-Rapport veröffentlicht.»

«Nederlandse Instituut voor Oorlogsdocumentatie», erklärte Cox. «Ein 7000 Seiten dicker Bericht, der dem holländischen Blauhelmkontingent Mitschuld an dem Massaker gibt. Daraufhin ist das holländische Kabinett zurückgetreten. Human Rights Watch allerdings wirft dem Rapport vor, er ginge nicht weit genug und würde sogar die Rolle der Niederlande und der UNO verharmlosen.»

«Aber et muss ja wohl gereicht haben», gab Ackermann zu bedenken. «Umsons' tritt 'ne Regierung nich' zurück.»

Katharina fing an, an seinem Bart zu zupfen. «Ich kann Zöpfe flechten.»

«Lasset sein, sons' musste runter!»

Sie setzte sich wieder auf ihre Hände.

«Un' Freund Bouma war bei de Blauhelme in Srebrenica.»

«Ja», bestätigte Astrid, «er war sogar einer der Stellvertreter des Kommandeurs.»

«Dat Bild – der, dem der Bouma da zuprostet, dat is' 'n Offizier vonne Serben, oder?»

«Ich bin nicht sicher, aber aus den Prozessakten geht hervor, dass dieses Foto unmittelbar nach der Einnahme Srebrenicas aufgenommen worden ist.»

«Da gab et ja au' wat zu feiern!»

Cox schaute ihn befremdet an. «Hat man gegen Bouma ermittelt?»

«Nein», sagte Astrid, «der hat nur als Zeuge ausgesagt. In diesem Prozess hier geht es in erster Linie um Krstić, nicht um die Rolle der Blauhelmtruppen. Aber ich weiß mittlerweile, dass zum Zeitpunkt des Massakers UN-Mitarbeiter vor Ort waren, militärische Beobachter, Dolmetscher, Journalisten. Wenn ich an die Leute rankäme ... Vielleicht kann mir Wim Lowenstijn dabei helfen.»

Ackermann guckte in die Runde. «Gesetz' den Fall, Bouma hat in Srebrenica Scheiße gebaut, ir'ndne dicke

Schweinerei, wat, frag ich euch, hat dat mit de Schanz zu tun?»

Peter Cox wusste, dass er zwei linke Hände hatte. Wenn es ans Tapezieren und Anstreichen ging, hatte er immer Bekannte gefunden, die diese Arbeiten für ihn erledigten. Im Gegenzug hatte er ihnen ihre PCs eingerichtet und sie mit der neuesten Software versorgt. Als er in seine Wohnung in Kleve eingezogen war, hatte er Handwerker beauftragen müssen – Bekannte am Niederrhein hatte er nicht, und dabei war es bis heute geblieben.

Toppe und Ackermann hatten keine zehn Minuten gebraucht, einen gemeinsamen Rhythmus zu finden. Sie arbeiteten Hand in Hand, ohne viele Worte zu verlieren, und schafften es nebenbei sogar, Katharina bei Laune zu halten, indem sie ihr kleine Aufträge erteilten, sie helfen ließen.

Keinem schien aufzufallen, dass er sinnlos in der Gegend herumstand. Er hatte Blähungen. «Ich bin gleich wieder da.»

Astrid saß am Tisch auf der Galerie über die Prozessakten gebeugt und machte sich Notizen. Als er von der Toilette zurückkam, schaute sie hoch. «Was war dieser Bouma eigentlich für ein Typ?»

«Willst du nicht lieber Helmut fragen?»

Sie forschte in seinem Gesicht. «Hast du was?»

«Nichts, gar nichts.» Hastig zog er einen Stuhl heran und setzte sich. «Was willst du wissen?»

«Erzähl einfach.»

Toppe hatte sich ein glühend heißes Bad eingelassen. Seine Gedanken spazierten durch Boumas Häuser, wanderten nach Srebrenica und wieder zurück nach Schenkenschanz.

Mit einiger Sicherheit war Bouma am 19. Oktober gestorben. Gegen zehn hatte er mit seiner Tochter telefoniert, um elf wäre er normalerweise in der Kneipe aufgetaucht. Erschossen am Samstagmorgen zwischen zehn und elf – nicht in seinem Haus, nicht auf seiner Jolle. Vermutlich nicht einmal in der Nähe seines Grundstücks, sonst hätten Dellmanns den Schuss hören müssen. Bouma war zu Fuß unterwegs gewesen. Hatte er jemandem einen Besuch abgestattet? Am Freitag vor seinem Tod hatte er in der «Inselruh» verkündet, dass er am darauf folgenden Montag in Urlaub fahren würde, damit hatte er die Vandalen in eine Falle locken wollen. Hatte er stattdessen seinen Mörder auf den Plan gerufen? Jemanden, der in der Kneipe gewesen war und gehört hatte, dass er schnell handeln musste.

Toppe angelte nach seiner Armbanduhr – zwanzig vor elf –, die Wirtin stand bestimmt noch hinterm Tresen.

Sie rief ihn zurück, als ihr letzter Gast gegangen war.

Bouma wäre an besagtem Freitag viel länger als üblich geblieben, erzählte sie, und habe immer wieder von seinem Urlaub gesprochen. «Ich dacht schon, der hätte einen Sprung in der Platte.» Sie könne unmöglich sagen, wer in der Zeit in der Kneipe gewesen war. Um die Mitte des Monats hatte Frau Lentes ihre «Backwoche», und freitags kamen die Dörfler und kauften bei ihr Kuchen und Torten. «Ist ja nicht mehr wie früher, dass jede selber backt, aber Samstag und Sonntag lecker Kaffee und Kuchen, da will keiner drauf verzichten. Und ich mach dabei ganz schön Umsatz. Normalerweise kauft das ganze Dorf bei mir, sogar die Zugezogenen. Ich mach ja auch Herzhaftes, Zwiebelkuchen, Speckbrot und so was. Bouma hat sich auch immer fürs Wochenende eingedeckt.»

Fünfzehn   Die Luft war auf einmal schwer vor Nässe. Es wurde spürbar wärmer.

Die Fernsehleute hatten die Belagerung der Schanz aufgegeben, im Dorf erinnerte nichts mehr an den gestrigen Tag – die Leitern waren verschwunden, die Haustüren geschlossen, keine Menschenseele ließ sich blicken.

Als Toppe, Cox und Ackermann durchs Fluttor kamen, begann die Kirchenglocke zu läuten, das Portal wurde geöffnet, und die Gemeinde strömte heraus. Allen voran Molenkamp in einem Rollstuhl. Die Frau, die ihn schob, konnte kaum ihre Füße heben.

«Dem seine Schwiegertochter», raunte Ackermann, «Witwe, macht ihm den Haushalt, dabei hat se selber schon zweima' 'n Schlag gehabt.»

Aus der Seitentür entließ die Pastorin eine Gruppe Kinder, die genauso gemessen und still wie die Erwachsenen ihren Heimweg antrat.

Cox versenkte die Hände in den Manteltaschen. «Die Popen hier haben aber regen Zulauf, alle Achtung, sogar Jugendliche in der Messe!»

«Dat sollt' sich ma' einer wagen, sonntags mit 'em Arsch im Bett zu bleiben!» Ackermann hatte Molenkamps Urenkel entdeckt. «Jens! Dat et weiß', ich komm gleich bei dir vorbei, dienstlich!», brüllte er, aber der Junge zuckte mit keiner Wimper.

Mit derselben Einhelligkeit, mit der die Schänzer normalerweise durch Fremde hindurchsahen, musterten sie heute unverhohlen Peter Cox, seinen schwingenden, fast bodenlangen Mantel, die Fellmütze mit dem blutroten Stern – man griente und tuschelte.

Im Schaukasten hatte man die neuen Gemeindenachrichten ausgehängt. Der Spruch des Monats lautete: *Wer dem Geringsten Gewalt tut, lästert dessen Schöpfer; aber wer sich des Armen erbarmt, der ehrt Gott.*

Toppe wandte sich ab.

Und wieder liefen sie gegen Gummiwände. Jens Molenkamp machte auf Schnösel, ganz Kronprinz. Er sei in seinem Leben noch auf keinem Dach gewesen und habe auch nicht davon gesprochen, da müssten sie sich wohl verhört haben. Bei Gisbert Dahmen und Hans-Peter Fink, den beiden Torwächtern, wurden sie erstaunlich freundlich empfangen, man gab sich hilfsbereit – und ahnungslos.

«Ich scheiß in 't Bett, verdammte Hacke!» Ackermann trat gegen den Ständebaum, dass die Vereinsschilder nur so schepperten. Zwei kleine Mädchen, die ein mit einer Babymütze geschmücktes Karnickel in einem Puppenwagen vor sich herschoben, blieben mit offenem Mund vor ihm stehen.

«Hat der Onkel euch Angst gemacht? Dat wollt' er nich', ehrlich.»

«Sollen wir uns die zwei nich' ma' zur Brust nehmen?», zischelte er Toppe durch die Zähne hindurch zu. «Die sind noch zu jung zum Lügen.»

«Ackermann ...»

«Jupp, wenn ich bitten darf, aber is' schon in Ordnung, Chef.» Dann drehte er sich einfach um und stapfte los. «Dat

Einzigste, wat jetz' noch hilft, is' 'ne kleine, feine Falle», hörten sie ihn knurren. «Ha!»

Cox warf Toppe einen mulmigen Blick zu, aber der grinste nur. Ackermann hatte sich offenbar schon wieder beruhigt.

«Na, Voss», stupste er dem Rothaarigen gegen die Brust, der wieder einmal rauchend vor der Feuerwache stand. «Et is' schon so wat mit de Sucht, wa? Haste Zeitung gelesen?»

«Ich les' keine Zeitung.» Seine Augen flackerten über Toppe und Cox hinweg, die herangekommen waren. Er zog kräftig an seiner Zigarette und schaute zur Kirche hinüber. «Aber ich weiß, warum du fragst. Ist wegen dem toten Holländer, oder?»

«Stimmt, ja.» Toppe streckte ihm die Hand hin. «Wir haben schon mal miteinander gesprochen, aber ich glaube, ich habe mich nicht vorgestellt, Helmut Toppe.»

Der Mann schob die Zigarette zwischen die Lippen und berührte kurz Toppes Fingerspitzen.

«Angenehm, Klaus Voss ...» Die Sommersprossen in seinem Gesicht flossen zu leuchtenden Inseln zusammen.

«Schönes Teil, Voss.» Ackermann griff nach der Wasserwaage, die der Rote an der Mauer abgestellt hatte. «Du has' Ahnung von anständig' Werkzeug. Sag ma', haste den Bouma gut gekannt?»

Voss hob kaum merklich die Schultern. «Nö.»

«Aber gekannt hast en.»

«Herr Voss.» Toppe versuchte, Augenkontakt herzustellen. «Willem Bouma ist erschossen worden, vermutlich am 19. Oktober, das war ein Samstag.»

Der Mann senkte das Kinn. Als Cox jetzt seine Fellmütze vom Kopf zog und sie zusammenrollte, ließ er seine Zigarette fallen und griff nach der Wasserwaage.

«Herr Voss», setzte Toppe noch einmal an. «Wir treten im Augenblick ein wenig auf der Stelle. Vielleicht können Sie uns helfen. Erinnern Sie sich, wann Sie Bouma zum letzten Mal gesehen haben?»

Voss beäugte ihn. «Den hab ich andauernd gesehen.»

«Ah, genau», fiel Ackermann ein, «bis' ja immer unterwegs, sportskanonenmäßig, oder hab ich dat falsch?»

Klaus Voss stellte sein Werkzeug wieder ab und zündete sich eine neue Zigarette an. «Ich reiß jeden Tag auf meinem Fahrrad so meine zwanzig, dreißig Kilometer runter, morgens.»

«Immer umme Schanz rum?»

«Meist, manchmal muss ich auch in die Stadt.» Wieder suchte er Toppes Blick.

Der verstand. «Und dabei haben Sie Bouma öfter getroffen?»

«Getroffen nicht, aber gesehen. Ohne Ende, jeden Morgen ist der über die Felder ...»

«Ja?» Toppe lächelte aufmunternd. «Sie helfen mir wirklich sehr. Wissen Sie noch, wann Sie Willem Bouma zuletzt gesehen haben?»

«Freitagmorgens ... vor dem Samstag, den Sie gesagt haben.»

«War Bouma allein?»

«Ja.»

«Und wo haben Sie ihn gesehen?»

Voss druckste. «Die letzte Zeit ist der ohne Ende bei Unkrig rumgelaufen ... auf dem Feldweg, hinter der Scheune, und was weiß ich noch alles ...»

«Was weiß ich noch alles?», fragte Cox. «Was meinen Sie damit?»

Der Mann packte sein Werkzeug und ging. «Sonst weiß ich nichts!»

«Wiedersehen», drehte er sich noch einmal zu Toppe um.

«Stopp, stopp ma'!» Ackermann hatte rote Ohrläppchen. «Du bis' do' auffem Weg zu diese Kinderbuchtante, oder? Sag ma', könnt ich da nich' ebkes mit, dat die mir 'n Autogramm gibt für meine Mädkes – die sind da ganz heiß drauf.»

«O Gott!» Cox stülpte sich die Mütze wieder auf. «Tut mir Leid, aber irgendwo hört's auf. Ich fahr ins Büro, Helmut. Wir sehen uns später.» Dann bückte er sich und wischte mit dem Ärmelaufschlag über seine Schuhspitze. «Ich kapiere nicht, wie du das aushältst», brummte er.

Ein Ende der Jahrhundertkälte ist nicht in Sicht. Zwar stiegen die Temperaturen am Niederrhein heute für kurze Zeit auf minus vierzehn Grad, dennoch meldet die Wasserbehörde Emmerich zum ersten Mal seit über vierzig Jahren eine geschlossene Eisdecke auf dem Rhein. In weiten Teilen der Region muss mit Blitzeis gerechnet werden.

Astrid schaltete das Radio aus und rieb sich die verletzte Schulter, sie war völlig verspannt.

Ihre Eltern waren da gewesen und hatten Katharina zu einem Tagesausflug abgeholt, leider nicht ohne ein paar Bemerkungen fallen zu lassen. «Nett, wenn man doch noch gebraucht wird» und «Schön, dass du dich beruflich so engagierst» waren noch die freundlichsten gewesen.

Sie goss sich ein Glas Apfelsaft ein und nahm es mit auf

die Galerie. Gestern Abend hatte sie in einem von Arends Büchern über den Bosnienkrieg den Bericht eines Journalisten aus Srebrenica gefunden. Die Serben hatten eine Liste mit den Namen von UN-Mitarbeitern bekommen, den Männern damals vor Ort, die vom Massaker verschont bleiben sollten. Diese Liste sei vorher von einem niederländischen Offizier geprüft und zurechtgestutzt worden. Astrid las den Bericht noch einmal, blätterte unzufrieden weiter – es gab keine Namen.

Was bedeutete «zurechtgestutzt»? Sie griff zum Telefon.

Auch Peter Cox hatte sich bei der Morgentoilette seine Gedanken über Srebrenica gemacht. Bis heute hielt sich hartnäckig das Gerücht, dass die USA, vielleicht sogar die UN, damals gemeinsame Sache mit den Serben gemacht hatten, dass Srebrenica gewissermaßen geopfert worden war, um Sarajevo zu schützen. Hatte Bouma in dem Komplott eine Rolle gespielt? Durchaus möglich. Oder war vielleicht einer der Verantwortlichen durch den NIOD-Rapport, der ja erst in diesem Jahr veröffentlicht worden war, darauf gestoßen, dass Bouma zu viel wusste, und hatte ihn aus dem Weg geräumt?

Ein Soldat, der mit einer Sportwaffe tötet? Und ausgerechnet auf Schenkenschanz, wo jeder Furz zu einem Donnerschlag wurde?

Als Cox jetzt ins sonntäglich ruhige Präsidium kam, hatte er Bosnien vergessen. Er war viel zu wütend über die Respektlosigkeit der Schänzer, über die Kaltschnäuzigkeit, mit der sie schwiegen und ihnen sogar mitten ins Gesicht logen.

Wenn Bouma in der Nähe seines Hauses erschossen

worden war, hätten Dellmanns und Unkrigs den Schuss hören müssen, möglicherweise sogar Ingenhaags. Die drei Bauern waren bestimmt nicht traurig darüber, Bouma vom Hals zu haben. Das passte ihnen doch wunderbar in den Kram. Vielleicht kannten sie Boumas Mörder und schützten ihn, indem sie einfach auf die drei indischen Affen machten.

Dieser Voss war offenbar der Einzige aus dem Dorf, der bisher etwas preisgegeben hatte.

Bouma hatte sich also in seinen letzten Lebenstagen besonders für Unkrigs Hof interessiert. War er wieder einem landwirtschaftlichen Vergehen auf der Spur gewesen, oder hatte er etwas anderes gesucht?

Jörg Unkrig war der einzige Schänzer mit einer Vorstrafe, aber er konnte wohl kaum der Einzige sein, der eine Leiche im Keller hatte. Wenn Bouma tatsächlich bei jemandem auf ein dunkles Geheimnis gestoßen war, so hatte er sich doch nichts notiert, nicht der kleinste Hinweis in all seinen Papieren.

Schließlich nahm Cox die Einwohnerliste zur Hand und fuhr den Computer hoch.

Unkrigs Vorstrafe aus dem Jahr 89 hatte er schnell gefunden, aber er entdeckte noch eine offene Akte. Höchst interessant – die Jungs von der Drogenfahndung hatten den Bauern immer noch auf dem Kieker. Anscheinend hatte Jörg Unkrig Kontakt zu einschlägig bekannten Drogendealern in Holland, engeren Kontakt sogar, denn in den letzten Monaten hatten ihn diese Herren des Öfteren zu Hause besucht.

Wenn die Rauschgiftjungs das wussten, mussten sie Unkrigs Hof zumindest zeitweise überwacht haben. Da war es doch durchaus möglich, dass sie auch etwas anderes beobachtet hatten, ein fremdes Auto auf dem Deich zum Beispiel. Es konnte nichts schaden, sich gleich morgen früh mal mit denen zu unterhalten, bevor die Bauern zur Vernehmung kamen.

Toppe konnte verstehen, dass Freya Fuchs, oder Rose Wetterborn, wie sie eigentlich hieß, für Unruhe im Dorf sorgte. Sie war um die fünfzig, gar nicht einmal besonders schön. Sie plauderte freundlich und lebhaft, doch ihre Bewegungen waren müde. Ihr Lächeln erreichte nur manchmal die klugen dunklen Augen, aber ihre weibliche Ausstrahlung nahm einen augenblicklich gefangen.

Voss hatte auf Toppe und Ackermann gezeigt und Umständliches gestammelt, Rose Wetterborn hatte ihm geduldig zugehört, ihn mit einer warmherzigen Geste bei der Hand gefasst und ins Haus gezogen. «Ein Autogramm? Das ist doch schön! Kommen Sie mit in die Küche, die ist einigermaßen bewohnbar.»

Das war, weiß Gott, untertrieben. Man hatte die Zwischendecke herausgenommen, ein Glasdach eingesetzt und so einen luftigen, lichtdurchfluteten Raum geschaffen, in dessen Mitte ein schöner alter Holztisch stand.

«Setzen Sie sich doch! Ich koche uns einen Kaffee.» Sie befüllte eine große, schwarz glänzende Espressomaschine. «Klaus», rief sie, «trinken Sie einen Kaffee mit?»

«Ich mach erst die Regale fertig», kam es brummelnd zurück.

Schließlich setzte sie sich zu ihnen an den Tisch. «Ich schau gleich mal nach, ob ich meine Autogrammkarten finde. Wie alt sind denn Ihre Töchter?»

Ackermann wischte sich die Handflächen an seiner Hose ab. «Zwanzig, achtzehn und fünfzehn, aber die sind mit Ihre Bücher groß geworden. Die freun sich 'n Bein aus, wenn ich denen sag, dat ich Sie kenn'. Ich dacht ei'ntlich immer, Se kämen aus Österreich.»

Rose Wetterborn nickte. «Da habe ich auch lange gelebt, beinah achtundzwanzig Jahre, aber gebürtig komme ich aus der Koblenzer Ecke.»

«Und wie hat es Sie da jetzt ausgerechnet nach Schenkenschanz verschlagen?», fragte Toppe.

«Ach», antwortete sie, «ich habe vor etlichen Jahren einmal einen Artikel über das liebenswert romantische Dörfchen gelesen und dann irgendwann auch mal einen Kurzurlaub in der Gegend gemacht. Es hat mir hier gefallen, und in der letzten Zeit ...» Sie verschränkte die Arme. «Na ja, ich habe seit Jahren kein Buch mehr geschrieben, keine innere Ruhe, keine Inspiration, und ich war sicher, dass mir ein Ortswechsel helfen würde. Also habe ich einen Makler beauftragt und dann das erste Haus genommen, das auf der Insel frei wurde.»

«'n schönes altes Schätzken», bestätigte Ackermann. «Un' hat et geholfen?»

Sie verstand nicht.

«Ich mein, können Se wieder schreiben? Wär doch schad' drum!»

«Tja», meinte sie unbestimmt. «Und Sie sind wegen Willem Bouma hier, nicht wahr? Die Wirtin hat es mir erzählt. Was Neuigkeiten angeht, bin ich auf Frau Lentes angewiesen, ich habe keine Lokalzeitung.»

«Kannten Sie Bouma?», fragte Toppe.

Sie lächelte bedauernd. «Nicht besonders gut, fürchte

ich, aber wir haben uns ein paar Mal unterhalten – von Außenseiterin zu Außenseiter gewissermaßen. Man fasst hier nicht so leicht Fuß. Was ist eigentlich genau passiert?»

Er erzählte es ihr, und sie wurde zusehends blasser. «In den Maishäcksler, o Gott!»

Toppe stellte auch ihr die Fragen, mit denen er seit Tagen unterwegs war, aber es kam nichts dabei heraus, außer dass er sich Ackermanns tiefe Missbilligung einhandelte: Die Frau war ein Star, die behandelte man nicht wie das gemeine Volk!

Als Lowenstijn hörte, dass er Astrid allein antreffen würde, war er sofort angerauscht. Er hatte ihr zur Begrüßung einen feuchten Kuss auf den Hals gedrückt und sich eine ihrer schwarzen Haarsträhnen um den Finger gewickelt. «Schade, dass du es wieder wachsen lässt. Ich fand deinen zarten Nacken so sexy.»

«Hände weg!»

Er hatte nur gelacht – «Ich weiß schon, du bist ein treues Weib» – und sich dann ganz auf seine Aufgabe konzentriert.

Langsam blätterte er in den Prozessakten. «Wenn ich gewusst hätte, dass Bouma in Bosnien war, hätte ich nie für den gearbeitet. Was das Dutchbat da abgezogen hat, war nicht koscher, das pfeifen die Spatzen von den Dächern. Lass uns mal sehen, ob wir Namen von Journalisten finden, die dabei waren. Vielleicht komme ich auch an Soldaten ran, die unter Bouma gedient haben. Ich brauche nur irgendeinen, über den ich den Einstieg finde.»

«Du bist ein Schatz. Wenn ich wieder fit bin, koche ich dir ein ganz besonderes Menü, mindestens drei Gänge.»

Lowenstijn kräuselte die Nase. «Wenn es schon unbedingt Nahrung sein muss, dann aber bitte bei einem Tête-à-tête in einem schummerigen Séparée.»

«Ts», tadelte Astrid. «Und so was von einem werdenden Vater!»

«Ach so, Helmut hat geplaudert.» Er schob die Akten weg. «Aber ich muss dich enttäuschen: Nichts Genaues weiß man nicht.»

Astrid rückte die Armschlinge zurecht. «Hab ich schon gehört, aber, ich sag's nicht gern, du wirkst trotzdem ein bisschen angeschlagen.»

Lowenstijn betrachtete seine Fingernägel. «Meinst du?» Er straffte die Schultern. «Lass uns anfangen.»

«Dat nenn ich 'n Prachtweib! ‹Rose› is' do' auch viel schöner wie ‹Freya›, findeste nich'?» Ackermann klopfte sich zufrieden auf die Brusttasche, in der drei Autogrammkarten steckten, trat auf die Straße hinaus – und geriet hoffnungslos ins Rutschen. Im letzten Moment bekam er Toppes Arm zu fassen, der sich seinerseits an einen Fenstersims krallen musste, um nicht hinzuschlagen. Die Nässe, die seit gestern in der Luft lag, hatte sich auf dem tief gefrorenen Boden in blankes Eis verwandelt, Zäune, Schilder, Briefkästen, Wände und Mauern, die einzelnen Zweige der Bäume, alles war wie mit Glas ummantelt – eine fremde Märchenwelt.

Sie klammerten sich an Hauswände und tasteten sich Schritt für Schritt weiter. In der Hauptgasse kamen sie besser voran, hier hatten die Anwohner schon Salz gestreut, aber das letzte Stück vom Fluttor bis zum kleinen Parkplatz, auf dem Ackermanns Auto stand, mussten sie auf allen vieren zurücklegen. Im Haus neben der Kirche applaudierte jemand.

«Dat können wer getrost vergessen. Auf dem Deich kommen wer keine drei Meter weit, dann hängen wer inne Wiese.»

«Und jetzt?» Toppe zog die Handschuhe aus und wischte sich den Schweiß von der Stirn.

«Abwarten! Die helfen sich hier meist selber. Wenn se auffe Streuer vonne Stadt warten würden, ständen se schön auffem Schlauch.»

Toppe kurbelte das Fenster herunter und zündete sich eine Zigarette an. «Wer ist eigentlich dieser Voss?»

«Voss? Gott, wat soll ich sagen?» Ackermann überlegte. «Ir'ndswie 'n armes Schwein, vielleich' au' nich', man weiß et nich' so genau. Der Alte von dem säuft, war ma' Maurer, is' aber kaputtgeschrieben. Un' die Mutter, ich weiß et nich', scharf auf dat Kind war die wohl nie. Hat den Kleinen bei ihre Mutter in Bimmen gelassen. Die is' dann aber gestorben, wie Voss inne Schule kam, da musste se ihn wohl oder übel wieder nehmen. Ich hab gehört, der hätt ma 'ne Schreinerlehre angefangen, aber da is' er wohl geflogen, weil er ir'ndwie Mist gebaut hat. Jetz' leben die wohl alle vonner Stütze, hocken oben auf drei Zimmerkes, weil se unten 'ne Ferienwohnung gemacht haben, war aber no' nie vermietet, soweit ich weiß.»

«Komisch, dass sich im Dorf keiner daran stößt.»

«Ach wat!» Ackermann lachte, es klang nicht nett. «Da haben die doch ihren Spaß dran. Auch die Schanz braucht ihr Pack.»

«Und ihren Dorftrottel», murmelte Toppe.

«Ich glaub, der hat 'n Narren an dir gefressen, Chef, dat

passt ir'ndswie gar nich', aber kann ja nix schaden.» Er steckte den Schlüssel ins Zündschloss. «Guck ma', da kommt schon Dellmann mit sei'm Streuer! Gleich können wer fahren.»

Sechzehn   Die Chefin sah müde aus.

«Diese MAD-Leute machen mich noch wahnsinnig», schimpfte sie, als Toppe Montag früh zur Besprechung kam. «So was von arrogant! Die bilden sich allen Ernstes ein, wir müssten ihnen rund um die Uhr zur Verfügung stehen. Sind die Ihnen in Schenkenschanz noch nicht über den Weg gelaufen?»

«Bisher nicht.» Er schlug die Beine übereinander und berichtete von Boumas Einsatz in Bosnien.

Charlotte Meinhard hob beschwörend die Hände. «Um Himmels willen, halten Sie das bloß unter dem Teppich! Wenn herauskommt, dass eine unserer Spuren nach Srebrenica führt, ist das die längste Zeit unser Fall gewesen. Da übernimmt dann sofort der MAD, und vermutlich schalten sich auch die niederländischen Militärdienste ein.»

Toppe nickte beschwichtigend. «Bouma wird morgen früh beerdigt, nicht wahr?»

«Um elf Uhr in Amsterdam, mit allen militärischen Ehren. Es kann bestimmt nichts schaden, wenn sich einer von Ihrem Team ein wenig unter den Trauergästen umschaut. Fahren Sie hin?»

«Ich habe Herrn Cox gebeten. Er spricht fließend Holländisch, bei mir ist es damit leider nicht so weit her.»

Er lächelte höflich und stand auf, aber die Meinhard hielt ihn zurück. «Apropos Cox, der Gute macht mir in letzter

Zeit einen etwas unausgeglichenen Eindruck. Er hatte eigentlich ab Samstag vierzehn Tage Urlaub beantragt, aber am Freitag hat er das wieder rückgängig gemacht, wegen der angespannten Personalsituation, wie er sich ausdrückte.»

Toppe schmunzelte. «Peter bekommt am Samstag Besuch von einer jungen Dame aus Russland.»

«Verstehe.» Der Chefin Augen funkelten belustigt. «Nun ja, vielleicht können Sie ihm ja wenigstens das Wochenende freigeben.»

Ackermann taperte rastlos im Büro herum. «Da biste ja endlich! Ich kam mir schon vor wie Falschgeld. Du bei Charly, Peter beim Rauschgift, bloß ich dreh hier Däumchen. Dabei kommen doch gleich unsere Buren.»

Toppe hängte seinen Mantel auf. «Ich habe uns schon mal drei Zimmerchen reserviert, dann können wir uns die Herrschaften einzeln vornehmen.»

Ackermann trommelte mit den Fingern an der Fensterscheibe herum. «Kann ich den Heinz Ingenhaag kriegen?»

«Von mir aus gern.»

«Der is' nämlich so doof, dat ...»

Aber Cox kam herein und unterbrach ihn: «Die haben einen Ton am Leib, da bleibt einem die Spucke weg.»

Die Kollegen vom Drogendezernat hatten sich strengste Zurückhaltung seitens der Mordkommision auserbeten. Sie gingen davon aus, dass Jörg Unkrig auf seinem Hof größere Mengen Rauschgift lagerte, und standen kurz vor dem Zugriff.

«Wir sollen Unkrig auf keinen Fall aufscheuchen, kein Wort von Rauschgift, nicht einmal seine Vorstrafe sollen wir erwähnen.»

Toppe brummte zustimmend. «Haben die denn bei ihren Observationen etwas beobachtet, das uns weiterhilft?»

«Nichts, leider. Aber ich stell mir vor, Bouma hat rausgefunden, was auf Unkrigs Hof abgeht ...»

«Genau», unterbrach ihn Ackermann, «un' dat hat dann wieder Unkrig rausgekriegt, un' deshalb hat der Bouma abgemurkst. Meinste dat?»

Cox rieb sich verwirrt die Augen. «So ungefähr, ja.»

«Nich' schlecht. In deine Haut möcht' ich nich' stecken, Chef. Ich hätt' übr'ens 'ne Bitte: Könnt ich 'ne halbe Stunde Vorsprung kriegen?»

Toppe ahnte, was kommen würde.

«Ich mein', könntet ihr mit eure Verhöre 'n bisken warten, am besten so 'ne Dreiviertelstunde lang? Wenn ich dann komm', dann hättet er vielleich' 'ne ganz andere – wie nennt man dat? – Gesprächsbasis, jawoll.»

«Was hast du vor, Josef?» Cox runzelte drohend die Stirn, aber Toppe grinste versonnen. «Es schadet den anderen beiden nicht, wenn sie ein bisschen im eigenen Saft schmoren.»

«Sitze bequem, Heinz?»

«Ja, ja ...» Ingenhaag fühlte sich sichtlich unbehaglich.

«Ich muss dat Teil hier anknipsen, du has' do' nix dagegen.»

«Nee, nee ...»

Ackermann schaltete das Bandgerät ein und zog das Mikrofon heran. «Vernehmung des Landwirtes Heinrich Ingenhaag am 18. November 2002 um 11 Uhr 08 durch Kommissar Josef Quirinus Ackermann.»

«Quirinus?» Ingenhaag machte kugelrunde Augen.

«Klappe!»

Ackermann schlug den Fragenkatalog auf, den Cox ihm noch schnell in die Hand gedrückt hatte, und begann: «Herr Ingenhaag, ist Ihnen der Niederländer Willem Bouma, Oberst a. D., wohnhaft Martin-Schenk-Straße 3, bekannt?»

«Was ist kaputt?»

Aber Ackermann starrte nur auf sein Papier und kratzte sich an der Nase. «Dat kann man weglassen ... dat auch», murmelte er, «äh, hier ja!» Er schaute hoch.

«Herr Ingenhaag, wann und in welchem Zusammenhang haben Sie Willem Bouma zum letzten Mal gesehen? Bitte geben Sie die genaue Uhrzeit an.»

«Was sprichst du denn so komisch?»

Wieder beachtete Ackermann ihn nicht, halblaut las er die nächsten Zeilen.

«Okay, also, Herr Ingenhaag, wo waren Sie am 3. September letzten Jahres nach 19 Uhr?»

Ingenhaag ließ sich jeden Wurm einzeln aus der Nase ziehen, aber das schien Ackermann überhaupt nichts auszumachen. Er nickte nachsichtig, als Ingenhaag ihm erzählte, dass er Bouma schon mindestens drei Monate nicht mehr gesehen hätte, hakte nicht nach, als der Bauer vorgab, sich nicht an die Tage erinnern zu können, an denen die Anschläge auf Bouma verübt worden waren, und war glänzender Laune, als er endlich das Bandgerät abschaltete: «Ende der Vernehmung 11 Uhr 50 – ähm –, vorläufig.»

Dann drehte er sich in aller Ruhe eine Zigarette und zündete sie an. «Tja, dat tut mir jetz' echt Leid für dich, wo de dir doch so 'ne Mühe gegeben has' ...»

Ingenhaag beäugte ihn misstrauisch. «Wieso?» Auf seiner Oberlippe glitzerte Schweiß.

«Nee, nee, war 'ne feine kleine Märchenstunde, Heinz, ehrlich, bloß dat ich gestern mit dem Molenkamp seinem Urenkel 'n bisken geplaudert hab, mit dem Jens.»

Ingenhaag sagte nichts.

«Un' wat muss ich hören? Du has' den Jung auf Boumas Dach geschickt, dat der dem Lumpen innen Schornstein steckt. Am 6. Juni is' dat gewesen.»

«Was?», brüllte Ingenhaag und sprang auf die Füße. «Ich?»

Ackermann packte ihn bei der Schulter und drückte ihn auf den Stuhl zurück, mit der anderen Hand startete er das Tonband.

«Ich soll das gewesen sein? Das ist ja wohl eine Unverschämtheit sondergleichen!» Der Bauer tobte. «Ich mach ja viel mit, aber jetzt reicht es! Das war Dellmann! Dellmann hat den Molenkamp auf das Dach geschickt. Dellmann war das, ich hab damit gar nichts zu tun. Und Unkrig war das mit dem Hund. Da war ich von Anfang an gegen, aber jetzt mir die ganze Sache in die Schuhe schieben wollen!»

«Du wars' dabei, Heinz, du bis' immer dabei gewesen. Un' dat mit dem Hänger Mist, dat wars' du, hat mir der Jung' gesagt.»

«Das kann der gar nicht wissen», brüllte Ingenhaag. «Außerdem war das bloß ein Scherz ...»

Ackermann stoppte das Band. «Dat reicht ers' ma'. Denk ma' mit dran, dat ich mich bei dem jungen Molenkamp entschuldigen muss. Der hat nämlich gar nix gesagt.»

Ingenhaag wich alle Farbe aus dem Gesicht. «Du verdammtes Dreckschwein!»

«Besser, du hälts' die Luft an, sons' kommt bei deine ganze Scherze au' no' Beamtenbeleidigung dabei.» Ackermann griff zum Telefon und drückte eine Taste. «Chef? Ich hätt wohl 'n Geständnis vorliegen. Wat is' dir lieber, Chorgesang, oder sollen die uns dat solo vortragen?»

Ingenhaag saß da wie ein geprügelter Hund, Dellmann schoss mit bitterbösen Blicken um sich, Jörg Unkrig schwankte zwischen eingeschnappt und großmäulig. Sie gaben alle Anschläge zu, konnten sich sogar an die genauen Daten erinnern. Erleichtert wirkte nur Ingenhaag.

Toppe war sehr ernst. «Damit können wir dieses Thema endlich abhaken und zum Eigentlichen kommen, dem Mord an Willem Bouma. Es ist Ihnen hoffentlich klar, dass Sie zu den Hauptverdächtigen gehören.»

«Jetzt ist es aber genug», fauchte Dellmann. Unkrig lachte gepresst.

«Wir müssen uns über Ihre Alibis unterhalten», fuhr Toppe fort.

Cox erhob sich und machte eine einladende Handbewegung. «Wenn Sie uns dann bitte in die einzelnen Vernehmungsräume folgen würden!»

«Warum?», fuhr Dellmann auf. «Ich hab vor niemand was zu verbergen!»

«Wisst er wat?» Ackermann verteilte Zettel und Stifte. «Ihr schreibt et einfach auf. Dann muss ich mir nich' die ganze Zeit dat dumme Gelaber anhören. Dat steht mir nämlich bis Oberkante Unterlippe. Wie is' die Frage, Chef? Wo wart er am Samstag, dem 19. Oktober morgens? Wat habt er gemacht? Wer war dabei?»

Toppe verbiss sich das Lachen. «Besser hätte ich es nicht ausdrücken können.»

Zwanzig Minuten später sammelte er die Blätter ein.

«Damit beschäftigen wir uns dann in aller Ruhe. Sie können gehen, meine Herren.»

Die drei schauten zuerst einander und dann wieder ihn an.

«Gehen?», fragte Ingenhaag dümmlich.

«Hasse Bohnen inne Ohren?» Ackermann knallte ihm die Faust zwischen die Schulterblätter. «Ab dafür!»

Cox verdrehte die Augen, als sich immer noch keiner rührte. «Gegen Sie liegt keine Anzeige vor, Herrgott nochmal! Wo kein Kläger, da kein Richter, verstehen Sie?»

Dellmanns Gesicht nahm den üblichen verdrossenen Ausdruck an, Ingenhaag rang die Hände. «Aber warum haben wir uns dann so ins Hemd gemacht?»

«Das», meinte Toppe, «frage ich mich schon die ganze Zeit. Und die einzige Antwort, die ich da finde, dürfte Ihnen wenig gefallen.» Er fixierte Unkrig. «Ich bin sicher, wir sehen uns bald wieder.»

«Wir kriegen schon noch raus, wer den Bouma auffem Gewissen hat, da könnt er Gift drauf nehmen!» Ackermann hatte seinen Schnodderton verloren. «Un' wenn wer die ganze Schanz hopsnehmen. Un' glaubt ja nich', dat ihr aussem Schneider seid. Ich werd' die Tochter von Bouma schon überredet kriegen, dat die doch noch Anzeige erstattet.»

«Tu, was du nicht lassen kannst.» Mit einer kleinen Kopfbewegung forderte Dellmann seine Kumpane zum Mitkommen auf. «Aber solang ich Vorsitzender vom Schützenverein bin, brauchst du dich auf unseren Festen nicht mehr blicken lassen.»

«Ich heul gleich!»

Astrid war wütend. «Was soll das heißen, dafür sind Sie nicht zuständig?»

Der Möbelpacker blieb gleichmütig. «Von Montage hat mein Chef nichts gesagt.»

«Das ist doch wohl selbstverständlich. Haben Sie keine Augen im Kopf? Wie soll ich mit diesem Arm ein Himmelbett aufbauen?»

«Da wird dann wohl der Göttergatte ranmüssen.»

Sie wäre dem Mann am liebsten an die Gurgel gesprungen. «Ach verdammt, dann tragen Sie wenigstens die einzelnen Teile nach oben.»

Er hielt ihr wortlos ein Formular hin. «Hier steht ‹Lieferung frei Haus›, und das bedeutet bis hinter die Wohnungstür und kein Stück weiter. Jetzt unterschreiben Sie bitte.»

«Ich unterschreibe gar nichts!»

Er wirkte nicht beeindruckt. «Wie Sie wollen. Dann nehme ich das Bett eben wieder mit.»

«Gibt es ein Problem?» Arend Bonhoeffer war unvermittelt aufgetaucht und legte dem Möbelfahrer freundschaftlich die Hand auf die Schulter. «Sie sind vom Fach, nicht wahr?»

Dann zog er seine Geldbörse aus der Tasche und steckte dem Mann einen Fünfzigeuroschein zu. «Kommen Sie, ich zeige Ihnen, wo Sie das gute Stück aufbauen können.»

Astrid starrte den beiden empört hinterher.

«Wenn ich eins hasse, dann ist das deine Gutsherrenmasche», fuhr sie Bonhoeffer an, als er wieder nach unten kam. Der grinste nur.

«Wann bist du zurückgekommen?», lenkte sie ein.

«Heute früh um vier. Die Fahrt war schrecklich, eine einzige Rutschpartie. Ich bin immer noch wie gerädert.»

Er hakte sich bei ihr ein und zog sie mit Richtung Küche. «Lust auf ein zweites Frühstück? Ich habe eine wunderbare Bauernpastete mitgebracht.»

«Warte einen Augenblick, ich will nur schnell was holen.»

Sie kam mit den Prozessakten zurück.

Bonhoeffer schüttelte den Kopf. «Arbeitssüchtig! Du kannst es einfach nicht lassen, nicht wahr?» Er hatte eine Platte mit dicken Scheiben Pastete und einen Korb mit dunklem Brot auf den Tisch gestellt, verteilte Teller und Besteck. «Eine Akte vom Gerichtshof in Den Haag? Hat die was mit eurem Mordfall zu tun?»

«Das weiß ich noch nicht. Der Prozess gegen Krstić. Guck mal.» Sie hielt ihm das Foto hin. «Der hier ist unser Toter, Willem Bouma. Er war 1995 Oberst im Dutchbat in Srebrenica.»

«Das Bild kenne ich, es ist damals durch die Weltpresse gegangen.» Bonhoeffers Miene verfinsterte sich. «Dubiose Geschichte.»

«Ich dachte mir schon, dass du mir vielleicht ein bisschen mehr erzählen kannst als das, was ich in den Büchern gefunden habe.»

«Über den Bosnienkrieg?»

«Ja, vor allem über die Hintergründe zum Massenmord in Srebrenica, um den es in diesem Prozess geht.»

Bonhoeffer schob den Teller mit der Pastete zur Seite und schaute sie ernst an. «Wo soll ich beginnen?»

«Hm.» Astrid wickelte sich eine Haarsträhne um den Finger. «1991 zerfiel der Staat Jugoslawien, als Slowenien und Kroatien ihre Unabhängigkeit erklärten; und als dann ein Jahr später die Regierung von Bosnien-Herzegowina ebenfalls die Unabhängigkeit verkündete, kam es zum Krieg zwischen den bosnischen Muslimen und der jugoslawischen Volksarmee. So hat die ganze Geschichte angefangen, richtig?»

«Ja», bestätigte Bonhoeffer. «Wobei die Muslime keine Chance hatten, weil sie wesentlich schlechter bewaffnet waren. Deshalb hat die UNO ein Waffenembargo erlassen und dafür gesorgt, dass die jugoslawische Armee sich aus Bosnien zurückzog.»

«Und die bosnischen Serben gründeten dann die Republik Srpska mit Karadzić als Präsidenten», ergänzte Astrid. «Und einer eigenen Armee unter dem Oberbefehl von Ratko Mladić.»

Bonhoeffer nickte. «So weit die Geschichte, aber da gibt es ein paar Hintergründe, die bis heute zwar nicht offiziell bestätigt wurden, jedoch weitgehend gesichert sind. Die USA haben sich nämlich nicht an das Embargo gehalten, sondern hinter dem Rücken der UN die Muslime mit Waffen beliefert, die dann prompt serbische Dörfer überfallen und viele Zivilisten umgebracht haben. Um dem ganzen Töten ein Ende zu setzen, hat die UNO 1993 UN-PROFOR-Truppen geschickt und einige Orte zu Schutzzonen erklärt, unter anderem auch Srebrenica.»

Astrid zog die Augenbrauen hoch. «Aber wie konnten die Amis so was machen und vor allem warum?»

«Gleich zu Anfang des Konflikts haben sich Bill Clinton und Boutros Ghali von den UN zusammengesetzt und beschlossen, dass die UN-Truppen reine Schutztruppen sein sollten, die nicht in die Kampfhandlungen eingriffen. Man schickte wegen der historischen Vorbelastung weder deutsche noch amerikanischen Soldaten, sondern bezahlte

Söldner aus Skandinavien, Holland, Nepal und anderen unbelasteten Ländern, um politische Irritationen zu vermeiden. Nur haben die USA schnell festgestellt, dass der Plan wegen der serbischen Waffenüberlegenheit nicht so recht funktionierte, und sich gedacht, wenn sie die Muslime entsprechend bewaffneten, käme es zu einem Gleichgewicht. Damit wäre dann die Friedensmission leichter zu erfüllen gewesen, und die USA hätten vor der Weltöffentlichkeit ihr Gesicht gewahrt.»

«Na prima!» Astrids Mund wurde schmal. «Kannst du mir vielleicht mal erklären, warum die Amerikaner dann einfach zugeguckt haben, als die Serben Srebrenica überranten? Ich meine, wenn sie schon die Muslime unterstützt haben und gegen den UN-Beschluss ihr eigenes Ding durchzogen?»

«Das genau ist die Frage. Und was ich dir dazu sagen kann, ist einstweilen größtenteils Spekulation, für mich aber durchaus einleuchtend. Anscheinend befürchteten die bosnischen Serben, dass die USA sich anschickten, in die Kriegshandlungen einzugreifen, und haben deshalb ihre Kräfte auf Sarajevo konzentriert. Die Hauptstadt war muslimisch, und wenn die Serben sie eingenommen hätten, wäre eine serbische Zelle mitten im muslimischen Gebiet entstanden, und die Kriegsführung wäre enorm schwierig geworden. Man hätte zum Beispiel keine Luftangriffe mehr fliegen können. Man vermutet, dass es zu Verhandlungen zwischen den USA und den Serben gekommen ist, mit dem Ergebnis, dass die Serben auf Sarajevo verzichten wollten, wenn die USA im Gegenzug die Eroberung der muslimischen Schutzzonen tolerierten.»

«Wodurch ein rein serbisches Gebiet entstanden wäre.»

Astrid schnappte nach Luft. «Aber das bedeutet doch, dass die USA klammheimlich die Teilung Bosnien-Herzegowinas akzeptiert haben, und das gegen den erklärten Willen der Völkergemeinschaft. Ungeheuerlich! Und wenn die Serben in Srebrenica nicht durchgedreht wären und diese ethnische Säuberung vorgenommen hätten, wäre der ganze Plan wohl aufgegangen.»

«Exakt», antwortete Bonhoeffer. «Es geht aber noch weiter. Allen ist das seltsame Verhalten des Dutchbat in Srebrenica aufgefallen. Zu dem Zeitpunkt waren in der Region zwanzig- bis dreißigtausend Blauhelmsoldaten stationiert, die ganz schnell verfügbar gewesen wären, weil die UNPROFOR über eine sehr gute Kommunikationsstruktur verfügte. Man hat den Holländern offiziell vorgeworfen, sie hätten sich feige verhalten, aber es gibt auch Leute, die sagen, die Meldungen der Holländer aus Srebrenica an die UN-Oberbefehlshaber seien abgebremst worden, und das würde bedeuten, dass die UN in den Deal der USA eingeweiht waren.»

«Ich weiß nicht», meinte Astrid. «Zeugen haben ausgesagt, dass die Leute vom Dutchbat sich von Anfang an gar nicht gerührt haben, als Mladić mit seinen Truppen aufmarschierte, lange bevor sie überhaupt irgendwelche Anweisungen von oben hätten kriegen können.»

«Das stimmt wohl», bestätigte Bonhoeffer. «Und das lässt den Schluss zu, dass irgendeiner aus der Führungsriege des Dutchbat in Srebrenica einen direkten Draht zu den USA oder zu Mladić gehabt haben muss. So», meinte er und schob ihr das Bild wieder hin, «und jetzt schau dir mit dem Hintergrund noch einmal das Foto an. Der Mann, dem euer Bouma da zuprostet, ist nämlich Ratko Mladić.»

Peter Cox hatte sich zwei Stunden freigenommen und zuerst einmal den Anzug, den er morgen auf der Beerdigung tragen wollte, in die Schnellreinigung gebracht.

Irina war recht verständnisvoll gewesen. Er hatte ihr gestern Abend eine Mail geschickt und ihr gesagt, dass er nun doch keinen Urlaub nehmen konnte, zumindest vorläufig nicht. Sie sollte gleich wissen, dass man in seinem Beruf flexibel sein musste. Und sie schien damit kein Problem zu haben, hatte gleich geantwortet und gemeint, vielleicht sei der Fall ja bald abgeschlossen, und dann könnten sie sich ein paar schöne Tage machen – es gäbe doch so viele reizvolle Städte in der Umgebung –, und bis dahin wisse sie sich schon zu beschäftigen. Das hatte nett geklungen, trotzdem war ihm mulmig gewesen. Er konnte sie doch nicht gleich allein in seiner Wohnung lassen! Später einmal vielleicht, wenn sie sich besser kannten. Hoffentlich zog sich der Fall nicht noch länger hin.

Im Moment war keine Lösung in Sicht. Zu dumm, dass die Drogenfahndung anscheinend Scheuklappen trug. Nächtelang hatten sie Unkrigs Anwesen observiert und dabei nur ein paar Dealer kommen und gehen sehen.

Aber da gab es doch jemanden, der auch die Augen aufhielt, der wusste, was auf der Schanz und drumherum vor sich ging – diesen Voss –, mit dem musste man sich ausführlicher unterhalten.

Er schaute auf die Uhr, der Anzug war frühestens in einer Stunde fertig.

Auf der Wiese vor der Schanz tummelten sich Schlittschuhläufer. Wenn man in Bewegung blieb, konnte man es inzwischen wieder gut draußen aushalten.

Cox schloss seinen Wagen ab und betrachtete das Treiben. Kinder hatten mehrere Schlitten aneinander gebunden und zogen sich gegenseitig mit dieser schlingernden Schlange übers Eis. Am Dorfeingang kam ihm ein Junge entgegen, warm eingepackt in einen Overall und mit knallroten Fäustlingen an den Händen.

«Kannst du mir sagen, wo Herr Voss wohnt?»

«*Herr* Voss?» Der Junge lachte ihm frech ins Gesicht. «Da hinten an der Ecke», half er dann gnädig und zeigte auf das Haus mit dem abblätternden Putz und den schmutzigen Fensterscheiben. Cox schellte und wartete, erst nach dem dritten Klingeln ertönte der Türsummer. Als er die Tür aufstieß, schlug ihm Schimmelgeruch entgegen.

«Was wollen Sie?», kam eine Stimme von oben.

Am Kopf der Treppe stand eine ältere Frau in einer ausgeleierten Jerseyhose und einem Kasack aus glitschigem Synthetikstoff. Cox zückte seinen Ausweis und hielt ihn ihr entgegen. «Ich bin von der Kripo. Frau Voss?»

«Ja, und was wollen Sie?»

«Ich möchte mit Ihrem Sohn sprechen. Ist er da?»

«Wo soll der wohl sonst sein?» Sie drehte sich um und verschwand in der Wohnung, ließ die Tür aber offen. Cox stieg die knarrenden Stufen hoch, das Treppengeländer war klebrig, die Wände dunkel von Fliegendreck.

Sie wartete im düsteren Flur.

«Er ist in seinem Zimmer, aber in die Räuberhöhle lass ich Sie nicht rein. Nicht mal Manns genug, seine eigenen Sachen in Ordnung zu halten! Und auf wen fällt das nachher zurück?»

Energisch drängte sie sich an ihm vorbei und klopfte an eine Tür. «Klaus, komm raus!»

Scharfer Schweißgeruch stieg Cox in die Nase. Ihr Haar war silberblond und strohig von zu häufigem Färben. Die Wohnzimmertür stand halb offen, und der Fernseher lief auf höchster Lautstärke. Cox erhaschte einen Blick auf einen Mann im Trainingsanzug, die Jacke hing offen über einem fleckigen Unterhemd. Er saß auf dem Sofa, die Beine hochgelegt, und hielt nachlässig eine Bierflasche in der Hand.

«Klaus!» Jetzt bollerte die Mutter gegen die Tür. «Nun aber mal dalli! Hier ist Polizei für dich.» Sie wandte Cox ihr Gesicht zu, die Wimpern waren zu Fliegenbeinen getuscht. «Was hat der Versager denn jetzt wieder angestellt?»

«Ihr Sohn? Nichts, soweit ich weiß. Ich habe nur ein paar Fragen an ihn.»

Der Schlüssel wurde im Schloss gedreht, dann steckte Klaus Voss den Kopf durch den Türspalt. «Was ist?»

«Tag! Könnte ich kurz mit Ihnen sprechen?»

«Warum?»

«Ich habe ein paar Fragen …» Cox holte seinen Notizblock aus der Tasche.

«Ich weiß nichts.»

«Aber Sie haben uns gestern gesagt, dass Sie Willem Bouma kurz vor seinem Tod …»

«Kann mich nicht erinnern.»

«Unkrig», schob Cox nach, «Sie haben …»

«Keine Ahnung.» Klaus Voss schob sanft die Tür zu und schloss wieder ab.

«Wie ein Ochse!» Die Mutter lachte rau. «So war der schon als Kind, unerträglich.»

In der Nacht wurden die Einwohner von Griethausen von einem schrecklichen Seufzen geweckt, einem Wimmern, das durch Mark und Bein ging. Selbst die Kinder wachten auf und weinten. Die Menschen warfen sich ihre Mäntel über und liefen nach draußen, hinunter zum Fluss. Als die Ersten bei den Toren ankamen, zerriss ein ohrenbetäubender Knall die Luft. Sie standen wie gelähmt.

Die Brücke über den Altrhein war geborsten.

Siebzehn Toppe hatte abends noch lange mit Astrid am Küchentisch gesessen, sich berichten lassen, was sie von Arend erfahren hatte, und danach eine Weile über der Einwohnerliste von Schenkenschanz gebrütet. Er konnte sich beim besten Willen nicht vorstellen, dass einer von denen etwas mit dem Bosnienkrieg zu tun haben sollte, aber er hatte auch längst noch nicht mit allen gesprochen. Die Vorstellung, den Rest der Woche in diesem Dorf verbringen zu müssen, war ihm plötzlich unerträglich gewesen, und er war schlecht gelaunt ins Bett gegangen. Doch dann hatte er wunderbar geschlafen – seit Monaten die erste Nacht in einem richtigen Bett – und war ganz benommen, als sich um kurz nach sechs sein Handy meldete.

«Ja?», krächzte er.

«Jupp hier, Chef! Bin früh dran, ich weiß, aber et is' wichtig: Die Schanz is' abgeschnitten, weil die Altrheinbrücke durchgekracht is'. Dat hat et no' nie gegeben.»

Astrid knipste die Nachttischlampe an und stützte sich auf den Ellbogen. Toppe schüttelte beruhigend den Kopf.

«Ich denk', dat die Jungs vom Bund oder vom THW wohl 'ne Notbrücke bauen», redete Ackermann weiter. «Bloß wann? Wat machen wer jetz'?»

Toppe räusperte sich. «Ich rufe nachher mal beim THW an, und dann melde ich mich bei dir.»

Astrid schaltete das Licht wieder aus und grummelte irgendwas.

Er küsste sie sanft. «Es ist noch früh. Schlaf weiter.»

Als ihre Atemzüge tiefer wurden, schlich er sich hinaus zum Arbeitstisch auf der Galerie und nahm sich noch einmal die Alibis der Bauern für den 19. Oktober vor: Ingenhaag war, wie jeden Samstag, mit seiner Frau gegen halb zehn zum Einkaufen nach Kleve gefahren, und sie hatten dort ihre übliche Runde gedreht: vom holländischen Käsestand zum Metzger, dann zum Bäcker. Danach hatten sie im Café, wie gewöhnlich, einen Hawaii-Toast zu sich genommen und zum Schluss noch ein paar Sachen im Supermarkt an der Emmericher Straße besorgt. Vermutlich waren sie gegen halb eins zu Hause gewesen.

Dellmann und Unkrig hatten sich nicht so genau festgelegt.

Jörg Unkrig schrieb, er sei fast jeden Freitag in einer Disco in Nimwegen, so wohl auch am 18. Oktober. Er hatte den Türsteher dort als möglichen Zeugen angegeben. Normalerweise käme er erst frühmorgens zurück und schlafe immer bis mittags. Toppe fragte sich, wer dann wohl die Tiere versorgte.

Dellmann hatte sich auf nur zwei Sätze beschränkt: «Bin immer auf dem Hof, außer sonntags (von 10 Uhr bis 11 Uhr Gottesdienst, bis 12.30 Uhr Gaststätte) und Vereinssitzungen montags und freitags jeweils ab 20 Uhr. Zeugen für 19. Oktober: Ehefrau und Sohn.»

Ähnlich dünne Aussagen würden sie sich noch wer weiß wie oft anhören müssen.

Sie hatten nichts in der Hand bis auf die Tatwaffe, bislang nur ein Phantom. Sie wussten ja nicht einmal, ob es sich um einen Revolver oder eine Pistole handelte. Es blieb ihnen gar nichts anderes übrig, als in Schenkenschanz von Haus zu Haus zu gehen und mit jedem Einzelnen zu sprechen.

Er schlug einen Block auf und notierte:
Welche Beziehung hatten Sie zu Bouma?
Wann haben Sie Bouma zuletzt gesehen?
Was haben Sie am Vormittag des 19. Oktober gemacht (Zeugen)?

Waren vor und an diesem Samstag Unbekannte im Dorf (unbekannte Fahrzeuge)?

Ist Ihnen etwas anderes Ungewöhnliches aufgefallen (Verhalten)?

Haben Sie einen Schuss gehört?

Er legte den Stift aus der Hand und betrachtete seine Fingernägel. Arends Geschichte war bisher reine Spekulation, aber sie machte ihn unruhig. «Jugoslawen? Holländer?» schrieb er schließlich noch auf. Dann nahm er sich den Plan von Schenkenschanz vor, den Cox auf dem Kopierer vergrößert hatte, und übertrug die Namen von der Einwohnerliste auf die einzelnen Häuser. Sie würden bei Nummer 1 auf der linken Seite beginnen – Molenkamp –, zur Schule hoch, die kleine Gasse, Haus für Haus, dann von der Kneipe zurück über die Rote Ecke bis zum vorderen Fluttor. Anschließend würden sie zu den Höfen fahren, er nummerierte auch sie durch.

Während er duschte, sich rasierte und ankleidete, während er frühstückte und danach Katharina in den Kindergarten brachte, liefen in seinem Kopf die verschiedensten Szenarien ab. Sie endeten alle vor einer Wand, und als er um halb neun den Leiter des Technischen Hilfswerks anrief, war seine Laune auf dem Nullpunkt.

Die Bundeswehr wäre bereits dabei, neben der festgefrorenen Fähre eine Pontonbrücke zu installieren, die auch schwimmfähig sei, falls Tauwetter einsetzte, erklärte der Mann. Allzu viel Zeit könne man sich dabei nicht lassen, weil die Milch bei der Sammelstelle schnell abgeholt werden müsse. Er war besorgt: «In Süddeutschland regnet es seit zwei Wochen ohne Unterlass, die Mosel führt schon Hochwasser, und der Rhein steigt mit großer Geschwindigkeit. Wenn die Welle zu uns runterkommt und das Eis in Bewegung gerät, dann gnade uns Gott. Im Moment renne ich von einer Krisensitzung zur nächsten. Die Holländer haben an prekären Stellen bereits Sprengladungen angebracht.»

«Sprengladungen?», hakte Toppe nach.

«Falls die Eisschollen sich zu Dämmen auftürmen. Wenn man die nicht wegsprengt, saufen ganze Ortschaften ab, und zwar nicht nur auf der holländischen Seite.»

«Und die Schanz wäre dann bedroht.»

«Aber nicht zu knapp! Am liebsten würden wir die Insel jetzt schon räumen lassen oder wenigstens das Vieh rausholen, aber die Herrschaften stellen sich mal wieder quer. ‹Es kommt nicht so hoch› – ich kann es nicht mehr hören.»

«Aber da muss es doch Möglichkeiten geben.»

«Die gibt es auch. Wenn das Wetter sich nicht beruhigt, lässt der Kreis das Dorf noch vor dem Wochenende zwangsevakuieren.»

Er versprach, Toppe anzurufen, sobald die Brücke fertig sei.

Der Vormittag verging, aber das THW meldete sich

nicht. Toppe machte sich an den Hausputz, während Astrid die letzten Kartons auspackte und Schränke einräumte. Zweimal rief Ackermann an. «Wenn die zwangsevakuieren, wird mir dat auch zu brenzlig», sagte er. «Dann bring ich meine Familie in Sicherheit, na' Cuyk zu meinem Schwager.»

Gegen halb drei endlich klingelte das Telefon, der Altrhein sei wieder passierbar.

Toppe hatte gerade aufgelegt, als Ackermann vor der Tür stand. «Ich hab die Warterei nich' mehr ausgehalten, bin na' Düffelward gedüst un' hab den Jungs bei de Montage zugeguckt. Ich dacht', ich hol dich ab, wer müssten jetz' rüberkönnen.»

Sie saßen noch nicht ganz im Auto, als Toppes Handy wieder dudelte. «Das Ding macht mich noch verrückt!»

«Ha!» Ackermann lachte. «Wat meinste, warum ich mir ers' ga' keins anschaff'?»

Es war Cox, der, von Boumas Beerdigung zurück, direkt ins Präsidium gefahren war und dort niemanden angetroffen hatte. Er war nicht gerade strahlender Laune. Bei seinen Beobachtungen und den wenigen Gesprächen, die er hatte führen können, war absolut nichts herumgekommen, dafür hatte er tonnenweise militärischen Bombast über sich ergehen lassen müssen, etwas, was er zutiefst verabscheute. Der einzige Lichtblick war Mieke Bouma gewesen, «eine sehr nette Frau», die aber auf gar keinen Fall Anzeige gegen die Bauern erstatten, sondern den ganzen Ärger möglichst schnell vergessen wollte.

Dann berichtete Toppe von seinen Neuigkeiten, und als er das Gespräch beendete, hatten sie die Notbrücke schon passiert. «Peter will weiter nach der Waffe suchen.»

«Braver Kerl.» Ackermann bremste vor dem Deich. «Sollen wer ers' ma' 'n Blick auf Dellmanns Einsatzzentrale werfen, bloß für Spaß?»

Auf Dellmanns Hof herrschte reger Betrieb. Ein blauer THW-Laster stand vor der Scheune, die Milchkannen, die die Bauern brachten, wurden verladen, ein Mädchen schleppte einen Käfig voller Küken an. Neben dem Lastwagen stand Frau Dellmann mit einem Klemmbrett und füllte Listen aus. Von Toppe und Ackermann nahm keiner Notiz.

«Lass uns ma' drinnen gucken», schlug Ackermann vor und stolzierte ins Haus.

In der Küche hörte jemand den Feuerwehrfunk ab. Ackermann drückte die Tür auf. «Tach auch!»

Ein paar Männer saßen um den Tisch herum, Dellmann, Ingenhaag war auch dabei und am Kopfende der alte Molenkamp in seinem Rollstuhl. Er winkte Dellmanns Sohn heran, der am Kühlschrank lehnte, und bellte ein paar Sätze auf Platt.

«Wörtlich, Chef?», griente Ackermann.

«Wenn's geht.»

«Also, er sagt: Setz die Telefonkette in Gang. Heut Abend um sechs Lagebesprechung in der Schule, alle Männer.»

Dellmann schob seinen Stuhl zurück und presste beide Fäuste auf den Tisch. «Was hast du hier zu suchen, Jupp?»

«Ich wollt' bloß ma' gucken.»

«Mach, dass du von meinem Gehöft kommst!»

Im Dorf war es unruhig.

Alle möglichen Leute standen auf der Straße, redeten, gestikulierten. Irgendwo schrie ein Säugling. Eine merkwürdige Stimmung lag in der Luft, eine unterschwellige Euphorie, ähnlich wie letzte Woche bei der Belagerung. Toppe schauderte. Auch Klaus Voss stand draußen, ein Stück abseits von den anderen.

«Tag, Herr Voss!» Toppe winkte. «Ganz schön viel Aufregung heute, was?»

Voss zauderte, setzte sich aber dann doch in Bewegung.

Ackermann tippte Toppe auf die Schulter – «Ich spring' ma' ebkes bei Bea Lentes rein, okay?» – und verschwand.

Toppe reichte Voss die Hand, der ergriff sie zögerlich. «Wie geht's?»

«Wie soll es schon gehen?» Der unstete Blick beruhigte sich. «Der mit dem langen Mantel war gestern da, aber ich kann so Leute nicht ab, wenn ich ehrlich bin.»

«Ach», Toppe holte seine Zigaretten heraus und bot Voss eine an, «der ist ganz in Ordnung, wenn man ihn näher kennt.»

Vorsichtig zog Voss eine Zigarette aus der Schachtel und ließ sich Feuer geben. «Der hat gesagt, er wollte mich was fragen …»

«Ja, das hat er mir erzählt, aber Sie wüssten nichts, sagt er.»

Voss gab einen kehligen Laut von sich, der fast wie ein Lachen klang. «Ich komm rum ohne Ende.»

Toppe nickte. «Das weiß ich, und Sie sind der Einzige im Dorf, mit dem man vernünftig reden kann.»

«Ich komm rum ohne Ende», wiederholte Voss und schaute Toppe starr in die Augen. «Ich weiß zum Beispiel, dass der Unkrig hinter den Strohballen auf der Tenne Sachen versteckt, die man nicht haben darf.» Ein Hauch von Triumph huschte ihm übers Gesicht, dann verschloss er sich wieder.

«Denken Sie, dass Bouma das auch gewusst hat?»

«Kann gut sein.»

«Vielleicht können Sie mir ja noch mehr helfen.»

«Mal gucken.» Voss trat seine Zigarette aus.

Toppe überlegte nicht lange. «Sind Sie an dem Samstag, an dem Bouma erschossen wurde, auch mit dem Fahrrad unterwegs gewesen?»

«Bin ich, und ich hab mich noch selbst gewundert, als ich so um zehn meine Runde gedreht hab. Da war Bouma normalerweise immer unterwegs, aber an dem Morgen hab ich ihn nirgends gesehen.»

«Auch kein fremdes Auto in Boumas Einfahrt oder auf dem Deich, keine fremden Leute, nichts, was anders war als sonst?»

«Nee, echt nicht, nur die Leute aus dem Dorf, die in die Stadt wollten oder vom Einkaufen kamen.»

«Wer war das denn alles?»

«Weiß nicht.» Seine Augen wanderten unruhig hin und her.

«Und einen Schuss haben Sie nicht gehört?»

Voss stutzte, anscheinend hatte er sich darüber noch keine Gedanken gemacht. «Wohl nicht, sonst wüsste ich das ja noch ...»

«Schade», sagte Toppe, «aber etwas anderes noch: Hat irgendjemand in Schenkenschanz etwas mit Jugoslawien zu tun?»

«Wieso?», fragte Voss verdutzt.

Toppe fuhr sich durchs Haar. «Ach, wir sind da bei Bouma auf eine Spur gestoßen.»

«Ah so ... nein, Jugoslawen haben wir keine.»

«Auch keine anderen Holländer außer Bouma?»

«Nö, keine echten, nur Passholländer.» Seine Lippen kräuselten sich zu einem Lächeln.

«Hat denn vielleicht jemand holländische Verwandte oder Freunde, die öfter ins Dorf kommen?»

«Das könnte sein.» Voss grübelte. «Aber auf Anhieb weiß ich das nicht so ...»

Toppe holte seine Visitenkarte aus der Tasche. «Sie können ja noch einmal in Ruhe darüber nachdenken. Unter meiner Handynummer können Sie mich immer erreichen. Wenn Ihnen noch etwas einfällt, ich würde mich freuen.»

Voss nahm die Karte, ließ sie in der Hosentasche verschwinden und schaute sich hastig um. «Aber ich hab Ihnen doch geholfen, oder?», raunte er. «Das mit Unkrig, das hat Ihnen doch geholfen.»

Toppe nickte und reichte ihm die Hand. «Das ist durchaus möglich, danke. Ich danke Ihnen sehr.»

Auf dem Weg zur «Inselruh» kam ihm Ackermann schon entgegen. «Sollen wer loslegen?»

«Sofort, ich will nur noch schnell telefonieren.» Toppe sah sich um. «In Ruhe.»

«Da setzen wer uns am besten in 't Auto. Hier haben die Wände überall Ohren.»

Toppe ließ sich von der Zentrale zum Drogendezernat durchstellen. «Ich bin hier in Schenkenschanz, und mir hat gerade jemand erzählt, dass Jörg Unkrig Sachen, die man nicht haben darf, hinter den Strohballen auf seiner Tenne versteckt.»

«Voss?», flüsterte Ackermann.

Toppe hob bestätigend den Daumen.

«Name?», kam es trocken aus dem Handy.

«Kann ich dir nicht sagen, ich brauche den Mann selbst noch.»

«Ist ja auch egal.» Der Kollege blieb gelassen. «Wir wollten sowieso jetzt zugreifen. Aber das mit der Tenne ist gut, ich denke, dann ziehen wir das morgen früh durch.»

«Um wie viel Uhr?»

«Halb sechs rum.»

«Ich muss dringend mit Unkrig sprechen. Meint ihr, ich könnte ihn um sieben übernehmen?»

«Kein Problem.»

Sie starteten ihren Fragemarathon bei Molenkamp, wo sie nur seine Schwiegertochter antrafen, eine verwirrte Frau, die sich nur mit Mühe an ihren eigenen Namen erinnerte. Sie arbeiteten sich geduldig voran, und als sie Nr. 5 verließen, das Haus eines jungen Paares mit vier äußerst aktiven Kindern, gingen die Straßenlaternen an, und im Ort wurde es lebendig. Männer traten aus den Türen, sammelten sich, ein paar halbwüchsige Jungen kamen hinzu. Viertel vor sechs – sie machten sich auf den Weg zu Molenkamps Lagebesprechung.

In den Häusern wurden die Fernseher eingeschaltet, Rollläden energisch heruntergelassen, dann war es still.

Toppe schaute Ackermann fragend an, der nickte. «Wollt' in mein' Leben schon immer ma' bei 'ne Lagebesprechung dabei sein.»

Aber das Schulgebäude war verschlossen, nur im ersten Stock war es hell, vier große erleuchtete Fenster. Als Ackermann klingelte, wurden dort schwere Vorhänge zugezogen, sonst passierte nichts.

Toppe hob fröstelnd die Schultern. «Wir machen hier Schluss für heute ...»

«... un' gehen Berichte schreiben», beendete Ackermann seufzend den Satz.

Astrid wartete im Sessel am Kaminfeuer.

Toppe sah gleich, dass sie aufgeregt war, aber sie musterte ihn nur kurz und stand auf. «Meine Güte, siehst du kaputt aus. Hunger?»

«Wie ein Bär.» Er hängte seinen Mantel auf und zog die Schuhe aus.

«Dann komm», sagte sie. «Es gibt Wiener Schnitzel mit Bratkartoffeln. Das kriegt man mit einer Hand hin, jedenfalls wenn die Kartoffeln aus der Tiefkühltruhe kommen.»

Er hielt sie zurück. «Nun erzähl's mir schon.»

«Wim hat jemanden aufgetan! Einen Dolmetscher, der in Srebrenica dabei war.» Sie schaltete die Mikrowelle ein. «Maarten Rijnder, wohnt in der Nähe von Utrecht. Willst du ein Bier zum Essen?»

«Ich nehm's mir schon. Jetzt setz dich und erzähl weiter.»

«Okay, ich habe vorhin mit ihm telefoniert. Er sagt, er könne aufschlussreiche Dinge über Bouma in Bosnien erzählen, aber er will das auf keinen Fall offiziell tun.»

«Und warum nicht?»

«Weil er keine Lust hat, sich mit den holländischen Militärs anzulegen, sagt er.»

«Fein.» Die Mikrowelle klingelte, Toppe holte den Tel-

ler heraus und setzte sich damit zu Astrid an den Tisch.
«Und weiter?»
«Ich hab ihm versprochen, dass es ein privates Gespräch zwischen ihm und mir sein wird.»
«Das gefällt mir nicht.»
«Mein Gott, Helmut, ich bin Polizistin!»

Achtzehn   Als Toppe um kurz vor sieben ins Büro seiner Kollegen vom Drogendezernat kam, ließ man dort gerade eine Sektflasche kreisen.

Toppe schüttelte sich. «Wenn ich um diese Uhrzeit Sekt trinke, kann ich mich sofort wieder ins Bett legen.»

«Das machen wir ja auch gleich, aber erst mal feiern wir ein bisschen. Fette Beute, Helmut, ganz fette Beute. Und der Junge singt so schön, dass es einem ganz warm ums Herz wird.»

«Wo steckt er denn?»

«Vernehmung 1, viel Spaß!»

Toppe schickte den Beamten weg, der vor der Tür Wache hielt. «Sie können einen Kaffee trinken gehen. Ich rufe Sie, wenn ich fertig bin.»

Unkrig hatte einigen Glanz eingebüßt. In sich zusammengesunken hockte er auf dem unbequemen Stuhl. Er war unrasiert, und seine Augen waren verquollen.

Langsam hob er den Blick und stutzte dann. «Sie? Was wollen Sie denn noch von mir?»

«Guten Morgen.» Toppe setzte sich und schaltete das Bandgerät ein. «Ich habe gestern erfahren, dass Bouma von Ihren Drogengeschäften wusste.»

Unkrig brauchte eine Weile, bis er das verdaut hatte. Seine Lippen zitterten. «Das kann doch nicht sein. Woher denn?»

«Bouma war ein neugieriger Mensch, das müssten Sie eigentlich am besten wissen. Der Mann wurde Ihnen gefährlich, und deshalb haben Sie ihn aus dem Weg geräumt.»

«Was? Nein!» Unkrig fing an zu heulen. «Den können Sie mir nicht auch noch anhängen!»

«Aber selbstverständlich kann ich das. Sie haben ein Motiv, Sie hatten die Gelegenheit.»

«Aber ich war in der Disco», schluchzte er, «und dann hab ich geschlafen.»

«Wir überprüfen das noch, aber ich habe wenig Hoffnung für Sie.»

Unkrig presste die Fäuste gegen die Augen. «Mir ist was eingefallen.»

«Wie bitte? Ich habe Sie nicht verstanden. Wiederholen Sie das bitte noch einmal.» Toppe schob ihm eine Schachtel Papiertücher hinüber, die immer bereitstand. «Und putzen Sie sich die Nase!»

Unkrig gehorchte. «Mir ist etwas eingefallen. Der Bouma hatte öfter Besuch, da stand oft ein BMW vor dem Haus, meistens morgens.»

«Was für ein BMW?»

«Ein dicker, dunkelblau, holländisches Kennzeichen.»

«Wie lautet das Kennzeichen?»

«Weiß ich nicht, so was kann man sich doch nicht merken.»

«War der Besucher ein Mann oder eine Frau, oder waren es mehrere Leute?»

«Hab ich nie gesehen.»

«Wie oft stand der Wagen dort?»

«Weiß nicht, zwei-, dreimal die Woche vielleicht.»

«Morgens, sagten Sie?»

«Ja.»

«Herr Unkrig, morgens pflegte Willem Bouma spazieren zu gehen, regelmäßig, und danach war er in der Kneipe, ebenfalls regelmäßig.»

«Es kann auch mittags gewesen sein.»

«Gut, hat dieser BMW auch am 19. Oktober vor Boumas Haus gestanden?»

«Glaub wohl ...»

«Ich denke, Sie haben geschlafen.»

«Hab ich auch, aber als ich dann auf war ...»

«Was war da?»

«Da hab ich den BMW gesehen, bei Bouma am Haus.»

«Um wie viel Uhr war das?»

«Halb eins rum. Ich kann Boumas Haus von meinem Schlafzimmerfenster aus sehen.»

«Wo genau stand der Wagen?»

«Vorne in der Einfahrt.»

«Fein, dann müssen ja auch andere dieses Auto gesehen haben. Ingenhaag zum Beispiel, der ist an jenem Vormittag zweimal dort vorbeigefahren.»

Unkrig sagte nichts, seine Lippen zitterten wieder.

«Sie überzeugen mich nicht, Herr Unkrig. Fangen wir also noch einmal ganz von vorn an: Wann haben Sie Bouma zum letzten Mal gesehen?»

Toppe drehte ihn mehr als eine Stunde lang durch die Mangel, bis Unkrig vor lauter Erschöpfung immer einsilbiger wurde und schließlich ganz verstummte.

Im Büro warteten Ackermann und Cox mit frisch aufgebrühtem Kaffee.

«Un'? Wat is' jetz'?»

«Hört's euch selbst an.» Toppe nahm Ackermann den dampfenden Becher ab und gab ihm die Kassette. «Die erste Viertelstunde ungefähr, der Rest ist für den Mülleimer.»

«Mann, wat hat der sich inne Scheiße geritten!», meinte Ackermann wenig später.

«Welches Auto fährt Boumas Tochter?», wollte Cox wissen.

«Einen kleinen Peugeot», antwortete Toppe, «aber sie hat ihren Vater nicht oft besucht.»

«Dat is' doch sowieso Kokelores. Bouma is' zwischen zehn un' elf erschossen worden. Meinste, dat der Mörder seine Karre nachher no' stundenlang rumstehen lässt, dat et au' jeder mitkriegt? Nee, den BMW hat Unkrig sich ausse Finger gesogen, jede Wette.»

«Mag sein.» Cox zweifelte. «Aber was ist denn, wenn der Täter bei Bouma etwas gesucht hat, unter seinen Papieren zum Beispiel, etwas, was er, aus welchem Grund auch immer, unbedingt haben musste. Und er muss Bouma ja auch gar nicht sofort getötet haben. Vielleicht hat er ihn gefesselt und ihn erst erschossen, als er gefunden hatte, was er suchte. Das könnte auch um halb eins gewesen sein.»

«Schon möglich», stimmte Toppe ihm zu. «Dumm ist nur, dass außer Unkrig bis jetzt noch niemand einen blauen BMW erwähnt hat und auch keinen regelmäßigen Besucher.»

«Sei mir nicht böse, Helmut, aber ich glaube nicht, dass wir in diesem Dorf mehr als zwei zusammenhängende Sätze zu hören bekommen, die der Wahrheit entsprechen.»

Toppe ging nicht darauf ein. «Besitzt Unkrig eigentlich eine Waffe? Du hast das doch überprüft.»

«Nur ein Jagdgewehr.»

«Dat muss nix heißen», wandte Ackermann ein. «Der kann sich über seine Drogenhändler 'ne illegale Knarre besorgt haben.»

«Aber doch wohl keine Sportwaffe», entgegnete Cox. «Tja, ein richtiges Alibi hat er jedenfalls nicht. Den Türsteher von der Disco können wir uns schenken. Selbst wenn Unkrig sich dort die halbe Nacht vergnügt hat, kann er am nächsten Tag trotzdem Bouma erschossen haben. Bliebe nur die Mutter.»

«Un' die kannste auch knicken. Die hat der längs' auf Linie getrimmt, un' die sagt sowieso nix gegen ihren Augenstern.»

Toppe griff zum Telefon. «Mal sehen, ob van Gemmern Zeit hat. Er kann mit uns zu Unkrigs kommen und sich mal ein bisschen umschauen.»

«Et is' vier Wochen her, dat Bouma erschossen worden is'. Meinste, da finden wer noch Spuren?»

«Deshalb will ich ja van Gemmern dabeihaben.»

Ackermann raffte Jacke und Schal zusammen. «Na, dann wollen wer uns heut ma' wieder 'n schönen Tag in einem von de idyllischsten Dörfer am Niederrhein machen, wie et so schön heißt. Un' wohl au' no' morgen un' übermorgen un' dat ganze schöne Wochenende.»

Maarten Rijnder war sicher noch keine vierzig, aber sein Haar war fast weiß. Er hatte dunkle, eindringliche Augen, und sein Gesicht verriet, dass er zu viel trank.

«Du wohnst in einem sehr schönen Haus», sagte er, als Astrid ihm die Hand gab. «Und deine Wegbeschreibung war gut, ich habe es sofort gefunden. Das ist nicht immer so.»

«Geben Sie mir Ihre Jacke, ich häng sie auf. Und dann kommen Sie mit an den Kamin, da ist es gemütlicher.»

Sie nahm ihm die Jacke ab und wunderte sich im Stillen, wie nervös sie auf einmal war. «Möchten Sie lieber Kaffee oder Tee? Ich habe beides.»

Er schob den Pulloverärmel hoch und schaute auf die Uhr. «Kaffee, schwarz bitte, und wenn du hast, einen Genever dazu.»

«Bitte!» Astrid zeigte ein wenig fahrig auf die Sessel am Kamin. «Setzen Sie sich doch. Ich geh mal nachschauen. Genever? Ich weiß nicht, ob wir den haben, könnt's auch ein Cognac sein?»

«Dann lieber Whisky.»

Sie ging in die Küche, füllte den Kaffee in die Warmhaltekanne, stellte zwei Becher aufs Tablett und ging zum Schrank, in dem sie das Hochprozentige aufbewahrten. «Werd erwachsen», schalt sie sich halblaut. «Er hat ganz normale Augen.»

«Du brauchst bestimmt Hilfe.»

Sie fuhr herum.

Er lächelte träge. «Du hast eine Verletzung, oder?» Er deutete auf die Armschlinge. «Du kannst nichts tragen. Soll ich helfen?»

«Ich hätte dich sowieso gerufen», antwortete sie, «aber es ist nett, danke. Ich habe auch Genever gefunden.»

«Gläser?»

«Oben links.»

«Zwei?»

«Eins nur.»

«Ist es noch zu früh für dich?»

Sie zuckte die Achseln. «Ich mag keinen Genever.»

Er schaute auf ihren Mund. «Willst du etwas anderes aus diesem Giftschrank hier?»

«Nein ...» Sie straffte die Schultern. «Kaffee reicht mir einstweilen. Sollen wir uns ans Feuer setzen? Nett, dass du mir helfen willst – nicht nur mit dem Tablett, meine ich.»

«Vielleicht hilfst du mir.»

Er trug alles zum kleinen Tisch zwischen den Sesseln, setzte sich, goss sich einen Genever ein und überließ Astrid den Kaffee.

«Wie meinst du das?», fragte sie vorsichtig.

«Ich habe bis jetzt nie darüber gesprochen.» Er kippte den Schnaps, streckte die Beine von sich, verschränkte die Arme im Nacken und schloss die Augen.

Im Kamin fiel ein Holzscheit um, Funken stoben auf, das Feuer zischte.

«Fang an.» Immer noch geschlossene Augen. «Du hast gesagt, du willst mir Fragen zu Oberst Bouma stellen, also fang an.»

«Ja, du warst Dolmetscher in Srebrenica, als Mladić' Truppen den Ort eingenommen haben und die Männer ermordet wurden?»

«Richtig.»

«Und Bouma war zu dem Zeitpunkt stellvertretender Kommandant dort?»

«Verdammt richtig.»

Sie beobachtete, wie seine Beine sich anspannten.

«Bouma ist tot», sagte sie, zögerte kurz. «Hattest du Angst vor ihm?»

Er nahm die Arme herunter und schaute sie an. «Schon möglich, vor dem langen Arm, den diese Menschen haben, vor ihrer Macht. Bouma!»

Sein ganzer Körper war plötzlich gespannt. «Du willst wissen, was passiert ist in Srebrenica? Was Bouma für einer war?»

Sie saß still, nickte nur.

«Was wirklich politisch passiert ist, das weiß ich auch nicht, aber du hast bestimmt dieselben Gerüchte gehört wie ich.»

«Ja, ich denke, schon.»

Er rutschte auf die Sesselkante, schaute sie nicht mehr an. «Ich glaube diesen Gerüchten, aber wissen, nein. Aber eines weiß ich, weil ich dabei war.»

Er quälte sich. Astrid goss noch einen Genever ein und hielt ihm das Glas hin, aber Maarten Rijnder schüttelte den Kopf.

«Ich war Dolmetscher bei der UN. Und als Mladić' Truppen kamen, sollten wir eine Liste von den UNO-Mitarbeitern vor Ort schreiben, die mit dem ganzen Krieg nichts zu tun hatten. Und wir setzten auch Goran Milovanović auf die Liste. Er war Serbe, Journalist bei einer unabhängigen Zeitung in Belgrad, ein Freund. Er war dort, weil er dokumentieren wollte, dachte ich.» Seine Stimme wurde leiser, und er schaute Astrid wieder an. «Heute glaube ich, dass er etwas wusste, etwas über Bouma, dass er zu viel wusste. Und wir setzten seinen Sohn Mirko auf die Liste, der unbedingt Journalist werden wollte und der einfach nur dort war, weil sein Vater ihm zeigen wollte, wie der Alltag eines Kriegsberichterstatters aussieht. Wir setzten beide auf die Liste, Goran und seinen Sohn, und wir brachten die Liste zu Oberst Bouma. Man hatte uns mitgeteilt, dass er die Liste prüfen musste, bevor er sie an die serbischen Offiziere weitergab.»

Rijnder atmete durch. «Gorans und Mirkos Namen standen ganz unten. Bouma ließ sich Zeit – ich stand direkt vor ihm –, er studierte die Aufstellung gründlich. Dann schaute er mich an und sagte: ‹Die letzten beiden haben mit der UNO nichts zu tun.› Dann nahm er seinen Füller, einen teuren Füller mit einer goldenen Feder, und strich die letzten zwei Namen durch. Er tat das ganz lässig, zwei saubere Striche. Eine kleine Korrektur, mit der er zwei Menschen in den Tod schickte. Mirko Milovanović war noch keine achtzehn Jahre alt, er wusste nicht einmal, was Leben heißt, und Oberst Bouma beschert ihm mit einem kleinen schwarzen Strich sein Ende, einfach so, weil er die Macht dazu hat. Und ich bin ganz sicher, Bouma wusste, dass er Goran und Mirko damit zum Tode verurteilte, ich war ja dabei. Die anderen auf der Liste sind nicht umgekommen, sie haben alle überlebt.»

Astrid schluckte.

«Ich muss immer an Boumas Augen denken. Seit sieben Jahren denke ich an seine Augen, als er mit seinem goldenen Füller die beiden Namen durchstrich. In ihnen habe ich den Tod gesehen.» Er legte die Hände übers Gesicht, ganz leise, ganz undramatisch. «Ich hatte ihn oft gesehen vorher, aber niemals so unnötig, so desinteressiert.»

Sie hatte ihre Eltern gebeten, Katharina von der Tagesstätte abzuholen, dann ein Taxi bestellt und sich zum Präsidium fahren lassen. Sie war ins Büro gegangen, hatte nicht lange gefragt, sich hingesetzt und die Geschichte erzählt, wie Rijnder sie erzählt hatte.

Jetzt saß sie immer noch im Mantel und schwieg. Auch die anderen sagten kein Wort.

Schließlich ging Ackermann hinaus und kam mit einem Wasserglas halb voll gefüllt mit Schnaps wieder. Er hielt es Astrid hin. «Is' bloß Doppelkorn, wat Besseres hab ich nich'. Trink!»

Sie nahm einen kleinen Schluck.

«Jetzt ergibt der holländische BMW doch einen Sinn», murmelte Cox. «Wenn Bouma der Kontaktmann zu Mladić oder den USA war und er irgendwelche Unterlagen darüber hatte ...»

«War er fein raus», unterbrach Ackermann ihn. «Dat is' doch Quatsch! Er kann höchstens wat über jemand anders inne Hand gehabt haben.»

«Aber die ganzen Papiere über seine Militärzeit hatte Bouma in Den Helder aufbewahrt», sagte Toppe, «bis auf das Foto.»

«Ja, bis auf ein sehr entlarvendes Foto.» Astrid erholte sich so langsam wieder. «Wieso hatte er ausgerechnet dieses Bild bei sich zu Hause?»

«Vielleich' war er stolz drauf», warf Ackermann boshaft ein. «Dat, wat der Dolmetscher erzählt hat, muss nich' die einzige Schweinerei gewesen sein, die Bouma auffem Gewissen hatte. Vielleich' wollt' sich einer rächen.»

Toppe schüttelte den Kopf. «Aber so jemand kommt doch nicht vorher zwei-, dreimal in der Woche zu Besuch. Außerdem ist Unkrig nach wie vor der Einzige, der diesen ominösen BMW gesehen haben will.»

«Eben», entgegnete Cox, «gesehen *haben will*. Es kann doch sein, dass einer oder mehrere aus Schenkenschanz in der Sache mit drinhängen.»

«Meinste dat ernst?» Ackermann schien nicht überzeugt. «Na ja, ma' gucken. Wer ham no' längs' nich' alle durch.

Voss ham wer auch no' nich' wieder erwischt, un' der würd' et dem Chef sagen, wenn er wat über dat Auto weiß, da könnt ich drauf wetten.»

Toppe legte Astrid den Arm um die Schultern. «Komm, wir fahren nach Hause.»

Van Gemmern fand auf Unkrigs Hof keinerlei Hinweise auf einen Mord, Unkrigs Mutter bestätigte, ihr Sohn habe am 19. Oktober bis nach Mittag geschlafen, Klaus Voss hatte niemals einen blauen BMW in der Nähe von Boumas Grundstück gesehen.

Am Freitagnachmittag wurde Schenkenschanz trotz des lautstarken Protests der Einwohner evakuiert.

«Da sind wer jetz' quasi ers' ma' arbeitslos», meinte Ackermann. «Ich würd' mich denn für 'n paar Stunden verabsentieren. Muss mich um meine Familie kümmern.»

Toppe nickte. «Und du nimmst dir das Wochenende frei, Peter, du kriegst doch Besuch.»

Neunzehn   Astrid glitt vorsichtig von ihm herunter. Er wartete, bis sein Herzschlag sich beruhigte, und zog sie an sich, darauf bedacht, ihre Schulter nicht zu bewegen.

«Geht's?»

Sie kicherte. «Hast du das nicht gemerkt?»

«O doch!» Er streichelte ihren Bauch.

«Ich bin überhaupt noch nicht müde», sagte sie und schob die Decke weg.

Er protestierte. «Es ist nach Mitternacht.»

«Wir können doch ausschlafen. Komm, lass uns runtergehen und ein Glas Wein trinken, das entspannt.»

Toppe stöhnte. «Entspannter als ich kann man gar nicht sein.» Aber er suchte doch zwischen den Decken nach seiner Schlafanzughose und stieg hinein.

Sie machten kein Licht, schlichen durch das schlafende Haus in die Küche hinunter und schreckten beide zusammen, als das Telefon in der Halle losschrillte.

Es war der Stadtbrandmeister. «Wir haben eine Brandleiche auf der Schanz.»

«Moment mal», meinte Toppe, «Schenkenschanz ist doch heute evakuiert worden.»

«Was weiß denn ich? Jedenfalls hat hier ein alter Schuppen gebrannt. Als das THW uns alarmiert hat und wir hinkommen, ist das Ding schon gelöscht, und drinnen liegt eine verkohlte Leiche.»

«Sind Leute da, Schänzer, meine ich?»

«Sehen tu ich keinen, brennt auch nirgendwo Licht, aber der Spritzenwagen aus dem Feuerwehrhaus steht hier, und von allein wird der wohl nicht losgerollt sein.»

«Ich komme sofort.»

«Nehmen Sie eine Taschenlampe mit, die Straßenbeleuchtung ist gerade ausgefallen. Anscheinend gibt's überhaupt keinen Strom mehr auf der Insel.»

«Und wo finde ich Sie?»

«Ich fahre jetzt zurück, aber ich lasse eine Brandwache da, an der Roten Ecke.»

Toppe legte auf und wählte Ackermanns Nummer, aber es ging keiner an den Apparat. Wahrscheinlich war er noch bei seiner Familie in Holland.

Astrid kam aus der Küche und hielt ihm fragend ein Glas Rotwein hin.

«Geht nicht, ich muss zu einer Brandleiche in Schenkenschanz. Hast du van Gemmerns Privatnummer im Kopf?»

Bei van Gemmern wurde nach dem ersten Klingeln abgenommen, und Jimi Hendrix' Gitarrenklänge dröhnten aus dem Hörer.

«Hier ist Toppe!»

«Sekunde!»

Das Gespräch dauerte keine zwei Minuten. Sie wollten sich an der Pontonbrücke treffen, und van Gemmern würde einen kleinen Generator und Lampen mitbringen.

Es war eine mondlose Nacht, und Toppe entdeckte die beiden THW-Männer erst, als sie direkt neben seinem Auto waren. Er stieg aus und gab ihnen die Hand. «Haben Sie eine Ahnung, was eigentlich genau passiert ist?»

«Wie man's nimmt, wir sind ja erst seit zehn Uhr im Einsatz. Aber die Kollegen haben erzählt, dass die Schänzer einen ganz schönen Aufstand gemacht haben, als sie evakuiert werden sollten. Das hat ihnen aber nicht viel geholfen. Jedenfalls war die Insel um vier Uhr komplett geräumt. Danach sind die Höfe und das Vieh evakuiert worden, das hat bis nach acht gedauert. Seitdem ist keiner mehr über die Brücke hier gekommen.»

«Und was ist mit dem Brand? Die Feuerwehr sagt mir, der war schon gelöscht, als sie ankam. Also muss doch wohl jemand im Dorf sein.»

«Wundern würde mich das nicht», sagte der andere Mann. «Ich konnte mir sowieso nicht vorstellen, dass die ihre Festung im Stich lassen. Da müssen welche übers Eis zurückgekommen sein. Es gibt eine Stelle, da kommt man bis zur Mauerkrone hoch.»

«Ja, ich weiß», murmelte Toppe. «Und Sie haben nichts bemerkt?»

«Wie denn? Man erkennt ja kaum die Hand vor Augen. Außerdem haben wir die großen Lampen hier an und stehen im Hellen, und der Generator ist auch nicht gerade leise. Als wir um zehn kamen, war alles ruhig und dunkel. So gegen Viertel vor elf haben wir dann den Feuerschein gesehen.» Er drehte sich um. «Da kommt ein Auto.»

«Das wird die Spurensicherung sein.»

Van Gemmern war schon im Overall. Er lehnte sich rüber, öffnete die Beifahrertür und ließ Toppe einsteigen. «Morgen! Kann man bis direkt ran fahren?»

«Ich denke, schon.»

Sie fuhren über die Pontonbrücke, rollten langsam die Zufahrtsstraße entlang und dann durchs Fluttor.

Die Scheinwerferfinger huschten über Häuserwände mit dicht geschlossenen Rollläden. Das Dorf lag wie tot unter einer Glocke scharfen Brandgeruchs.

«Hier rechts», sagte Toppe. «Vorsicht, es ist sehr eng.»

Aber sie kamen nicht weit, ein roter Spritzenwagen blockierte die Straße.

Van Gemmern fluchte. Sie stiegen aus, und Toppe zog die Taschenlampe aus dem Mantel.

Ein Mann trat aus der Finsternis vor dem Haus, in dem Jens Molenkamp wohnte – der Feuerwehrmann, der als Brandwache zurückgelassen worden war. Toppe wechselte nur einen kurzen Gruß, aber van Gemmern spannte den Mann sofort ein. «Ich muss Licht bauen. Bist du so freundlich und packst mal mit an?»

Toppe stapfte durch Wasserlachen – anscheinend fror es nicht mehr –, er hatte wieder einmal seine Gummistiefel vergessen.

Der alte Schuppen neben Rose Wetterborns Haus. Das Dach und die Wände hatte das Feuer zerstört, nur die Stützbalken waren verschont geblieben. Toppes Lampenstrahl fuhr über die schuppig verkohlte Oberfläche des schwarzen Holzes. Alles war mit schmierigem Ruß bedeckt und troff vor Nässe. Ein ausgeglühter Gartenstuhl lag umgekippt, die Sitzfläche fehlte, man erkannte Klumpen von zerschmortem Plastik. Daneben die Leiche.

Hinter ihm platschende Schritte, van Gemmern war gekommen. Er legte Stative ab, dann richtete er sich auf, drehte den Kopf und schnupperte. «Benzin», sagte er. «Riechst du das nicht?»

«Du meinst ...»

«Wir werden sehen.»

Die Leiche lag halb auf der Seite, die Beine angewinkelt, die Arme hinter dem Rücken grotesk verkrampft. Sie war zu einem großen Teil skelettiert, das Feuer war heiß gewesen, hatte aber offensichtlich nicht lange genug gebrannt, um alles Fleisch zu verkochen, teilweise hing noch versengtes Gewebe an den Knochen. Die Lippen hatten die Flammen gefressen, sodass die Zähne frei lagen, der Schmelz dunkel und gesprungen. Auch die Nase war verbrannt, ebenso das Haar und die Kopfhaut, die Augäpfel lagen zu schrumpeligen Kugeln verkocht in zu großen Höhlen. An den Beinen war kein Gewebe mehr, die Füße, ebenso wie die Hände, schwarze Stümpfe. Nur am Gesäß und an der Hüfte konnten sie Reste von Kleidung entdecken, ein dunkler Stoff, der mit blasigem Plastik und gekochtem Fleisch verschmolzen war.

Unmöglich zu sagen, ob es sich um einen Mann oder eine Frau handelte, ob der Mensch jung oder alt gewesen war.

Toppe trat zur Seite, als van Gemmern anfing zu fotografieren, und schaute sich um. Da waren drei weitere Stühle, aufeinander gestapelt, ausgeglüht und verschmort, gut zwei Meter vom umgekippten Stuhl und dem Opfer entfernt, ansonsten war der Schuppen anscheinend leer gewesen.

Er stieg über verkohlte Bretter und eine Schlammpfütze hinweg und ging hinüber zum Feuerwehrmann. Ihm war übel.

«Haben Sie jemanden aus dem Dorf gesehen?»

«Nein, aber ein paar Mal hab ich gedacht, ich hätte was gehört. Waren aber vielleicht bloß Katzen. Bin echt froh, dass ihr da seid, ist verdammt gruselig.»

Toppe zündete sich eine Zigarette an und ging die wenigen Schritte bis zur Hauptgasse. Nichts, nur bleierne Stille. Was sollte er tun? Sollte er eine Hundertschaft anrücken und jedes Haus stürmen lassen? Wer war die Leiche? Es musste jemand aus dem Dorf sein. Wohin waren die Leute evakuiert worden?

«Helmut, kommst du mal?»

Van Gemmern zeigte auf die Fußstümpfe der Leiche und drückte ihm eine Lupe in die Hand. «Direkt über den Knöcheln.»

Toppe entdeckte eine wulstige Linie.

«An den Handgelenken dasselbe und dann hier am Stuhl.»

«Fesseln?»

«Sieht ganz so aus. Der Tote war auf diesen Stuhl gefesselt, dem ersten Anschein nach mit einem Kunststoffband. Dann hat jemand Benzin ausgegossen und in Brand gesetzt.»

Van Gemmern zog die Gummihandschuhe aus. «Ist nur vorläufig, ich muss noch eine Menge Analysen machen, aber dazu brauche ich Tageslicht und wachere Augen. Mit dem Leichnam kann ich nichts weiter anfangen, da ist jetzt Bonhoeffer gefragt. Ich habe den Bestatter schon angerufen, er ist unterwegs hierher. Auf alle Fälle müssen wir absperren. Und eine Wache brauchen wir auch.»

Toppe schaute auf die Uhr – zehn vor drei. Ihm war schwindelig vor Müdigkeit.

«Gut», sagte er, «ich rufe in der Zentrale an. Sie sollen gleich ein paar Leute mehr schicken, die das Dorf an den zentralen Stellen bewachen, damit hier keiner rauskommt ... falls noch jemand drin ist.»

Er brauchte dringend drei, vier Stunden Schlaf, bevor er irgendeinen klaren Gedanken fassen konnte.

Astrid wachte auf, als er sich um zwanzig nach vier schließlich auf die Bettkante setzte. Sie sagte nichts, schlug nur die Decke zurück und schmiegte sich wärmend an seinen Rücken, als er sich endlich ausgestreckt hatte.

Sie weckte ihn um halb neun mit einem Becher Tee. «Jupp wartet unten auf dich. Er hat mir alles erzählt.»

Toppe setzte sich auf und trank gierig ein paar Schlucke, seine Zunge fühlte sich pelzig an. «Und wieso weiß der schon Bescheid?», fragte er heiser.

Astrid lächelte. «Du kennst ihn doch. Er hatte keine Ruhe, ist deshalb schon um sieben zur Wache gefahren, und die haben ihm von dem Brand und der Leiche erzählt. Und dann ist er auch noch van Gemmern über den Weg gelaufen, der mit irgendwelchen Chemikalien aus dem Labor kam.»

Toppe warf einen Blick auf den Wecker. «Mein Gott, wo nimmt der Kerl die Energie her? Ist Arend schon auf?» Jetzt trug seine Stimme wieder.

«Ja, Jupp hat ihn aus dem Bett geklingelt. Er ist schon auf dem Weg nach Emmerich, um sich die Leiche vorzunehmen.»

Am Fähranleger stiegen sie aus, um mit dem Mann vom Technischen Hilfswerk zu sprechen.

«Wie sieht et aus?», fragte Ackermann.

«Die Brandwache ist abgezogen worden, und vor einer halben Stunde ist einer von der Spurensicherung rübergefahren, da sind dann auch die beiden Streifenwagen zurück nach Kleve. Sonst hat sich nichts bewegt.»

«Sagen Sie, wohin hat man die Schänzer eigentlich evakuiert?», wollte Toppe wissen.

«Das Rote Kreuz hat in der Berufsschule ein Notquartier eingerichtet, aber so, wie ich gehört habe, sind da nur fünf oder sechs Leute aufgetaucht. Die anderen werden wohl bei Verwandten sein.»

«Oder se sind wieder zurück auffe Insel.»

«Da müssten sie schon verrückt sein bei der Wetterlage. Der Rhein wird unruhig.»

Das Dorf war genauso ausgestorben wie in der Nacht.

Van Gemmern hockte einsam und allein im schwarzen Schlamm, vertieft in seine Arbeit mit Lupe, Pinzette und Plastikbeuteln. Er hatte keine Menschenseele gesehen. «Ich habe die Bodenproben analysiert. Eindeutig Benzin als Brandbeschleuniger. Also war es wohl Brandstiftung.»

«Es war Mord», sagte Toppe harsch. «Und wenn die Leute vom THW nicht geschlafen haben, ist der Täter noch auf der Insel.»

«Et wär' nich' schlecht, wenn man wüsst', wer dat Opfer is'», überlegte Ackermann.

Toppe ging nicht darauf ein. «Ich lasse jetzt Verstärkung anrollen. Wir brechen die Türen auf.»

«Warte ma', Helmut, eins könnt' man noch probieren.» Ackermann flitzte los, und Toppe blieb gar nichts anderes übrig, als ihm nachzulaufen.

«Wenn einer hier is', dann is' dat Molenkamp!», rief Ackermann über die Schulter. Dann ging er in Position und trat drei-, viermal mit aller Kraft gegen Molenkamps Haustür.

«Molenkamp!», brüllte er. «Wir wissen, dat du da drin bis'. Mach die Türe los, sons' kannste wat verspannen. In 'n paar Minuten rücken hier hundert Bullen an, un' ich garantier' dir, wenn die hier fertig sind, kennste deine Schanz nich' mehr wieder. Mach los, sofort!»

Er holte wieder aus, aber da wurde die Tür geöffnet, und das völlig verängstigte Gesicht von Molenkamps Schwiegertochter erschien im Spalt. «Nicht schießen», wimmerte sie. «Bitte, nicht schießen!»

Ackermann hielt in seiner Bewegung inne, völlig verblüfft. «Aber wir schießen doch nich', Ria», sagte er sanft.

Aus dem Haus ertönte ein heiseres Kreischen, dann kam Molenkamp angerollt, giftig wie eine Viper, und schrie die Frau an. Sie brach in Tränen aus.

Toppe schob die Tür ganz auf. «Sie, Herr Molenkamp, reden gefälligst ab jetzt Hochdeutsch.» Er trat sehr nah an den Alten heran. «Der Spaß ist nämlich zu Ende.»

Von oben kam ein Geräusch. Da stand Ingenhaag auf der Treppe in einem gestreiften Schlafanzug.

Ackermann kicherte. «Verpennt oder wat? Haste hier dein Nachtquartier aufgeschlagen? Wie gemütlich! Ich könnt' wetten, Paul Dellmann is' au' da oben.»

Ingenhaag nickte unbehaglich. «Und der Sohn.»

«Runter mit Ihnen allen», fuhr Toppe ihn an, «aber sofort!»

«Darf ich mich erst anziehen?», stammelte der Bauer.

Toppe beugte sich zu Molenkamp herunter. «In fünf Minuten will ich hier jeden sehen, der sich im Dorf versteckt, sonst lasse ich eine Hundertschaft anrücken und Sie alle verhaften. Haben Sie verstanden, jeden! Es ist mir egal, wie Sie das anstellen.»

Molenkamp schaute Toppe in die Augen, ohne einen Millimeter zurückzuweichen. Dann wendete er den Rollstuhl und verschwand im Hinterzimmer. Ein Telefonhörer wurde abgehoben. Die Schwiegertochter stand immer noch da und weinte hilflos.

Toppe drehte sich weg und ging wieder hinaus. In einigen Häusern wurde es lebendig. Zuerst wurden die Rollläden hochgezogen, dann öffneten sich die Haustüren, und die Männer kamen heraus. Als Erste näherten sich Fink und Dahmen, die beiden, die bei der Belagerung das Tor bewacht hatten, dann Klaus Voss, hinter ihm Jens Molenkamp im Schlendergang. Auch Ingenhaag, Dellmann und sein Sohn Uwe kamen nach draußen.

Sie alle schauten ihn an, Trotz im Blick, aber Toppe spürte auch Verunsicherung.

«Sind das alle?»

Keiner antwortete.

Molenkamp fuhr ihm mit dem Rollstuhl in die Kniekehlen. «Wir geben unser Dorf nicht auf! Die Schanz ohne ihre Männer, die sie verteidigen und schützen, hat es noch nie gegeben und wird es auch nicht geben. Wir brauchen keine von draußen. Wir sind die Einzigen, die wissen, was zu tun ist.»

«Ein Prediger. Lieber Gott», dachte Toppe, «die haben alle einen Dachschaden.»

«Ob das alle sind, will ich wissen!»

«Ja, alle.» Klaus Voss meldete sich. «Wir wollten uns abwechseln, jede Gruppe drei Tage.»

Toppe drehte sich zu Molenkamp. «Sie haben doch einen Raum, in dem Sie Ihre Lagebesprechungen abhalten, oben in der Schule. Wer hat den Schlüssel?»

«Ich hole ihn, Opa.» Jens Molenkamp lief ins Haus.

Als die Gruppe sich in Bewegung setzte, vorneweg Molenkamp, von seinem Enkel geschoben, stellte sich Ackermann neben Toppe. «Wenn de mir dein Handy gibs', find' ich raus, wer in dem Notquartier sitzt. Dann können wer scho' ma' 'n paar ausschließen.»

Er blieb stehen, während Toppe mit einigem Abstand der Prozession folgte. Das Schulgebäude wurde aufgeschlossen. Molenkamp rollte bis an die Treppe und stemmte sich zitternd aus seinem Stuhl.

«Willst du alleine, Opa, oder sollen wir?»

«Alleine», knurrte der Alte seinen Urenkel an und zog sich Zentimeter für Zentimeter, mühsam die Füße hebend, am Treppengeländer nach oben. Dahmen und Fink schleppten den Rollstuhl hoch.

«Okay, Chef.» Ackermann hatte Toppe eingeholt. «In dem Notquartier sind bloß Bea Lentes, ihre Eltern un' die Eltern von Voss, sons' keiner.» Er grinste. «Du bis' ganz schön geladen, wa? So hab ich dich echt no' nie gesehen.»

Der Raum, in dem die Schänzer ihre Krisensitzungen abhielten, sah immer noch aus wie ein Klassenzimmer, obwohl es die Schule schon lange nicht mehr gab. Die Kinderstühle waren zwar durch größere ersetzt worden, aber die Tische standen immer noch in Reihen, es gab ein Lehrerpult, eine Tafel, sogar einen Kartenständer.

«Perfekt», dachte Toppe, trat hinter das Pult und wartete, bis alle still waren. «Ich werde keine langen Vorreden halten, sondern Ihnen einfache Fragen stellen, auf die ich klare Antworten erwarte. Wann und wie sind Sie nach der Evakuierung ins Dorf zurückgekommen?»

«Ich wüsste nicht, was Sie das angeht», konterte Molenkamp in reinstem Hochdeutsch.

«Halten Sie den Mund! Herr Ingenhaag, ich habe Sie etwas gefragt!»

«A-als es dunkel genug war», stotterte der Bauer. «Übers Eis, wie wir das vorher besprochen hatten.»

«Um wie viel Uhr?»

«Um zehn.» Ingenhaag schielte zu Molenkamp. «Als das THW Schichtwechsel hatte.»

«Sie kamen also ins Dorf zurück, und was passierte dann?»

«Ja, nix.» Ingenhaag guckte stumpf. «Wir sind erst mal in unsere Häuser, wegen Heizung wieder anschalten und so. Paul, Uwe und ich sind zu Molenkamp, wie wir es abgesprochen hatten. Auf dem Deich hätte man uns ja gesehen, wenn wir nach Hause gewollt hätten. Und für ab zwölf Uhr hatten wir auf der Mauer Wachen eingeteilt.»

«Nix?», brüllte Toppe. «Sie wollen mir erzählen, es sei nichts passiert? Sind Sie noch ganz gescheit? Im Dorf hat es gebrannt, mitten im Dorf! Und Sie haben gelöscht.»

«Ja, sicher, aber ...»

«Und es gibt eine Brandleiche.»

«Ja.» Ingenhaag knetete seine Knie. «Es war furchtbar, ganz furchtbar.»

Toppe trat einen kleinen Schritt nach vorn. «Bevor ich Sie mir jetzt einzeln vornehme, weiß jemand von Ihnen, wer das Opfer ist?»

Er blickte in blasse, steinerne Gesichter, zwei, drei schüttelten den Kopf.

«Vermissen Sie jemanden aus Ihrer Gemeinde?»

Wieder Kopfschütteln.

«Was soll der ganze Quatsch, verflucht nochmal?» Dellmann schlug sich mit der Faust auf den Oberschenkel. «Weiß der Teufel, wer sich da in dem Schuppen abgefackelt hat! Wir haben bloß gelöscht. Gut, dass wir da waren, sonst wäre wegen so einem Idioten die ganze Schanz abgebrannt.»

«Wie kommen Sie darauf, dass sich jemand abgefackelt hat?»

«Es stank nach Sprit.»

Toppe zog seine Einwohnerliste aus der Tasche. «Dann machen wir das mal in aller Ruhe. Ich will wissen, wohin jeder Einzelne aus dem Dorf gegangen ist und wo er sich jetzt aufhält. Also, fangen wir mit Nr. 2 an: Wo sind Petra und Jessica Dahmen?»

Sie hatte Fotografien mitgebracht, offizielle Paradeaufnahmen von Nowosibirsk, gestapelt in einem bunten Faltetui: der Kulturpalast, Kaufhäuser, das Museum, Plätze. Auf keinem der Bilder waren Menschen zu sehen, nicht ein einziger Baum, nur Fassaden in hartem Licht vor einem farblosen Himmel.

Es machte ihn frösteln, aber er lauschte dennoch aufmerksam ihren ausführlichen Erklärungen. Irina sprach ein fehlerfreies Deutsch, aber ihr Akzent war so stark, dass er manchmal Mühe hatte, sie zu verstehen.

Auf dem Flughafen hatte sie ihn auf den Mund geküsst. Dann hatte sie stirnrunzelnd auf seine Fellmütze mit dem roten Stern gezeigt. «Ich verstehe nicht.» Er hatte gelacht und ihr erklärt, es sei bloß ein Gag, ein Witz. «Ich verstehe das nicht.»

Sie trug einen graublau gemusterten Wollrock, der bis zu den Knien reichte, einen Mantel, der ihr in den Schultern zu weit war, hauchdünne Nylonstrümpfe und spitze Stiefeletten mit Fellrand und Schwindel erregenden Absätzen.

«Du bist viel zu dünn angezogen.»

Da hatte sie gelacht. «Es ist doch warm bei euch», und ihn umarmt. Sie roch fremd.

«Bist du in Nowosibirsk geboren?» Er betrachtete sie verstohlen von der Seite. Ihre Haut war schlecht durchblutet und um die Augen papierdünn.

«Nein, in Omsk, eine Stadt in der Nähe. Für dich ist es wohl weit, glaube ich. Wenn ich meine Eltern besuche, muss ich zwölf Stunden mit dem Zug fahren», antwortete sie mit einem Lächeln und strich ihm über die Hand. «Du bist nett.»

Er stand auf. «Ich habe etwas zu essen vorbereitet. Hoffentlich magst du Pasta.»

«Pasta kenne ich nicht.»

«Nudeln, Nudeln mit Lachs in einer leichten Sahnesoße.»

«Ich werde dir helfen, aber ich möchte gern meine Schuhe ausziehen.»

«Ja, ja, natürlich», sagte er unbeholfen und schaute zu, wie sie aus den Stiefeletten schlüpfte. Ihre Zehen waren völlig abgequetscht, und ihre Strümpfe zogen Wasser.

«Willst du dich nicht lieber ein wenig frisch machen, während ich mich um das Essen kümmere?»

«Ich kenne das Wort nicht.»

«Ach so, ich meinte, soll ich dir das Bad zeigen?»

«Ja, bitte», antwortete sie. Es klang erleichtert.

Sie aß geziert.

«Du hast so viele Zimmer», sagte sie. «Die Wohnung muss sehr teuer sein.»

«Ich brauche meinen Platz.»

«Und es ist so schön warm, zentrale Heizung.»

«Einundzwanzig Grad», bestätigte Cox, «das ganze Jahr über, dafür sorge ich. Ist für den Körper am gesündesten. Ich zeige dir später, wie ich das mit dem Lüften mache.»

«Wem gehörte der Schuppen?»

Achselzucken.

Toppe stellte sich vor das Pult. «Ich erwarte klare Antworten, erinnern Sie sich? Also, wem gehörte der Schuppen?»

«Der gehörte niemand», antwortete Voss. «Der war doch schon lange baufällig.»

Toppe schloss die Augen, einen Moment nur. «Auf wessen Grundstück stand der Schuppen?»

Jens Molenkamp lachte unterdrückt. «Keine Ahnung. Der kann zu Eberhards gehören oder zu der Schreibtante, aber den hat ewig keiner mehr benutzt.»

Es hatte keinen Zweck. «Dann werde ich Sie jetzt einzeln befragen. Herr Ackermann bleibt bei Ihnen und wird darauf achten, dass Sie sich nicht miteinander unterhalten. Augenblick …»

Er holte sein vibrierendes Handy aus der Tasche und ließ seinen Blick über die Versammlung schweifen, während er Bonhoeffer zuhörte; nur Jens Molenkamp und Dellmann junior beobachteten ihn neugierig.

«Kurzer Zwischenstand, Helmut. Bei der Brandleiche handelt es sich um eine Frau, und sie hat geboren.»

«Wie bitte?»

«Was ist los mit dir, kannst du im Moment nicht sprechen? Bei deiner Brandleiche handelt es sich um eine Frau, und sie hat mindestens ein Kind geboren.»

«Wie alt?»

«Das Opfer? Kann ich dir noch nicht genau sagen, auf alle Fälle war sie keine zwanzig mehr und, na ja, wohl auch nicht älter als sechzig.»

«Hast du Fesselspuren gefunden?»

«Ja, ganz eindeutig. Kommst du voran?»

«Nein.» Toppe unterbrach die Verbindung. «Herr Dellmann, Uwe Dellmann, kommen Sie bitte mit mir hinaus.»

Der Junge folgte ihm ziemlich unbeschwert.

«Wer hat den Brand entdeckt?»

«Keine Ahnung. Ich habe Schreie gehört und bin raus, da rannten schon alle rum.»

«Wer rannte rum?»

«Alle außer mir, Molenkamp und Ria, meinem Vater und Ingenhaag, aber die waren direkt hinter mir.»

«Wann war das?»

«Ich habe nicht auf die Uhr geguckt. Wir waren aber noch nicht lange da.»

«Wer hat den Spritzenwagen geholt?»

«Das war Voss, der ist sofort losgerannt.»

«Bei der Evakuierung, haben da wirklich alle die Schanz verlassen?»

«Woher soll ich das wissen, ich war doch gar nicht dabei! Wir kamen doch erst später dran, und da hatten wir genug damit zu tun, unser Vieh zu verladen.»

«Wer hat den Brand entdeckt?»

«Tja ...» Jens Molenkamp breitete fragend die Arme aus.

«Herr Molenkamp, Sie wohnen schräg gegenüber vom Brandherd, Sie müssen das Feuer gesehen haben.»

«Gesehen hab ich gar nichts. Wir hatten Order, die Läden dichtzumachen. Aber ich hab's gerochen und bin raus, aber da kamen auch schon Fink und Voss aus ihren Häusern und dann die anderen.»

«Haben bei der Evakuierung wirklich alle die Schanz verlassen?»

«O Mann, das war so ein Durcheinander, aber ich glaube, wohl.»

«Voss hat den Schlauch gehabt», sagte Ingenhaag. «Wir anderen haben die Bretter eingerissen, nach innen, wegen der Häuser drumherum. Die ... die Leiche haben wir erst gefunden, als das Feuer schon aus war. Es war furchtbar ...»

«Was haben Sie gemacht, als Sie den Leichnam entdeckten?»

«Uns ist allen schlecht geworden, und Molenkamp hat gesagt ...»

«Was hat er gesagt?»

«Er hat gesagt: Ab in die Häuser und keinen Mucks, sonst ...»

«Sonst was?»

«Sonst sind wir alle am Arsch.»

Der Letzte war Molenkamp, der auch jetzt noch den Schanzer Klassiker stur durchhielt: Da weiß ich nichts von.

Toppe schob ihn rüde ins Klassenzimmer zurück.

«Komm mal eben mit raus, Jupp. Die anderen bleiben bitte alle noch hier.»

Ackermann strahlte ihn an. Er hatte Toppes besonnene Art immer geschätzt, aber dieser Chef gefiel ihm auch ausnehmend gut.

«Hör zu, Jupp, so Leid es mir tut, aber wir brauchen Peter. Er soll kommen und erst einmal die ganzen Adressen abtelefonieren, die die uns gegeben haben. Wir müssen wissen, wer wo steckt, wer fehlt. Es ist übrigens eine Frau.»

«Gebongt», sagte Ackermann. «Aber warte ma', wenn die Schänzer über 't Eis konnten, ohne dat dat THW wat gemerkt hat, könnt' doch auch wer anders datselbe gemacht haben, oder?»

«Glaubst du das wirklich? Die Insel war geräumt, und keiner wusste, dass die planten zurückzukommen.»

«Ich glaub et ja ei'ntlich au' nich', aber man muss et in Betracht ziehen. Vielleich' hatten sich ja welche hier verabredet.»

«Und wo sind die abgeblieben?»

«Och, Verstecke gibt et genug. Egal, wir können ja immer noch durchsuchen.» Ackermann streckte die Hand aus. «Dann geb mir ma' deinen Zauberknochen.»

Cox' Handy meldete sich.

«Entschuldige mich bitte», murmelte er und ging in den Flur, aber das Telefon lag nicht an seinem angestammten Platz. Er musste es im Mantel vergessen haben. Was war nur los mit ihm?

Er hörte Toppe zu, erschrocken über die neue Entwicklung, aber am meisten betroffen darüber, wie wenig Gedanken er sich über ihren Fall machte, wie weit das ganze für ihn weg war. «Ich fahre sofort los.»

Er legte auf und geriet in Panik.

Irina hatte das Geschirr zur Spüle getragen und wartete. Sie hatte jadegrüne Augen und volle, weiche Lippen.

«Ich muss leider arbeiten.»

«Oh! Das verstehe ich doch!»

«Aber was wirst du in der Zeit tun?»

Sie lächelte wieder. «Du hast doch einen Computer, ich kann ein wenig ins Internet gehen, oder?»

«Aber der PC steht in meinem Arbeitszimmer! Und da wäre das Problem mit dem Passwort», setzte er hastig hinzu. «Ich habe jetzt keine Zeit, dir alles zu erklären, ein andermal.»

«Ich verstehe. Dann werde ich Fernsehen schauen und vielleicht ein bisschen schlafen.» Sie umfasste seinen Nacken mit beiden Händen, zog seinen Kopf zu sich herunter und küsste ihn. Er spürte ihre Zungenspitze.

Zwanzig «Ich sage Ihnen, was wir mittlerweile wissen: Das Brandopfer ist eine Frau, und es handelt sich um Brandstiftung und Mord.»

Toppe schaute in entgeisterte, entsetzte Gesichter, nur zwei blieben unbewegt. «Mord», wiederholte er, «und jeder von Ihnen hier steht unter Verdacht!» Er steckte die Hände in die Hosentaschen. «Sie können in Ihre Häuser zurück, aber keiner von Ihnen verlässt das Dorf!»

Die Tür ging auf. Van Gemmern winkte Toppe und Ackermann. «Ihr kommt besser mal mit.»

Es hatte angefangen zu regnen, der Himmel war schiefergrau.

«Ich habe die Garage neben dem Schuppen geöffnet», sagte van Gemmern, «das Schloss war nicht richtig eingerastet.»

Drinnen stand ein betagter hellblauer VW-Käfer, die Beifahrertür war halb offen.

Die getrockneten Blutspritzer an der Seitenscheibe entdeckte Toppe sofort, dann fiel sein Blick auf eine Herrenhandtasche aus verblichenem Karostoff auf dem Boden vorm Beifahrersitz.

Van Gemmern schüttelte den Kopf, als Toppe ihn ansah. «Ich habe noch nicht reingeguckt, aber ich habe das hier auf dem Sitz gefunden.» Eine Patronenhülse. «Sie könnte zu unserem Projektil aus dem Häcksler passen.»

Toppes Kopf war plötzlich völlig leer.

Da standen die Schänzer aufgereiht – nur Molenkamp und seine Schwiegertochter fehlten – und glotzten unverhohlen. Seine Wut war verpufft. Er trat hinaus in den Regen.

«Wem gehört der VW?», fragte er in die Runde.

«Der Kinderbuchtante», antwortete Jens Molenkamp. «Wie heißt die nochmal, Wetterborn?»

So langsam kam Toppes Hirn wieder in Gang. «Haben Sie gesehen, wie Frau Wetterborn die Insel verlassen hat?»

«Also, ich nicht», sagte Molenkamp.

Die anderen murmelten. «Ich auch nicht.» – «War zu viel Gerüsel.» – «Hatten genug mit uns selbst zu tun.»

«Im Notquartier ist sie nicht», erklärte Toppe. «Weiß jemand, wohin sie wollte, ob sie in der Gegend Freunde oder Verwandte hatte?»

«Da fragen Sie am besten unseren lieben Hans-Peter hier, der geht bei der Frau quasi aus und ein», kam es spitz von Gisbert Dahmen.

Fink wurde puterrot. «Das stimmt doch gar nicht!»

«Und ob das stimmt. Du baggerst die doch an, dass es schon nicht mehr schön ist. Von wegen Heizung anschließen und Fenster abdichten!»

«Jetzt reicht's aber! Du bist doch selber scharf auf die. Bloß, dass deine Alte dich immer sofort zurückpfeift.»

«Tja.» Dahmen verzog abfällig den Mund. «Vielleicht bin ich ja schon bei der gelandet, und meine Alte hat davon gar nichts mitgekriegt und du auch nicht.»

Toppe trat einen Schritt auf Klaus Voss zu, dessen Gesicht von Sekunde zu Sekunde ausdrucksloser wurde. «Sie verstehen sich doch ganz gut mit Frau Wetterborn, habe ich den Eindruck. Wissen Sie, wohin sie nach der Evakuierung wollte?»

«Freunde in Wachtendonk.» Voss betrachtete Toppes Schuhspitzen. «Da wollte sie hin.»

«Danke, Herr Voss. Und wissen Sie vielleicht auch, wie diese Freunde heißen und wo sie wohnen?»

«Nein.»

«Hat Frau Wetterborn das Auto regelmäßig benutzt?»

Achselzucken.

Toppe fixierte Ingenhaag.

«Ich hab sie oft damit auf dem Deich gesehen», haspelte der und handelte sich damit einen herablassenden Blick von Paul Dellmann ein.

«Wann haben Sie Frau Wetterborn zum letzten Mal mit dem Auto gesehen?»

Wieder Achselzucken.

«Stimmt!» Jens Molenkamp wurde lebhaft. «Das ist schon ein paar Wochen her, ist mir bis jetzt gar nicht aufgefallen.»

Mit wehendem Mantel bog Cox um die Ecke. «Tut mir Leid, dass ich spät dran bin, aber die Straßen sind stellenweise spiegelglatt. Dieser Mistregen gefriert sofort.» Dann schaute er sich um. «Was ist denn hier los?»

«Sofort», sagte Toppe und wandte sich wieder an die Schänzer. «Sie gehen jetzt bitte. Wir müssen hier absperren.»

Sie trollten sich zögerlich.

Toppe gab Cox die Liste der Evakuierten mit ihren angeblichen Aufenthaltsorten. «Wir müssen wissen, wo jeder steckt, ob jemand vermisst wird. Und frag, ob einer weiß, wo Rose Wetterborn hinwollte, und ob vielleicht jemand sie mitgenommen hat.»

«Das mach ich vom Auto aus.» Cox nahm den Zettel, rührte sich aber nicht – er hatte die Herrenhandtasche entdeckt.

Toppe zog sich Handschuhe über, legte die Tasche auf den Sitz und öffnete den Reißverschluss: ein Schlüsselbund, ein braunes Lederportemonnaie mit Münzen, ein paar Scheinen, einer Eurocheque- und einer Visa-Karte, ein dunkleroter Pass, *Europese Unie Koninkrijk der Nederlanden*, ausgestellt auf Willem Adrianus Theodorus Bouma.

Van Gemmern fasste Ackermann beim Arm. «Du kannst mir helfen. Es wird jetzt schnell dunkel, und wir sollten uns den Wagen wenigstens grob vornehmen, bevor er eingeschleppt wird.»

Aber Ackermann stand da wie vor den Kopf geschlagen und führte Selbstgespräche: «Wat soll dat denn jetz' heißen? Die Rose hat Bouma erschossen? Nee, dat kann nich'! Jemand hat sich dat Auto geliehen ... oder geklaut! Warum soll die denn Bouma erschießen? Da gibbet do' ga' kein' Grund für ...»

Toppe ließ die Tasche und die Papiere einfach auf dem Sitz liegen. «Ich muss ein paar Schritte gehen.»

Den Regen nahm er gar nicht wahr, auch nicht die verdutzten Blicke der anderen.

Er bog um die Ecke zum hinteren Fluttor und dann in die Hauptgasse. Er sah Cox zu seinem Wagen eilen, hörte Rufe und jemanden lachen. Rose Wetterborn hatte Bouma erschossen? In ihrem Auto? Dann das Auto abgestellt und einfach alles so gelassen? Fast fünf Wochen lang? Unmöglich! Oder doch nicht? Wie war die Frau gewesen, als er mit ihr gesprochen hatte? Konnte sie Bouma erschossen und sich danach so kühl mit Ackermann und ihm darüber unterhalten haben? Nein, kühl war das falsche Wort ... Was für eine Beziehung hatten die Wetterborn und Bouma gehabt? Eine oberflächliche, hatte sie gesagt, aber das musste nicht stimmen. Kein anderer war dazu bisher befragt worden. Die Brandleiche – eine Frau. War es Rose Wetterborn? Aber wer hatte sie getötet und warum? Hatte sie mehrere Liebhaber gehabt? Dahmen, Fink, Voss? Nein, der nicht, der war viel zu verquer. War Willem Bouma ihr Geliebter gewesen? Eifersucht? Rache?

Fink und Dahmen schienen sich wieder vertragen zu haben – gemeinsam schleppten sie etwas aus der Kirche auf die Straße und luden es auf eine Schubkarre. Ein kleiner Generator, den Fink zu Molenkamps Haus karrte, während Dahmen wieder in der Kirche verschwand.

Jens Molenkamp und Uwe Dellmann waren mit Schüppen und einer weiteren Schubkarre voll mit Streusalz unterwegs und machten die Schanz eisfrei.

Klaus Voss schlurfte die Straße entlang, einen Schlafsack und eine zusammengerollte dünne Matratze unter dem Arm, am kleinen Finger baumelte eine Campinglampe. Er blieb stehen, als er Toppe entdeckte. «Notlager bei Molenkamp», sagte er. «Da sind wir alle zusammen.»

«Und haben sogar Strom! Sie scheinen auf alles vorbereitet zu sein.»

Voss nickte. «Das ist noch gar nichts. Soll ich Ihnen mal was zeigen?»

Toppe folgte ihm durch den Nebeneingang der Kirche in die Sakristei. Dort standen zwei Generatoren, mehrere Gasflaschen, Kartons voller Konservendosen, Trockenmilch, Mehl, Zucker, Säcke mit getrockneten Kartoffeln, etliche Bier- und Mineralwasserkästen.

Klaus Voss wurde rüde beiseite geschubst. «Mann, Voss, wie immer im Weg!» Uwe Dellmann bückte sich nach einer Kiste. «Was machst du eigentlich hier? Ich kann mir nicht vorstellen, dass dich einer eingeteilt hat.»

Voss sagte nichts. Toppe legte ihm die Hand auf die Schulter. «Herr Voss, sind Sie neun wirklich die Einzigen, die im Dorf sind?»

«Ja.»

«Könnte sich jemand versteckt halten, ohne dass Sie es merken würden?»

«Glaub ich nicht. Aber ich kann mich für Sie mal umgucken», setzte er leiser hinzu.

«Verflucht, Voss!» Diesmal war es Jens Molenkamp. «In zehn Minuten ist es stockdunkel. Schnapp dir eine Kiste Bier und dann komm endlich, du Tranfunzel! Ach, Herr Kommissar, wir würden gern wissen, warum Sie sich so für den VW interessieren. Hat die Wetterborn was angestellt? Dann sollten Sie uns das sagen, wir sind ein kleines Dorf.»

«Ich weiß es noch nicht.» Toppe wandte sich Richtung Parkplatz. Cox saß im Auto und telefonierte. Der Regen war dichter geworden, kleine Rinnsale liefen Toppe den Nacken hinunter. Er schaute zum Altrhein, auf der Pontonbrücke wurden die Scheinwerfer eingeschaltet. Am Anstieg zum Fluttor schwappte Wasser. Als er sich umdrehte, stand plötzlich Dellmann da im Schatten des Wartehäuschens.

«Ich verstehe Sie nicht», sagte Toppe. «Die Leute vom Katastrophenschutz sind doch nicht auf den Kopf gefallen. Warum setzen Sie sich hier einer solchen Gefahr aus?»

«Gefahr», schnaubte Dellmann. «Die markieren doch nur den dicken Larry, weil im Sommer der ganze Osten abgesoffen ist und die sich jetzt nichts nachsagen lassen wollen. So ist das! Gefahr, dass ich nicht lache!»

«Und wo kommt dann das Wasser her?», fragte Toppe. «Vor ein paar Stunden war hier noch alles trocken.»

Dellmann machte eine wegwerfende Handbewegung. «Wird Qualmwasser sein, völlig normal, aber da verstehen Sie nichts von.»

Ackermann kam gelaufen und winkte wie wild. «Helmut, Chef, wir ham wat gefunden, im Handschuhfach.»

Van Gemmern schob die Waffe gerade in einen Plastikbeutel. Es war eine Pistole. «Eine Colt Gold-Cup», sagte er. «Die einzige, die auch Revolvermunition verschießt. Ich denke, wir haben unsere Tatwaffe gefunden.»

«Und den Tatort?», fragte Toppe.

«Das Auto, ja, sieht mir ganz danach aus. Ich habe genug von den Blutspritzern auf der Scheibe abgekratzt, dass es für einen DNA-Abgleich reichen sollte.» Er schaute auf seine Uhr. «Wo, zum Teufel, bleibt der Abschleppwagen?»

Toppe hatte van Gemmern selten ungeduldig erlebt.

«Nun ja, wenn ich den Wagen in der Halle habe, werde ich noch ein paar Stunden brauchen, Fingerspuren, Haare, Fasern, Schmutz, der unter den Schuhen war ...»

«Vielleicht solltest du dir auch mal ein bisschen Schlaf gönnen», schlug Toppe vor.

«Später, ja. Soll ich rausfinden, woher die Waffe stammt, oder fahrt ihr auch zurück ins Präsidium?»

«Noch nicht», antwortete Toppe. «Ich will erst noch in Wetterborns Haus.»

«Dat wird nich' so leicht, Chef», meinte Ackermann. «Ich hab mir dat Schloss schon angeguckt. Also, ich krieg dat nich' geknackt, da muss 'n Fachmann ran.»

Toppe schaute van Gemmern fragend an.

«Nicht meine Stärke», wehrte der sich.

«Dann schlagen wir das Küchenfenster ein», beschied Toppe.

Ackermann machte große Augen, verkniff sich aber jeglichen Kommentar.

Im Haus war es schon so dunkel, dass sie ihre Taschenlampen brauchten. Toppe ließ den Lichtstrahl durch die Küche wandern. Irgendetwas war anders als vor ein paar Tagen, aber er konnte nicht sagen, was es war.

Rose Wetterborn hatte Recht, die Küche war wirklich der einzige gemütliche Raum. Der Rest des Hauses hatte nichts von einem Heim an sich. Keine Spur von der Frau. Schließlich landeten sie in ihrem provisorischen Schlafzimmer – eine Matratze auf dem Boden, daneben eine Leselampe, ein einfacher Holzstuhl und ein antiker Kleiderschrank, leer, beide Türen offen. Drei große Koffer standen aufgereiht, ein kleinerer lag auf der Matratze, daneben ein Stapel Taschenbücher.

Toppe hob die Koffer an, schwer.

«Dat wollt' die alles auffe Evakuierung mitnehmen?», staunte Ackermann. «Sieht eher so aus, als wollt' se auf Reise gehen.»

«Eine ziemlich lange Reise», murmelte Toppe.

«Dat kriegt die do' nie alles innen Käfer», sinnierte Ackermann und schluckte dann. «Ehrlich, Helmut, ich blick' vorn un' hinten nich' mehr durch.»

«Um wie viel Uhr wird es hell?»

«Wat meins' du, acht rum, oder?»

«Dann sehen wir uns morgen früh um acht hier mal genauer um.»

«Un' wat machen wer mit der Scheibe? Da kann do' jeder durch.»

«Wir brauchen sowieso eine Wache für die Garage. Die hat van Gemmern noch nicht untersucht.»

«Für die Garage», bestätigte Ackermann. «Un' für all dat, wat hier sons' no' so passiert. Sag et nich' weiter, aber so langsam wird et mir echt mulmig.»

In seiner Wohnung war alles dunkel, und Cox bekam Herzklopfen.

Er hängte seinen Mantel auf, stellte die Schuhe zum Auslüften ins Bad und öffnete leise die Tür zum Gästezimmer. Es war leer, das Bett unberührt, aber Irinas Koffer stand dort, immer noch nicht ausgepackt.

Vorsichtig schob er die Schlafzimmertür auf, und sofort ging die kleine Lampe über dem Bett an. «Ich habe ein wenig geschlafen und dann auf dich gewartet, Peter.» Sie setzte sich, und die Decke glitt ihr bis zur Taille hinab. Das Foto, das sie ihm geschickt hatte, war nicht geschönt gewesen, sie hatte prachtvolle Brüste.

Er wusste, dass er starrte.

«Komm», sagte sie, «ich wärme dich ein bisschen. Das tut gut, wenn man gearbeitet hat.» Mit einem kleinen Lächeln ließ sie ihre Hand zwischen den Brüsten nach unten gleiten. «Ich habe lange gewartet.»

Cox schluckte – das ging alles viel zu schnell, das war ... falsch, billig, aber sein Körper war anderer Meinung, er bekam eine gewaltige Erektion.

Sie hatte offensichtlich einen Blick dafür, glitt aus dem Bett, kam, küsste ihn tief, rieb sich. «Du bist schüchtern», lachte sie. «Komm, ich helfe dir mit den Kleidern.» Das tat sie sehr gekonnt. «Schüchtern! Auch wenn du geschrieben hast, immer schüchtern.» *Schüchtan.*

Ein tomatenroter Stringtanga. Polyester, dachte er, aber das wurde bedeutungslos, als sie ihm ihre Brustwarze in den Mund schob.

«Wir brauchen diese Gummis nicht», sagte sie nicht sehr viel später, den Kopf auf seiner Brust, an ihn geschmiegt. «Warum wolltest du das unbedingt? Es ist ein viel besseres Gefühl ohne die.»

Er grunzte leise, immer noch benommen.

Sie kraulte ihm das Brusthaar. «Hast du die Frauen gesehen auf dem Flughafen, überall? Sie sind alle so ohne Sorgen, so entspannt, sie haben so schöne Kleider. Die schönsten Kleider gibt es in Paris, nicht wahr? Das weiß man sogar bei uns. Ist es weit bis Paris?»

Cox hielt ihre streichelnde Hand fest, führte sie an seine Lippen. «Fünf, sechs Stunden mit dem Auto.»

«Wir werden zusammen hinfahren», entschied sie und küsste ihn aufs Kinn.

Cox überlief ein Schauer. Er hatte Düsseldorf und Köln im Sinn gehabt, vielleicht Amsterdam. Kleider! Sie verdiente hundertfünfzig Euro im Monat, sechzig kostete allein ihre Wohnung, hatte sie geschrieben.

Da stützte sie sich auf den Ellbogen und schaute ihm in die Augen. «Ich habe Geld gespart, Peter.» Es klang hart. «Seitdem ich hoffte, dich zu besuchen, habe ich gespart und verkauft, was ich nicht brauchte. Ich will kein Geld von dir. Ich habe einen guten Beruf. Ich bin Lehrerin. Ich bin keine ...»

«Nein», unterbrach er sie hastig. «Natürlich bist du das nicht.» Er zog sie dichter an sich. «Es ist schön mit dir.»

Ihre Hand flatterte an seinem Körper entlang. «Ja», sagte sie, «und du bist ein sehr starker Mann.»

Um Mitternacht war Astrid schlafen gegangen, aber Toppe kam nicht zur Ruhe. Rastlos tigerte er durchs Haus.

Peter hatte alle Schänzer aufgetrieben – bis auf Rose Wetterborn. Sie war die Einzige, die fehlte. Die Tote im Schuppen, eine Frau, die man gefesselt und angezündet hatte. Warum? Die Garage, der Käfer, Boumas Handtasche. Morgen würde er es genau wissen, aber es sah doch ganz so aus, als sei Bouma in diesem Käfer erschossen worden. Aber nicht in der Garage, den Schuss hätte die ganze Schanz gehört. Zumindest Bea Lentes hätte ihm davon erzählt, Voss auch.

Toppe drückte seine Zigarette aus und ging zum Bücherregal, Brockhaus, Band IX: «*Qualmwasser* – Grundwasser, das in einer Niederung, durch Wasser von außen hochgedrückt, zutage tritt.»

Einundzwanzig   Toppe schaffte es nicht, um acht Uhr auf der Schanz zu sein.

Zuerst hielt ihn Arend Bonhoeffer auf. «Mit meinen bescheidenen Möglichkeiten komme ich nicht weiter, Helmut. Ich will die Brandleiche heute zur Gerichtsmedizin in Düsseldorf überstellen, dann kann das LKA die DNA-Analyse machen, und möglicherweise werden sie auch sagen können, mit welchem Material sie gefesselt wurde. Etwas Wichtiges habe ich aber noch: Die Frau hat sich vor einigen Jahren den Unterschenkel gebrochen, links, in der Tibia steckt ein Titannagel.»

Dann, als Toppe schon im Auto saß, rief Ackermann an: Klaus van Gemmern wolle sich möglichst schnell mit ihm im Labor treffen. «Ich komm auch hin.»

Also machte er sich auf den Weg zum Präsidium – unruhig und angespannt.

Van Gemmerns Gesicht war wächsern, die Haut so bleich, dass man die Adern durchschimmern sah. Er sprach abgehackt. «Fingerspuren im ganzen Wagen. Auf der Fahrerseite, Lenkrad et cetera, nur von einer einzigen Person. Auf dem Fahrersitz Angorafasern, schwarz, von einem Oberteil, Pullover oder Jacke. Im Fußraum vor dem Fahrersitz Schmutz, viel Schmutz, Erde, könnte Ackerboden sein. Vor dem Beifahrersitz nichts dergleichen.»

«Dat passt doch!», rief Ackermann. «Der Täter erschießt

Bouma in dem Käfer, dann schleppt er ihn auf Dellmanns Maisfeld un' kriegt Erde anne Schuhe. Du bräuchtes' doch jetz' bloß 'n paar Schüppkes Lehm von dem Acker, un' dann könnteste dat vergleichen.»

Van Gemmern hustete würgend. «Und ich brauche Fingerabdrücke aus Wetterborns Haus.»

Toppe schüttelte entschieden den Kopf. «Du bist fix und fertig. Das läuft beides nicht weg. Nimm dir eine Auszeit.»

Van Gemmern stierte ins Leere.

«Komm, Jung.» Ackermann tätschelte ihm die Wange. «Wir fahren dich na' Haus.»

Van Gemmern zuckte zurück. «Das schaff ich noch.»

An der Pontonbrücke standen im strömenden Regen acht Männer vom THW, alle mit Funkgeräten ausgerüstet.

«Ah, der Boss persönlich heut», rief Ackermann und hüpfte aus dem Wagen zu einem gedrungenen Mann mit blauschwarzem Haar und Bartschatten. «Wie sieht et aus?»

«Müsst ihr unbedingt rüber?»

«Die Schänzer sind do' au' da.»

«Die!» Mühsam kontrollierte Wut. «Wir können sie schließlich nicht mit Gewalt rausholen.»

Dann lauschte er einer knarzigen Nachricht aus seinem Funkgerät und nickte schwer dabei.

«Hör zu, Jupp, das Eis fängt an zu reißen, und die Welle kommt, das ist so sicher wie das Amen in der Kirche.»

Ackermann wurde ernst. «Meinste, ich muss dat Erdgeschoss zu Hause leer räumen? Soll ich alles na' oben bringen?»

«Das reicht dann auch nicht mehr.» Der Mann wischte

sich durchs nasse Gesicht. «Das Wasser ist bis knapp einen Meter unterm Schanzer Tor gestiegen. Aber seit ein paar Stunden steht es wieder, weiß der Geier, warum.»

Sie passierten die Notbrücke, rauschten durch Wasser.

«Ganz geheuer scheint es den glorreichen Männern der Schanz aber auch nicht zu sein», sagte Toppe. «Sie haben eine Wache auf der Mauer.»

Ackermann bestand darauf, sein Auto innerhalb der Festung abzustellen. «Dat wird mir doch 'n bisken feucht auffem Parkplatz.»

Die beiden Beamten, die im Streifenwagen vor Rose Wetterborns Haus Wache hielten, waren müde und hatten sich offensichtlich schon eine Weile gegenseitig aufgestachelt. Bevor sie sich auf den Heimweg machten, moserten sie über das sinnlose Herumhängen, die zu späte Ablösung und das Kaff, in dem man noch nicht einmal einen Kaffee bekam.

Sie würden wieder durchs Fenster einsteigen müssen, Toppes Nacken kribbelte.

«Herr Toppe?» Klaus Voss war von irgendwoher aufgetaucht.

«Nicht jetzt, Voss», bellte Toppe, ohne sich auch nur umzudrehen. «Jetzt nicht, bitte!»

Bei Tageslicht erkannte er die Veränderung in der Küche, wusste, was ihn gestern Abend gestört hatte: Die teure italienische Espressomaschine war nicht mehr da. Sie stand, ordentlich verpackt, im Flur.

«Würdest du deine Espressomaschine mitnehmen, wenn du verreist?», fragte er Ackermann, aber der war schon im angrenzenden Zimmer und schaute sich um. Bücherregale aus Buchenholz, halb montiert, sonst nichts, nackter Estrich auf dem Boden.

«Die hat ja ga' keine Möbel!»

Im Bad waren die Kacheln abgeschlagen, Putzbrocken lagen zusammengefegt in der Ecke, Wanne, Klo, Waschbecken und Spiegel blinkten neu. Auf der Ablage ein Kulturbeutel aus Brokatstoff: Zahnbürste, Zahnpasta, Seife, Hautcreme, Lippenpomade, eine Nagelschere, eine Pinzette, eine Schachtel Tampons, Haarbürste, Shampoo, Körperpuder, Intimwaschlotion, im Seitenfach ein Tütchen aus Seidenpapier mit einer rotblonden Haarlocke und eine kleine Holzschachtel mit Schiebedeckel, in der drei Milchzähne lagen.

«Eine Frau», hörte Toppe Bonhoeffers Stimme, «und sie hat geboren.»

Die ersten zwei Zimmer oben waren leer, groß gemusterte Tapeten in Gold und Orange hingen in Fetzen, beigefarbener, klammer Nadelfilzboden. Dann das Schlafzimmer, das sie gestern schon entdeckt hatten. Die große Handtasche aus weinrotem Leder, die, halb ausgekippt, hinter der Tür lag, hatten sie allerdings übersehen.

Toppe fischte Handschuhe aus der Jacke und ging in die Hocke, während Ackermann sich dem kleinen Koffer auf der Matratze widmete.

Eine Brieftasche, ein Pass. Toppe spürte, wie ihm alles Blut aus dem Kopf wich. «Rose Helene Milovanović, geborene Wetterborn».

«Helmut», keuchte Ackermann, «ich hab hier wat ... ein Brief!»

Sie schauten sich an, jeder ein Stück Papier in der Hand.

Ackermann griff als Erster zu, nahm den Pass. «Sie is' die Frau von dem Journalist, den Bouma ... Gott, ich glaub' et nich' ... hier!» Er streckte Toppe den Brief hin.

Der erkannte nur ein paar Namen. «Das ist Holländisch.»

«Ja.» Ackermann hatte steife Lippen. «Is' von einem, der unter Bouma gedient hat in Bosnien. Da steht datselbe drin, wat dieser Rijnder Astrid erzählt hat, so ziemlich je'nfalls. Mein Gott, Chef ...»

Toppe schüttelte die Brieftasche aus – Fotos: Rose Wetterborn im Minirock, die Arme um einen großen Mann mit rotbraunem Haar geschlungen, strahlend gleißender Sonnenschein; Rose Wetterborn, eine junge Rose, einen Säugling stillend, den Blick nach innen gewandt, selig; Rose Wetterborn, das linke Bein in Gips, auf einer Gehstütze balancierend, mit der anderen drohte sie spaßeshalber dem Jungen, vierzehn, fünfzehn Jahre alt, der offenbar versuchte, sie zu kitzeln; Rose Wetterborn vor dunklem Hintergrund, an ihren Mann geschmiegt, vor ihnen die jüngere Ausgabe des Vaters mit ernstem, wichtigem Blick, eine Studioaufnahme.

Ackermann hatte sich hinter Toppe gekniet und betrachtete die Fotografien. «Ich könnt' heulen.»

«Was ist sonst noch in dem Koffer?», fragte Toppe leise.

Sie fanden ein Familienstammbuch – Mirko Milovanović war am 11. Juni 1995 siebzehn Jahre alt geworden, ein paar Wochen bevor er mit seinem Vater nach Srebrenica gegangen war. Die Familie hatte eine Wohnung in Graz und eine zweite in Belgrad gehabt.

Sie fanden mehr Fotos, Schnappschüsse, Ferienerinnerungen. Und sie fanden bündelweise niederländische Zeitungsausschnitte vom Prozess gegen Krstić, kopierte Seiten aus dem NIOD-Rapport und schließlich das Foto: Bouma und Mladić in Tarnanzügen, die Gläser erhoben.

«Wie die wohl da dran gekommen is' ...»

Toppe setzte sich mit angewinkelten Knien auf die Matratze. Natürlich musste van Gemmern hier im Haus Fingerabdrücke nehmen und sie mit denen auf der Tatwaffe und im VW vergleichen, aber auch ohne die Ergebnisse war er sicher. Rose Wetterborn hatte Bouma erschossen. Und ihr Motiv lag ausgebreitet vor ihnen. Sie musste ihn irgendwie in ihr Auto gelockt haben. Bouma hatte seiner Tochter gesagt, er wolle zum Einkaufen, vielleicht hatte Rose Wetterborn – Rose Milovanović – ihm eine Mitfahrgelegenheit angeboten. Er rieb sich die Augen.

«Ich versteh' bloß nich', dat die alles, die Knarre, die Tasche, sogar dat Blut einfach so gelassen hat. Sogar noch, als wir hier schon am Rumermitteln war'n», stammelte Ackermann.

«Vielleicht war es ihr einfach egal», antwortete Toppe. «Vielleicht hatte sie keine Kraft mehr, als alles vorbei war.»

«Glaubst du, die war die ganzen Jahre hinter Bouma her, sieben Jahre lang?»

«Ich weiß nicht, aber bis zu dem Prozess in Den Haag ist doch nichts über die Umstände in Srebrenica an die Öffentlichkeit gedrungen, keiner hat von einer Mitschuld der holländischen Soldaten gesprochen.»

«Stimmt au' wieder.» Ackermann zeigte auf die Koffer. «Auf alle Fälle wollte se jetz' wohl doch abhauen.»

«Vielleicht hat die Evakuierung sie aufgerüttelt.»

«Un' noch jemand anders», meinte Ackermann mit belegter Stimme. «Die war no' nich' fertig mit Packen, un' dann die umgekippte Tasche hinter de' Tür. Die hat einer überrascht, un' dann hat er se abgemurkst, verbrannt.»

«Aber warum?»

Ackermann hörte nicht zu. «Die Rose is' unsere Brandleiche, Helmut, hundertpro! 'n Nagel im Unterschenkel un' dann dat Foto da, Rose mit Gipsbein! Ich geh trotzdem den Kulturbeutel holen, da findet Klaus bestimmt Haare oder wat er sons' für de Identifizierung braucht.»

Toppe stemmte sich hoch. «Und ich rufe Verstärkung. Zehn, zwölf Leute dürften reichen, jeden Winkel hier zu durchkämmen.»

«Denkste immer noch, dat sich einer ir'ndwo verkrochen hat?»

«Vor allem denke ich, wenn Benzin der Brandbeschleuniger war, muss es irgendwo einen Kanister geben.»

Sie hatten sich gestritten.

Über Zwiebeln, die sie ins Rührei gegeben hatte. Er vertrug keine Zwiebeln und hatte jeden einzelnen Würfel herausgepickt. Sie hatte ihn ausgelacht, und da war ihm der Kragen geplatzt. Erschrocken hatte sie ihn ins Bett gezerrt und ihn wild genommen.

Ausgelaugt und verwirrt lag er jetzt mit dem Kopf in ihrem feuchten Schoß und zeichnete mit dem Zeigefinger kleine Kreise auf ihren Bauch. Neben dem Nabel war ein Geflecht zarter silbriger Linien.

Ihm wurde eiskalt. «Irina? Du hast Kinder.»

«Ich habe einen Sohn», sagte sie matt. «Aber er lebt nicht bei mir, er ist bei meinen Eltern.»

«Wie alt ist er?»

«Vier Jahre.»

«Und warum lebt er nicht bei dir?»

«Ich muss doch arbeiten, aber ich besuche ihn jeden Monat.»

Cox richtete sich auf. «Warum hast du mir nichts davon gesagt?»

Sie seufzte resigniert. «Das weißt du.»

Auf der Schanz hielt sich keiner versteckt.

Die Polizisten hatten das Unterste zuoberst gekehrt, jeden Winkel durchsucht, jeden Dachboden, jeden Schuppen und dabei siebzehn Benzinkanister sichergestellt, die meisten davon leer.

Die Schänzer gingen ihrer seltsamen Wege und gaben vor, das Polizeiaufgebot gar nicht wahrzunehmen. Klaus Voss tauchte hin und wieder auf und beäugte sie, aber Toppe ignorierte ihn – er würde sich später die Zeit nehmen, noch einmal mit jedem Einzelnen zu sprechen.

Jens Molenkamp wurde nervös, als man sich seine Garage vornahm – er hütete seinen alten Mercedes wie seinen Augapfel. «Ich schließ den Kofferraum selber auf», eilte er hinzu. «Da kommt mir keiner dran!»

Sie fanden zwei Zwanzigliterkanister aus gelbem Plastik, beide übersät mit öligen Fingerspuren.

«Warten Sie mal», sagte Molenkamp, als der Beamte die Behälter wegtragen wollte, «sind die etwa leer?»

Toppe, der gerade wieder einmal vergeblich versuchte, van Gemmern zu erreichen, hielt inne.

«Die waren voll!», rief Molenkamp. «Die sind immer voll.»

«Da kannste mal gucken», grinste der Polizist. «Jetzt sind se jedenfalls leer.» Er schüttelte die Kanister. «So gut wie.»

Dann schrieb er den Fundort auf zwei Etiketten und klebte sie auf die Kanister.

Jens Molenkamp schaute Toppe verwirrt an. «Versteh ich nicht.»

«Ist eigentlich nicht so schwer zu verstehen. Denken Sie doch mal nach.»

Es dauerte eine Weile.

«Der Schuppen? Meinen Sie etwa, ich ...? Sie haben sie doch nicht mehr alle!»

«Das werden wir sehen. Warum steht Ihr Wagen eigentlich hier, wenn Sie doch evakuiert worden sind?»

Molenkamp rang die Hände. «Weil wir den von meiner Freundin genommen haben, Herrgott!»

«War Ihre Garage abgeschlossen?»

Jens Molenkamp musterte Toppe, als käme der von einem anderen Stern. «Kein Mensch schließt hier seine Garage ab. Warum auch? Wenn hier einer ein Auto klauen würde, gäbe es neunundneunzig Zeugen.» Dann ging ihm ein Licht auf. «Sie meinen, jemand hat den Sprit aus meiner Garage geholt und damit den Schuppen abgefackelt! Wer?»

«Gute Frage.»

Ackermann verließ seinen Aussichtspunkt auf der Mauer und kam herüber. «Noch sieht et nich' dramatisch aus da unten. Die Jungs vom THW stehen rum un' schmoken sich eine. Klaus hasse nich' gekriegt, wa? Hab ich mir gedacht. Wenn der um is', is' er um, dann hängt er sein Telefon aus.»

«Wir brauchen aber Fingerabdrücke von allen hier auf der Schanz. Und wir brauchen van Gemmern, damit er überprüft, ob welche davon auf einem der Benzinkanister sind», maulte Toppe und ärgerte sich sofort. Anscheinend ging er so langsam in die Knie.

«Ah wat, Fingerabdrücke nehmen, is' doch eine meiner leichtesten Übungen, un' du kanns' dat auch. Is' ja bloß, dat wer de Ausrüstung nich' haben. Aber weißte, wat? Ich scheuch' jetz' ma' Freund Peter aus sei'm Lotterbett, der soll die bringen. Wat hältste davon?»

Eine kräftige Windbö fegte plötzlich über die Insel und peitschte ihnen den Regen ins Gesicht. Toppe unterdrückte einen Fluch. Es dämmerte schon wieder, dabei war es nicht einmal halb vier.

Sie hatten den Versammlungsraum in der Schule zur Zentrale gemacht. Was blieb ihnen übrig? Es war lausig kalt. Cox sprach kein Wort. Die Schänzer kamen und lieferten, bis auf Paul Dellmann, erstaunlich bereitwillig ihre Fingerabdrücke ab. Nur der alte Molenkamp und seine Schwiegertochter sahen sich außerstande, den Weg zum Schulgebäude anzutreten.

Als Ackermann mit der «Ausrüstung» zur Nr. 1 hinunterlief, gingen plötzlich die Straßenlaternen an – die Schanz hatte wieder Strom.

«Die kriege ich nicht alle in mein Auto!» Cox deutete auf die siebzehn Benzinkanister.

«Sicher kriegste dat!» Ackermann öffnete hilfreich eine Wagentür. «Kannste auffer Rückbank stapeln, null Problemo.»

Cox kam angesprungen und knallte die Tür wieder zu. «Bist du noch ganz gescheit? Benzinkanister auf meinen Ledersitzen. Ich bitte dich!»

«Der hat wat», raunte Ackermann Toppe ins Ohr. «Glaub et mir, der hat wat.»

Ihm schien nicht wohl zu sein. «Lass uns doch alle zusammen in 't Labor fahren, Chef. Ich werd auffem Weg van Gemmern ausse Heia schmeißen, bin ich Experte für, un' dann machen wer de Untersuchung alle zusammen.»

«Nein», antwortete Toppe. Er fror erbärmlich. «Ich bleibe hier. Die lasse ich jetzt nicht mehr von der Leine.»

«Chef, ich …»

Toppe verdrehte die Augen. «Das Wasser ist nicht weiter gestiegen. Auf der anderen Seite stehen zig Leute vom Katastrophenschutz, also, stell dich nicht so an.»

«Dat muss ir'ndwie 'n Virus sein, du hörs' dich schon an wie 'n Schänzer.»

Cox hatte den Fehler gemacht, hinter Ackermann herzufahren. Der hielt bei der Pontonbrücke, stieg aus und fing mit den Männern dort in aller Ruhe ein Gespräch an.

Seufzend öffnete Cox das Handschuhfach. Dort lag immer eine Schachtel Lucky Strike für Notfälle. Und das hier war einer, in mehrfacher Hinsicht. Er mochte keine Kinder, sie gingen ihm wahnsinnig auf die Nerven, immer schon, und er verabscheute Lügen …

Wütend sprang er aus dem Auto. «Was treibst du da eigentlich, Josef, verdammt nochmal?»

«Ich versuch', 'n Funkgerät zu organisieren, Mann. Oder glaubste, dat ich den Chef alleine hier hocken lass, ohne dat ich weiß, wat katastrophenmäßig abgeht?»

Zweiundzwanzig

Die Schänzer waren jetzt, da sie wieder Strom hatten, in ihre eigenen Häuser zurückgekehrt, nur Dellmann schob Wache auf der Mauer. Toppe wanderte langsam zur Roten Ecke, betrachtete die verkohlten Trümmer des Schuppens und die angrenzende Garage und sortierte seine Gedanken.

Dann stieg er die drei Stufen zu Jens Molenkamps Haustür hinauf und schellte.

Der Junge sah aus, als hätte man ihm die Luft herausgelassen. Keine Spur von Lässigkeit, als er Toppe ins Haus ließ, keine flapsigen Sprüche, als er ihn in sein Wohnzimmer führte, das voll gepfropft war mit Möbeln vom Trödel. Höflich bot er Toppe einen Platz an und ließ sich ihm gegenüber in einen Sessel sinken, seine Hände zitterten. Toppe beobachtete ihn schweigend.

«Ich kann nicht mehr», brach es schließlich aus dem Jungen heraus. «Ich hab immer diesen verbrannten Menschen vor Augen. Das war so schrecklich, das war so ... o Gott! Ich kann überhaupt nicht mehr schlafen, die ganze Zeit seh ich das vor mir.»

Er schaute Toppe aus wässrigen Augen an. «Das war die Wetterborn, oder?»

«Wir wissen es noch nicht mit Sicherheit.»

«Wer soll es denn sonst gewesen sein? Ist sie ... ist sie auch umgebracht worden?»

Toppe nickte. Molenkamp zog die Unterlippe zwischen die Zähne und kaute darauf herum, in seinen Augenwinkeln hockte die Angst. «Ich schnall überhaupt nichts mehr, ich blick einfach nicht mehr durch, was abgeht. Erst wird einer erschossen, dann jemand verbrannt. Wer tut denn so was? Warum?»

Toppe bot ihm eine Zigarette an, Jens Molenkamp nahm sie, ohne richtig hinzuschauen.

«Ich kenne doch alle. Das kann keiner von hier gewesen sein, das kann einfach nicht!»

Auf einmal fixierte er Toppe, der immer noch seinen Mantel trug, den Kragen hochgeschlagen. «Ist Ihnen kalt?»

«Ziemlich, ja.»

«Die Heizung steht auf voll, aber ...» Er klang ein wenig hilflos. «Soll ich Tee kochen? Wir haben Apfel und Jasmin.»

Toppe schüttelte sich innerlich. «Danke, es geht schon. Erzählen Sie mir etwas über Rose Wetterborn.»

«Über die?» Der Junge wurde langsam ruhiger. «Die kenn ich kaum, nur so vom Ansehen.»

«Sie wohnen gleich gegenüber. War Rose Wetterborn mit Willem Bouma befreundet? Hat er sie mal besucht?»

Von draußen schallten dumpfe Rufe herein, und Molenkamp sprang auf. «Da ist was los!»

Toppe folgte ihm. Als er auf die Gasse trat, stand er bis über die Knöchel im Wasser.

«Die machen die Tore zu», erklärte Molenkamp, dann brüllte er die Straße hinunter: «Braucht ihr mich?»

«Nein, alles klar.» Dellmann kam um die Ecke. «Steigt ein bisschen, langsam, alles im grünen Bereich, normal.»

Er schaute Toppe an. «Hier kommt kein Wasser mehr

rein und kein Mensch mehr raus. Wie das Leben manchmal so spielt.» Dann spuckte er aus und ging.

«Sie müssen sich keine Sorgen machen», sagte Molenkamp. «Bis es hier auf der Insel kritisch wird, das dauert Tage.» Er schaute in den Himmel. «Und es regnet auch nicht mehr.» Dann glitt sein Blick an Toppes Beinen hinab. «Sie hätten Gummistiefel anziehen sollen.»

«Wem sagen Sie das?» Toppe hob einen Fuß, seine Hose hatte sich mittlerweile bis übers Knie mit Wasser voll gesogen, er spürte seine Zehen nicht mehr.

«Ich würde mich gern weiter mit Ihnen unterhalten.»

«In Ordnung, dann kommen Sie doch wieder mit rein.»

Jens Molenkamp wandte sich zum Gehen und prallte gegen Klaus Voss, der aus der Gegenrichtung kam. «Scheiße, Voss! Kannst du nicht aufpassen? Wie dämlich darf man eigentlich sein?»

Toppe stapfte weiter, ohne sich darum zu kümmern.

«Dass die Wetterborn mit Bouma befreundet war, glaub ich eigentlich nicht. Jedenfalls habe ich den nie bei ihr gesehen.»

«Und was ist mit den anderen Männern hier? Was ist mit Fink und Dahmen?»

Der Junge lief rot an. «Weiß ich ehrlich nicht. Ich meine, die helfen ihr öfter bei dem ganzen Umbau und so, aber ... Ich habe ihr auch schon mal geholfen, als die Heizkörper geliefert worden sind. Ich stand gerade draußen, und da hat sie mich gefragt. Die ist wirklich nett.»

«Hat sie Ihnen Avancen gemacht?»

«Was?» Molenkamps Haut färbte sich noch einen Ton dunkler. «Wissen Sie, wie alt die ist?» Er schüttelte den

Kopf. «Avancen!» Dann beruhigte er sich wieder. «Nein, so ist die nicht. Die ist nicht nuttig oder so. Aber ich hab keinen Schimmer, was die anderen ... ich meine, für die Frauen im Dorf ist die ein rotes Tuch ...» Er druckste. «Aber *Sie* müssen doch was wissen! Da war doch was mit dem Auto. Sie müssen doch wissen, ob der Bouma, ob die Wetterborn ...»

«Jetz' sei do' ma' still», zischelte Ackermann, «ich versteh' nix!» Er presste sich das Funkgerät ans Ohr.

«Ich hab doch gar nichts gesagt», knurrte Cox. Er hatte das Gefühl, langsam, aber sicher verrückt zu werden.

«Scheiße! Verdammte Scheiße!» Ackermann knallte das Funkgerät auf den Schreibtisch. «Die Schänzer haben die Tore dicht gemacht. Dat Wasser kommt hoch.»

Als Cox nicht reagierte, sprang er ihm fast ins Gesicht. «Kapierste nich', wat dat heißt? Der Chef hängt fest! Helmut is' ganz alleine auffer Insel, zusammen mit ...»

«Zusammen mit einem Mörder», vollendete Cox den Satz. «Möglicherweise», hängte er an, «vielleicht! Fakt ist, wir wissen es nicht.»

«Weißte, wo de dir deinen Fakt hinschieben kanns'?», brüllte Ackermann außer sich und schnappte dann nach Luft. «Kacke, tut mir Leid, wollt' ich nich', echt nich'.»

«Schon gut.» Cox stand auf. «Mir reicht's auch. Wie lange braucht ein Mensch, um eine Hand voll Fingerabdrücke zu vergleichen? Ich geh jetzt ins Labor.»

«Lass et sein! Van Gemmern kann et nich' haben, wenn man ihm über de Schulter guckt. Der macht schon so schnell, wie er kann.»

«Ich hab nichts mit der Frau!»

Gisbert Dahmen schwankte zwischen Wut und Verlegenheit. «Das hab ich doch bloss so gesagt, das hätten Sie doch merken müssen!»

Im Gegensatz zu Jens Molenkamp zeigte er keinerlei Erschütterung über die entstellte Leiche im Schuppen. Er war auch nicht höflich und fertigte Toppe im Hausflur ab, in dem es nach Chlorreiniger roch.

«Ich muss mal pinkeln.» Er verschwand hinter einer schmalen Tür neben dem Eingang. Toppe hörte es anhaltend plätschern.

Familie Dahmen mochte es anscheinend rustikal. Die Wände waren rau verputzt, die Garderobe aus massivem geschnitztem Holz, in einer Ecke stand ein altes Butterfass, die Deckenlampe hatte kleine Schirme aus blütenbetupftem Glas.

«Wie gesagt, ich habe nichts mit der Frau.» Dahmen hatte weder abgespült noch sich die Hände gewaschen. «Obwohl, von der Bettkante stossen würde ich sie nicht, tolle Figur und bestimmt kein Kind von Traurigkeit, so was merkt man ja.» Er zwinkerte dabei.

Toppe riss sich zusammen. «Wissen Sie, ob Rose Wetterborn zu jemand anderem eine Beziehung hatte?»

«Zu einem aus dem Dorf? Bestimmt nicht, die haben doch alle nicht die richtige Klasse. Die fickt ... ich mein, die vögelt nicht mit jedem Popanz.»

«Ist sie mit jemandem hier näher befreundet?»

«Mit wem denn?»

«Das frage ich Sie!»

«Nicht, dass ich wüsste. Also, meine Frau würde der am liebsten die Augen auskratzen, und bei den anderen ist das genauso. Die wird hier nicht viel Spaß haben, wenn sie sich keinen anständigen Mann zulegt.»

«Wie war denn Rose Wetterborns Beziehung zu Willem Bouma?»

«Bouma», wiederholte Dahmen gedehnt und pfiff dann leise, als habe er eine Erleuchtung. «Da habe ich noch gar nicht drüber nachgedacht. Das könnte hinkommen, ja! Doch, das könnte hinkommen, die waren ziemlich dicke in letzter Zeit.»

«Und wie hat sich das geäußert?»

«Na ja, saßen in der Kneipe am Tisch und haben gequatscht.»

Das Licht flackerte.

«Gut», sagte Toppe, «ich würde ...»

Aber Dahmen unterbrach ihn: «Wieso wollen Sie das eigentlich alles wissen?»

«Weil es sich bei der Leiche im Schuppen mit großer Wahrscheinlichkeit um Rose Wetterborn handelt.»

«Ach, das gibt es doch gar nicht! Das ist ja ganz furchtbar!»

Toppe hätte ihm am liebsten ins scheinheilige Gesicht geschlagen.

«Kommen wir noch einmal zurück zum Tag der Evakuierung.»

Wieder flackerte die Lampe, einmal, zweimal, dann verlosch sie.

«Nicht schon wieder», stöhnte Dahmen. «Wo hab ich die verdammte Taschenlampe hingetan?» Er tappte los.

Toppe blieb, wo er war, versuchte, seine Augen an die Dunkelheit zu gewöhnen.

Er wollte unbedingt Astrid anrufen. Sie würde sich mittlerweile Sorgen machen. Vermutlich musste er die Nacht auf der Schanz verbringen. Bei dem Gedanken an den nackten Dielenboden im zugigen Schulhaus fröstelte ihn. Obendrein hatte er ihr noch nicht einmal von Rose Milovanović erzählt ...

Dahmen kam zurück und leuchtete ihm ins Gesicht. «Die Telefonleitung ist auch tot.»

Toppe streckte die Hand aus und schob die Taschenlampe weg. «Gehen Sie jetzt wieder zu Molenkamp?»

«Sicher, was sonst?»

«Ich komme gleich nach.»

Dahmen zuckte die Achseln und öffnete die Haustür. «Tun Sie, was Sie nicht lassen können.»

Draußen sah man hier und dort einen Lichtstrahl aufblitzen, aber es war still.

Toppe lehnte sich gegen eine Hauswand, beleuchtete mit dem Feuerzeug sein Handy und gab die Kurzwahl für zu Hause ein.

Als er die Bewegung neben sich spürte, war es zu spät.

Ein kurzer, dumpfer Schmerz, dann nichts mehr.

Ackermann wählte Toppes Handynummer, sicher schon zum zwanzigsten Mal.

«Der geht einfach nicht dran. Dat is' nich' normal. Der geht immer dran», jammerte er.

«Nun mach dich doch nicht verrückt», sagte Cox, dabei hatte er selbst Bauchflattern. Aber er zwang sich zur Ruhe, zwang sich, nicht an Irina zu denken. Er zündete sich noch eine Zigarette an, obwohl er schon weit über seiner heutigen Ration lag.

«Lass uns noch einmal alles in Ruhe durchgehen: Am

Freitag um zwanzig Uhr war Schenkenschanz komplett evakuiert. Nach eigener Aussage kehrten um 22 Uhr neun Einwohner heimlich zurück. Gegen 22 Uhr 45 bemerkten die Männer vom Technischen Hilfswerk den Feuerschein. Wir wissen außerdem, dass niemand Rose Wetterborn mit aufs Festland genommen hat und dass ihr Auto auf der Schanz geblieben ist. Folglich hat die Frau die Schanz nicht verlassen.»

Ackermann hibbelte mit den Beinen, aber er hörte zu.

«Und ich frage mich», fuhr Cox fort, «warum nicht? Warum hat diese Frau die Schanz nicht verlassen? Sie kam von außerhalb, das Hochwasser muss ihr Angst gemacht haben. Daraus kann man folgern, dass sie nicht freiwillig dort geblieben ist. Jemand hat sie gezwungen zu bleiben, einer aus dem Dorf. Habt ihr in ihrem Haus irgendwelche Hinweise gefunden?»

«Ei'ntlich bloß die ausgekippte Handtasche, sons' nix. Nee, du has' Recht, et sah so aus, als wär' se am Packen gewesen un' einer hätt' se gestört dabei.»

«Und ich glaube, dass auch der Täter das Dorf nicht verlassen hat.»

Ackermann verzog gequält das Gesicht. «Du meins', der hat se in seine Gewalt gehabt. Aber warum hat er se nich' verbrannt, bevor die andren zurück waren?»

«Vielleicht wusste er nicht, dass sie zurückkommen wollten.»

«Glaub' ich nich'. Wenn der 'n Schänzer is', wusste er dat. Dat war längs' abgesprochen.»

«Nun ja, vielleicht wollte er sie noch eine Weile lebendig haben …» Cox' Miene war undurchdringlich.

Ackermann kämpfte mit einem Kloß im Hals. «Du

meins' ... Vergewaltigung ... der hat se quälen wollen? Aber wer von denen? Die sin' do' alle ...»

«Jemand, der von dem Mord wusste und Boumas Tod rächen wollte, jemand, der Roses wahre Identität kannte, oder jemand, der nicht ganz dicht ist. Alles ist möglich.»

«Ob se wohl schon tot war, als se verbrannt worden is'?»

«So, wie Helmut mir die Leiche beschrieben hat, werden wir das wohl nie wissen.»

Das Telefon auf Toppes Schreibtisch klingelte, und Ackermann machte einen Satz.

«Astrid, Schätzken, alles klar?» Er drehte Cox den Rücken zu und bemühte sich, eine normale Stimmlage zu finden. «Nee, der is' nich' hier, der is' auffe Schanz. Ja, ich weiß, dat alle Fluttore geschlossen worden sind, weiß ich. Jetz' reg dich nich' auf, wir fahren au' gleich hin. Dat THW bringt uns rüber.»

Ackermanns Funkgerät meldete sich, er drückte schnell auf einen Knopf und sprach dann weiter am Telefon mit Astrid, die ihn aber offenkundig nicht zu Wort kommen ließ.

«Muss 'ne Störung inner Leitung sein, kein Wunder bei dem chaotischen Wetter. Pass ma' auf, Schätzeken, ich muss jetz' au' schleunigst los. Mach dir keine Sorgen, wir ham alles im Griff. Ich sorg' dafür, dat Helmut dich anruft, sobald et geht, okay? Tschö!»

Van Gemmern fegte herein, außer Atem. «Das könnte was für euch sein!» Er wedelte mit ein paar Ausdrucken. «Auf den beiden Kanistern, die ihr aus Jens Molenkamps Garage geholt habt: Fingerabdrücke von Molenkamp selbst, aber die meisten – und die sind ganz frisch – stammen von Klaus Voss.»

Sie schauten sich nur an.

Als Erster fand Cox seine Sprache wieder. «Der Kerl war mir die ganze Zeit nicht geheuer.»

Ackermann tippte wie wild Toppes Handynummer ins Telefon, wiegte sich vor und zurück, während er lauschte. Schließlich gab er händeringend auf.

«Was weißt du über diesen Voss?», fragte Cox.

«Nich' viel, armes Schwein, Scheißeltern, Scheißmutter vor allem. Wär' einma' fast auffe Füße gekommen, aber dann hat er dat vermurkst, weil er ... ach du Scheiße!» Ackermann stockte. «Jetz' weiß ich et wieder. Der is' ausse Lehre geflogen, weil er bei seinem Boss 'n paar Müllcontainer in Brand gesetzt hat.»

Van Gemmern gab ein unheilvolles Grunzen von sich. «Ich komm mit, hol nur meine Jacke.»

Aber da meldete sich erneut Ackermanns Funkgerät.

«Die Bundeswehr macht die Bodanfähre klar. Dann is' Matthäus am Letzten – die holen die Leute vonner Schanz!»

Cox warf sich den Mantel über. «Kommt!»

In diesem Augenblick ging die Sirene auf dem Dach los.

«Katastrophenalarm!», schrie Ackermann.

Toppe glaubte, Sirenen zu hören, sein Kopf dröhnte, und er musste sich übergeben. Er würgte, versuchte, nach Luft zu schnappen, aber sein Mund war zugeklebt.

Die Ohnmacht kam wie eine samtweiche Welle. Nein, nicht! Durch die Nase atmen, tief, gleichmäßig, nicht zu schnell. Er schlug die Augen auf. Flackernde Lichtpunkte in blauem Nebel. Dunkelheit näherte sich vom Rand. Schnell schloss er die Augen. Wenn er den Kopf bewegte, würde er brechen. Er würde ersticken!

Kalter Schweiß lief ihm in Strömen den Rücken herab. Atme, befahl er sich. Sein Bauch, sein Darm, er musste aufs Klo.

Aus seiner Kehle löste sich ein Laut, prallte gegen verschlossene Lippen. Atmen. Seine Hände waren taub, die Schultern brannten. Er saß auf einem Stuhl! Seine Füße waren angebunden, die Arme hinter der Lehne zusammengeschnürt. Er senkte den Kopf, öffnete wieder die Augen. Der Boden kam ihm entgegen. Würgen, Schlucken, Würgen.

Eine Stimme hinter ihm, die Worte durchdrangen nicht das zähe Brodeln in seinen Ohren.

Er senkte das Kinn. Ein scharfer Schmerz im Gesicht, sein Mund war frei.

Er erbrach sich in einem großen Schwall, schnappte nach Luft, würgte, bis sein Magen sich ballte, sein Schlund brannte.

Jetzt sah er klarer, seine voll gekotzten Schuhe, einen fleckigen Teppichboden. Die Lichtpunkte waren Kerzen, weiße, schlanke Kerzen auf blauen Untertassen mit goldenem Rand, fünf Kerzen auf einem Wandbrett. Blut tropfte ihm aufs Hosenbein. Vorsichtig legte er den Kopf zurück, ein Rinnsal lief ihm ins linke Auge. Die Stimme. Jetzt verstand er die Worte. «Wenn du auch nur einen Mucks machst, puste ich dir die Lichter aus. Hat gut geklappt hiermit.»

Eine Wasserwaage schob sich in Toppes Gesichtsfeld.

«Voss?»

Ein gebrochenes Lachen. «Ganz richtig, *Herr* Voss!»

«Sind das ...» Seine Stimme wurde kräftiger. «Sind das Sirenen?»

«Schnauze, hab ich gesagt!»

Sie sprangen in Cox' Auto. Auf einmal waren die Funkdurchsagen deutlich zu verstehen:

«Rheinkilometer 851, Emmerich. Das Eis bricht auf!»

«Bewegt es sich?»

«Heilige Scheiße!»

«Bitte wahren Sie Funkdisziplin!»

«Großer Gott, die Schollen, wie Rasierklingen ...»

«Richtung Oraniendeich ...»

«Was für eine Welle!»

«Funkdisziplin, Teufel nochmal! Klare Ansagen!»

«Rheinkilometer 851, 852, 853 – Eisschollen haben Deich durchbrochen, obere Hälfte abgetrennt, die Welle ...»

«Plan A – an alle Einheiten –, Plan A ...»

Peter Cox trat aufs Gaspedal, mit quietschenden Reifen schlingerten sie auf die Kanalstraße, aber Cox fing die Bewegung mühelos ab. Er war in jungen Jahren Rallye gefahren.

Ackermanns Gesichtsausdruck war Furcht erregend, als er sich in den Funkverkehr einschaltete.

Er ignorierte die wütenden Proteste.

«Ich will 'n Hubschrauber, sofort, am Anleger in Düffelward!» – «Is' mir scheißegal, wo er den hernehmt!» – «Intressiert mich nich', wat der für 'ne Vorlaufzeit hat!» – «... jeden persönlich zur Rechenschaft ...» – «... vor den Kadi – fahrlässige Tötung is' noch dat Netteste!»

Er saß in einem fensterlosen Flur, aber die Schreie von draußen waren gut zu hören. «Das Eis kommt!» Ein Megaphon: «Klettern Sie auf die Mauer!»

Seine Beine waren mit Kabelbindern aus weißem Plastik an den Stuhl gefesselt.

«Meine Finger sterben ab.»

«Gut.» Voss stellte sich vor ihn, kerzengerade mit erhobenem Kinn und sah ihm direkt in die Augen. «Ist erst der Anfang.»

«Warum?», fragte Toppe.

Voss lachte leise.

«Warum Rose Wetterborn?»

Voss schnaubte abfällig, ging weg, öffnete eine Tür irgendwo hinter Toppes Rücken und redete dabei vor sich hin: «Klaus hier, Klaus da, Klaus, wie lieb, Klaus, wie nett. Was für ein lieber Kerl Sie sind! Was würde ich ohne Sie tun?» Er hantierte mit irgendwas.

Draußen ging die Welt in Angstschreien und metallischen Befehlen unter.

Toppe spürte seinen Körper nicht mehr, ihm war weder kalt noch heiß, ihm war nicht übel, er hatte keine Schmerzen, er fühlte nichts. Voss kam zurück, stellte zwei Flaschen Brennspiritus auf den Boden und lächelte.

«Ja, so hat sie auch geguckt. Aber ich war ihr ja nicht gut genug. Sie hat gelacht, als ich es ihr gesagt habe. Wozu haben wir denn das Haus umgebaut, wenn nicht für uns beide? Als ich sie mitnehmen will, als ich sie retten will, sagt sie, nein danke, sie kommt sowieso nicht mehr wieder. Gelacht hat sie! *Herr* Voss! Alles gelogen, alles Verarsche!»

«Sprich mit ihm», ermahnte sich Toppe stumm. «Du musst mit ihm reden, ihn aufhalten.»

Aber es kam ihm kein Satz über die Lippen.

Die Erde schien zu beben. Ein Brausen erfüllte die Luft. In der Ferne immer wieder Detonationen.

Beinahe lautlos glitt die Bodanfähre heran, ein riesiges

Getüm im kalten Licht der Notscheinwerfer. Das Eis teilte sich, Wasser gurgelte und zischte.

«Ich muss da drauf! Ich fahr mit rüber!» Ackermann machte sich zum Sprung bereit.

Der THW-Chef hielt ihn fest. «Dafür kann ich die Verantwortung nicht übernehmen.»

«Lass mich los, du Arschloch!» Ackermann hatte Schaum vorm Mund. Er riss den Verschluss seiner Jacke auf und griff nach seiner Waffe, aber van Gemmern fiel ihm in den Arm. «Bist du noch ganz gescheit?»

«Aber ich muss auf die Schanz!»

Cox packte seinen anderen Arm. «Jetzt warte doch ab, Josef ... Jupp. Vielleicht kommt Helmut über die Mauer geklettert wie alle anderen auch.»

«Nein!» Ackermanns Stimme überschlug sich.

Der THW-Mann schüttelte nur den Kopf und bestieg die Fähre.

Van Gemmern drückte Ackermanns Hand. «Hörst du's?»

Der Hubschrauber kam, der Lärm seiner Rotorblätter mischte sich mit dem Brausen. Jetzt sahen sie auch seinen Suchscheinwerfer. Cox winkte mit beiden Armen. Wieder Detonationen.

Als die Fähre sich in Bewegung setzte, gab Ackermann van Gemmern einen Tritt und sprang. Sekundenlang baumelte er an der Reling, die Füße im brodelnden Wasser, dann zogen ihn die Soldaten an Bord.

«Klaus! Klaus!», brüllte er, die Hände zum Trichter um den Mund gelegt. «Wenn ich nich' wiederkomm, schick den Hubschrauber mit Rettungsgeschirr!»

Van Gemmern hob den Daumen.

Jetzt war der Hubschrauber über ihnen, sein Scheinwerfer strich über die Ebene.

«Gütiger Gott», wisperte Cox, «ein Eisberg, eine Mauer aus Eis und das Wasser drüber weg. Sie kommt! In ein paar Minuten sind wir alle abgesoffen.»

Van Gemmern knurrte unwirsch. «Die sprengen doch die ganze Zeit. Und außerdem stehst du auf einer Pontonbrücke. Die schwimmt.»

«Das übersteht die nie.» Cox ließ sich auf eine Kiste fallen und vergrub das Gesicht in den Händen.

Die Schänzer hockten auf der Mauer, die Leiter bereit.

Ein qualvolles Kreischen in der Luft, eine gewaltige Explosion, dann nur noch entsetzliches Brüllen. Die Fähre drehte langsam bei, und die Leiter knallte herab.

Als Erster kam Jens Molenkamp, seinen Urgroßvater auf dem Rücken, dann die Schwiegertochter, Dellmann, Dahmen, einer nach dem anderen.

«Wo ist der Chef?», schrie Ackermann sie an. «Wo ist Voss?»

Aber er blickte in starre, leere Gesichter.

Da schob er das Funkgerät in den Hosenbund und setzte den Fuß auf die Leiter. Der THW-Chef hielt ihn zurück, packte ihn bei den Schultern. «Jupp, wir können sprengen, soviel wir wollen, das Satansding halten wir nicht auf. In weniger als zehn Minuten haut das hier die Mauer weg.»

«Is' gut.»

«Wir können mit der Fähre nicht warten.»

«Weiß ich.»

Erst als er auf der Mauer stand, packte ihn die Panik. Die Kirchenglocke – ein leiser Schlag, ein zweiter, kräftiger, ein dritter.

«Wer läutet die Glocken?» Toppe spürte, wie das Brodeln in seinen Ohren wieder zunahm.

«Der Rhein?» Voss schmunzelte amüsiert.

Er hatte eine ganze Flasche Spiritus unter dem Stuhl ausgeleert. «Das gibt eine schöne Stichflamme, direkt in deine Eier.»

Jetzt zog er mit der zweiten Flasche Spirituskreise um Toppe herum.

«Ich glaube, ich ...» Toppe nahm alles zusammen, was ihm an Kraft übrig geblieben war. «Ich kann verstehen, warum Sie das tun. Ich möchte nur gern wissen ...»

«Komm mir nicht mit der Nummer», spie Voss. «Die hätte ich dir beinah abgekauft, tatsächlich. Dabei hast du mich auch bloß verarscht. Aber damit ist jetzt Schluss, ein für alle Mal, Schluss mit dämlich.»

«Heilige Maria, Mutter Gottes!» Ackermann rannte im Dorf hin und her, bollerte gegen Fenster, riss Türen auf, schrie nach Voss. «Bitte für uns Sünder!»

Dann blieb er stehen, presste die Fäuste gegen die Schläfen. «Wo? Wo hat er ihn hingeschleppt? Wat würd' ich abfackeln, wenn ich Voss wär'? Wat? Dat Haus seiner Alten», murmelte er, als er loslief. «Wat sons'? Bestimmt, bestimmt, bestimmt!» Er stieß die Tür auf und flog nach oben.

Klaus Voss leerte den Rest des Spiritus über Toppes Kopf, da schlug die Wohnungstür gegen die Wand. Voss sah nicht, wen er ansprang, sondern schlug blind mit den Fäusten. Ein Stoß brachte ihn ins Taumeln, er fiel auf die erste Treppenstufe, drehte sich, fiel tiefer.

Toppes Kinn war auf die Brust gesunken. Ackermann

kniete sich vor ihn, strich ihm über die Wangen. «Chef? Helmut? Hörst du mich?»

«Ackermann?», kam es undeutlich. «Jupp?»

«Ja! Ja, Jupp. Wir gehn jetz', Helmut, is' dat klar. Wir beide machen uns jetz' vom Acker.»

Wie ein Verrückter zerrte er an den Fesseln. «Hörste den Hubschrauber? Der kommt uns holen. Heilige Maria, Mutter Gottes!» Dann griff er in seine Hosentasche und holte ein Taschenmesser hervor. «Wer sagt et denn? Mein gutes altes Schweizer Messer.» Tränen strömten ihm übers Gesicht, während er säbelte. «Is et nich' gut, dat ich dat regelmäßig scharf mach'? Bloß no' ein Bein, Chef. Jetz'! Komm, komm, hoch mit dir!»

Toppe öffnete die Augen, Schlieren, ein Gesicht – Ackermann –, er lächelte, Rotz lief ihm aus der Nase.

«Haalloo? Erde an Helmut, biste wieder da? Dann los!» Er zog ihn mit einem Ruck auf die Füße.

Toppe stöhnte vor Schmerz. «Geht schon, geht schon …»

«Nix geht! Ich nehm dich auffen Buckel. Los, tu die Arme um mich rum!»

«Die spür ich gar nicht.»

«Egal», keuchte Ackermann und packte seine Arme. «Ich hab dich. Los geht et!»

Die ersten Schritte ließ Toppe sich schleifen, die Nase gegen Ackermanns Nacken gedrückt – Schweißgeruch, Seife –, dann wusste er plötzlich, dass das Tosen nicht in seinem Kopf war, das Gurgeln und Zischen, die Glocke.

«Der Eisgang!»

Ackermann zerrte ihn ins Freie. «Du has' et erfasst. Stehste wieder einigermaßen?» Er sah sich suchend um, der Hubschrauber war über ihnen, aber wo …?

«Da! Der Scheinwerfer. Komm jetz', dat sind nur 'n paar Meter.»

Toppe tat einen Schritt, strauchelte, noch einen.

Ackermann jaulte auf, kippte Toppe, packte ihn unter den Achseln und schleifte ihn in den Lichtkegel.

«Jetz' stell dich hin! Du kannst dat. Is' dat klar? Du kanns' stehen! Ich muss dich bloß in dat verdammte Geschirr kriegen.»

Toppe stand und sah den Hubschrauber über sich, sah Ackermanns verzweifeltes Gesicht, während er versuchte, die Schnallen am Rettungsgeschirr einzuklinken.

Dann sahen sie beide, wie die Mauer neben dem Fluttor nachgab, der Giebel der «Inselruh» sich vorwölbte.

Er packte Ackermann irgendwie, zog ihn hoch, legte sich dessen Beine um die Hüften, wedelte dann mit beiden Armen. Das Seil straffte sich.

Die «Inselruh» barst. Gebar tosendes, alles zerstörendes Wasser.

Man zog sie hoch, langsam, behutsam. «Wir schaffen et, Chef!» Ackermann umklammerte seinen Nacken. «Wir ham et geschafft, Helmut, wir ham et echt geschafft!»

Der Scheinwerfer des Hubschraubers irrte umher, erfasste eine Gestalt auf dem Glasdach von Rose Wetterborns Küche. Sie winkte und sprang.

Unter ihnen versank die Schanz.